思想觀念的帶動者

文化現象的觀察者

本土經驗的整理者

生命故事的關懷者

{ PsychoAlchemy }

啟程，踏上屬於自己的英雄之旅
外在風景的迷離，內在視野的印記
回眸之間，哲學與心理學迎面碰撞
一次自我與心靈的深層交鋒

The Interpretation of Fairy Tales

解讀童話
從榮格觀點探索童話世界
【馮‧法蘭茲談童話系列】

瑪麗-路薏絲‧馮‧法蘭茲——著

徐碧貞——譯

解讀童話 ——————————————————— ｜目次｜
從榮格觀點探索童話世界
The Interpretation of Fairy Tales

序言

　　本書源於二十多年前我在榮格學院以英語發表的演說錄音文稿，最初在 1970 年以英文出版。

　　在這些演說中，我為學生們歸納童話解讀的個人經驗，而這些經驗最初發表於海德薇希・貝特（Hedwig von Beit）《童話象徵學》（*Symbolik des Märchens*）一書。除了佛洛伊德學派早期的些許研究，及由阿爾方斯・梅德（Alfons Maeder）、法蘭茲・理克林（Franz Riklin）、衛禮賢・萊布林（Wilhelm Laiblin）等人所發表的數篇短論外，當時並沒有任何童話詮釋是由榮格派作者所發表。因此我個人為文論述的意圖，在於為學生們開啟童話中的原型[1]向度。因此，書中有關人類學及民俗學的內容只會微微帶過，但這並不意味著我視這兩門學說為不重要的。

　　從那時開始，以深度心理學角度進行的童話詮釋也才真正興盛。佛洛伊德學派中，不得不提及的是布魯諾・貝特爾海姆（Bruno Bettelheim）所著述的《魔法妙用：童話故事的意義及重要性》（*The Use of enchantment: The Meaning and Importance of Fairy Tales*）一書；而從榮格學派角度所出版的書籍則不勝枚舉。雖然指名道姓攻擊同僚非我本意，但我仍要在此表達極度個人的意見。在許多所謂榮格觀點的解讀中，讀者都可以見到一種回歸於個體人格面向的解讀；童話詮釋者將英雄或英雌視為一般人加以評論，而主

角所遭逢的不幸則是精神官能症的象徵意象。因為童話的聽眾自然會認同於主角，這樣的解讀是可以理解的，但是這樣的解讀卻忽略了麥克斯・綠提（Max Lüthi）所提到的，關於魔幻童話中不可忽略的本質，也就是，相較於英雄們的冒險事蹟，童話中的英雄或英雌其實是抽象的概念，用我們常見的用詞來說就是原型。因此，他們的命運多舛並非精神官能症併發，而是大自然賜與困難及危險的一種表現方式。一旦從個人人格的角度來解讀童話，原型敘說的療癒因子就遭否定了。

舉例而言，兒童英雄在神話中幾乎總是被遺棄的，倘若因此而解讀這樣的命運是一種棄兒的精神官能症象徵，那麼我們就僅僅是將它歸為一則當代的精神官能症家庭故事。然而，如果將被遺棄這個事件鑲嵌於原型脈絡中，則能從更深層的意義得知，故事要傳達的是：當代的新主 [2]（new God），總會在個體心靈內那個遭忽略及深處無意識的角落中被發現（基督降生在馬槽），這一意涵。假若個體必需受苦於身為孤雛而產生的精神官能症，他／她是被召喚要轉向內在的棄主（abandoned God），而非認同於所受的苦難。

漢斯・吉爾赫（Hans Giehrl）在《民間故事與深度心理學》（*Volksmärchen und Tiefenpsychologie*）一書中提出對於深度心理學觀點詮釋者的批判，我認為他的批判具有相當程度的正當性。他指出，這些詮釋者將自身的主觀問題轉入童話中，但事實上在故事中完全無跡可循。正如所有的科學學門，主觀因素向來就無法完全被排除在外，但是我相信藉由神話的擴大詮釋（amplification），將得以避免類似的主觀主義，也因此得以達到一定程度的正確解讀。

另一個得以滿足一定程度客觀性可資運用的方式，就是考量

脈絡。同樣地，吉爾赫對此也提出批判，但我並不認同吉爾赫的觀點。他認為有些不同的童話版本因為出現矛盾的母題（motif），以致探尋脈絡的客觀性受到影響，而被童話詮釋者省略不提。但假若我們更深入些來看這一點，將可發現每一個矛盾的母題都改變了整體脈絡，也因此得到反證。俄國童話《灰姑娘：瓦西麗薩》（*Beautiful Vassilisa*）描述的是一個女孩與古代女巫交手的故事，最後以喜劇收場，德國版本的《特露德夫人》（*Frau Trude*）則是以悲劇收場。如果細察兩個版本，將可發現俄國版故事的女孩親切、順從而有見識，但她在德國版則是忤逆、魯莽且寡廉鮮恥。這點差別滲透整體脈絡中，使得儘管兩個版本的故事都圍繞著與大母神[3]相會的原型而發展，解讀卻因而不同。

接下來的內容，我將聚焦於如其所是地解讀幾篇經典故事，或重要童話情節的基本類型，藉此幫助讀者釐清榮格派的解讀法則。我相信這是經得起考驗的方法，如果帶出的結果是某些讀者因此被激勵而想要嘗試解讀童話，同時也能感受到解讀過程的愉悅，那這本書的目的就達成了。

瑪麗-路薏絲‧馮‧法蘭茲

寫於瑞士屈斯納赫特市（Küsnacht）

1995 年 4 月

註釋

1　譯註：在榮格心理學出現之前，心理學理論中有關心理功能的討論僅限於與自我相關的意義性活動，而無意識則普遍被視為是依附於意識功能之下，不為個體及文化接受而必須要受壓

抑的內容，因此心靈就侷限於個體的及主觀的面向。但榮格將無意識的概念擴大，前述內容被稱為個體無意識，而榮格則另外提出「集體無意識」的觀點來說明無意識心靈中本能先驗的、人類通論的且代代相傳的內涵，主要是透過原型而得到表現。

2　譯註：此段作者以基督宗教的進展為喻，從個人心靈層面及集體無意識角度而言，已陳舊僵化的老國王是代表失去與非理性生命流接觸的自性象徵，因而需要死亡更新；而帶來新生的新主則是要回歸內在的棄主，亦即回歸與無意識中心靈事件流的連接。

3　編註：原初的母性關係及與母親情結相關的原型。大母神是孩童的母親，也是帶來愛與豐饒的大地之母。從神話學角度而言，母神帶來豐收也帶來飢荒，母神也兼容生與死的秩序與智慧；從人類心靈角度而言，母神是人類心靈中代表愛欲與聯繫的特質，祂帶來生命、愛與智慧。

致謝辭

在此感謝協助將這些討論會內容付諸文字的相關人士：優娜‧托馬斯（Una Thomas）忠實的將錄音檔謄錄成篇是本書文稿的基石；瑪麗安‧貝葉斯（Marian Bayes）及安德麗亞‧戴克斯（Andrea Dykes）在英文寫作上所提供的協助；薩爾‧格林尼（Thayer Greene）提供初版的經費。我也要感謝派翠西亞‧貝瑞（Patricia Berry）及瓦萊麗‧鄧利維（Valerie Donleavy）協助草創討論會。

同時也要感謝愛麗森‧卡比斯女士（Mrs. Alison Kappes）在這本英文修訂版中翻譯並納入德文版所附加的篇章。我也對薇薇安‧麥克洛醫師（Dr. Vivienne Mackrell）致上最高的謝意，感謝她協助構思本書架構，更重要的是感謝她的慷慨支持。

童話，一條通往集體無意識的華麗之路

呂旭亞（蘇黎世國際分析心理學院畢業、IAAP 榮格分析師）

　　榮格死後，他的門生在世界各地持續的發展分析心理學，這些由榮格直接分析訓練的人，被稱為第一代的榮格分析師，其中最重要的人物就是瑪麗-路薏絲·馮·法蘭茲。蘇黎世這個榮格心理訓練的大本營就由她主持。馮·法蘭茲持續著榮格的訓練風格，在心理分析師的養成過程中，強調對集體無意識的認識和學習。要求分析師要對文學、藝術、神話、宗教這些人類歷史所累積的資產，深刻浸潤，並藉由親近這些人類文明的遺產，才能對個人潛意識的心靈有所認識。這樣的分析取向與後來臨床治療的走向頗為不同，而被稱為「榮格心理學的古典學派」。瑪麗-路薏絲·馮·法蘭茲是古典學派最重要的精神導師，她認為只有真正認識人類意識底層的巨大冰山，接觸推動與主導個人與集體生命方向的原型，才是榮格學習者的重要之途。這樣深入無意識的巨大挑戰，馮·法蘭茲認為當從閱讀、解析童話入手。

　　馮·法蘭茲十八歲、高中三年級時，跟著一群同學郊遊似的到蘇黎世城外的波林根，在榮格隱居的塔樓見到了當時已相當著名的心理學家榮格，她說這次的見面改變了她的一生。她在大學裡主修

古典哲學與古希臘文和拉丁文，沒錢又想被分析的她，以自己的拉丁文能力為榮格整理、翻譯古老的煉金術書籍，用以換取榮格的心理分析，大二開始她跟著一群資深的學者、治療師們一起上榮格在ETH 開的分析心理學專題，從此沒有離開過這個探索心靈深度的學問。她後來成為心理分析師，是榮格最重要的助手、研究夥伴、傳承者。如要說她嫁給了榮格心理學也不為過，她後來在榮格退隱的波林根的山坡上也有了一塊地，蓋了一個塔樓，同榮格一樣，她的石屋裡沒水沒電，要自己砍柴燒火。甚至她死後所葬之處也只離榮格的墳地幾百公尺遠。

這樣的跟隨大師的足跡，馮・法蘭茲極其難得的沒有被榮格全然淹沒，她開創了童話的心理分析。榮格說過，馮・法蘭茲在童話分析上的發展獨到而深刻。她的著作超過二十本，可是最為重要的就是這本《解讀童話》，它是所有學習榮格取向的童話、神話分析的必讀之作，也是對集體無意識研究的一個演示。這本書開頁的第一段話已經成為童話分析的經典定義：「童話是集體無意識心靈歷程中，最純粹且精簡的表現方式，因此在無意識的科學驗證工作中，童話的價值遠超過其他的素材；童話以最簡要、最坦誠開放且最簡練的形式代表原型。在此一純粹的形式中，原型意象提供我們最佳的線索，以了解集體心靈所經歷的歷程。」

現在人們說起童話，總覺得它是屬於女人與孩子的文類，用於講給孩童或心智未開的人聽的簡單故事，其中人物樣板化，劇情、結果重複無新意。對童話這樣的理解在文學世界可以成立，可是馮・法蘭茲卻看到它在人類心靈裡扮演的獨特位置，它的簡單、重複正顯現出它原型的特質，一個無歷史時間、無文化空間的原始

集體性。西方把童話稱為精靈的故事（Fairytale），精靈的意象是有著輕盈翅膀的類人類，他們屬於夜晚，活躍於森林裡，和會說話的動物做朋友，擁有各種創造的魔力。在深度心靈裡，這樣的魔幻世界正是與夢一樣，屬於潛意識的象徵世界，精靈世界與夢比鄰而居，如果夢是通往個人潛意識的皇家大道，那我們也發現了另一個通往集體無意識的華麗之路：童話。當我們重新閱讀起童話，看重的正是這個如孩子一樣簡單又幽暗的心靈之路，借此便道，我們開啟一扇無意識的原型世界之門，在其中學習他們的語言，一個用意象說話的象徵世界，從中重拾創造象徵的能力，與自己內在的無意識，那個「很久很久以前……」的世界相遇。

解讀童話
──與心靈原型對話的方法

蔡怡佳（輔仁大學宗教學系副教授）

　　馮・法蘭茲與榮格於 1933 年相識於榮格的塔樓。塔樓是榮格在波林根（Bollingen）為自己建造的房屋，是從 1923 年到 1935年，歷時 12 年才完成的「四位一體」的建築。對榮格來說，它猶如母親的子宮，也是個體化過程的具象。塔樓沒有接電，也沒有自來水，榮格在其中過著最簡單的生活。馮・法蘭茲初識榮格，就在這個地方。她在拜訪塔樓當晚，就跟妹妹說，初訪塔樓是她生命中一個關鍵性的會遇。與榮格與塔樓的會遇成了她一生與集體無意識對話的開端，從隔年開始，她與榮格展開長期而密切的學習與合作，一直到榮格去世。

　　她為榮格翻譯拉丁文與希臘文的煉金術著作，協助他進行相關研究。從 1935 年開始，她也因為協助貝特（von Beit）研究童話，開始從象徵的角度對童話進行長達九年的研究。學習分析心理學後，她又更進一步以榮格理論的角度來理解童話。馮・法蘭茲發表過許多與童話解讀相關的著作，可以說是將榮格心理學運用於童話分析最具代表性與創見的學者。本書是 1970 年初次出版的《解讀童話》（*The Interpretation of Fairy Tales*）的增訂版，她在書中為讀者

揭露童話的原型向度，提出解讀的方法，並示範這些方法如何運用，最後鼓勵讀者以自行解讀的方式，為童話挖掘更深的意義。

馮‧法蘭茲認為，童話是表達集體無意識心靈歷程最純粹及精簡的途徑。因此，童話能夠將心靈型態（patterns of the psyche）鏡映得更為明澈。以榮格的概念來解讀童話，意味著將童話如何表達無意識，以及如何映現心靈的方式析解出來。童話的解讀就像是一場追索意義之謎的遊戲，遊戲的過程要從種種可見的人物、具體的事件與物品，走向心靈的秘密。童話的一端繫著故事中情節人物與原型及母題的連結，另一端繫著解讀者與集體無意識的連結。透過童話這面鏡子所映現出來的，不只是原型與母題的千變萬化與深邃，更重要而經常被忽略的是，童話也指向解讀者自身與其心靈。

馮‧法蘭茲認為，「我們」才是這些童話象徵母題的土壤，要了解植物，就不能只研究植物而不研究土壤。解讀童話不是將童話當成客觀的素材，企圖把握其背後客觀的意義，而是像分析師聆聽被分析者的夢境與幻想一樣，要將自身投入對方的故事與劇碼之中，如此一來被分析者才有可能治癒；童話的解讀也需要讀者帶著自身的情感經驗去進行。情感經驗意味著個體整體的心理功能，馮‧法蘭茲以榮格四大意識的心理功能為例，認為解讀者如果能用比較平衡發展的四個心理功能來解讀童話，解讀的內容就比較豐富多彩，不流於片面或是偏頗。

除了以較為平衡的意識來解讀童話，馮‧法蘭茲在本書中最精彩的方法示範，應該是突破意識侷限之後的「象徵解讀」與「擴大詮釋」。童話需要被解讀，是因為它指向的不是我們慣行的意識層次的理解，而是指向更為廣袤深邃的心靈，對意識層次來說，那恰

恰是最陌生的地方。因此，需要特別的詮釋的技藝。這種技藝有規則可循，並可透過練習而習得。

　　雖然馮‧法蘭茲強調帶著解讀者自身情感經驗的閱讀，但不代表這樣的解讀是主觀、任意的。她在書中所提出來的解讀方法很清晰，包括解讀故事架構、時間與空間、人物與角色、問題與困境，以及轉折與結局。就象徵詮釋來說，也提出比較法與擴大法：比較是為了勾勒常態，而得知例外；擴大法則是透過收集大量的平行對應素材，來擴展解讀範圍。

　　對於童話象徵的理解要如何表達呢？馮‧法蘭茲認為要將擴大後的故事再轉換為心理語言。從象徵的詮釋到心理語言的轉換，是一個解讀者藉著童話的媒介與心靈的原型對話的過程。但這並不是解讀的終點，解讀者還要從童話世界中切換出來，將無意識的訊息帶入現實生活，與現實生活連結與整合，無意識的訊息才算是找到了現實的居所。

　　1958 年，馮‧法蘭茲在波林根一座森林旁邊蓋了自己的塔樓。和榮格一樣，在裡面過著最簡單的、沒有水電、自己砍柴、燒柴、煮飯，與自然最接近的生活。她在塔樓中與大自然氣息相通，寫出了許多想寫的著作。塔樓是榮格、馮‧法蘭茲與無意識遭逢，並與之進行對話後，讓心靈展現的具體表達。

　　如果說童話是原型世界透過個人與鄉野傳奇的仲介而湧現的言說，塔樓則是深入無意識心靈後，恢復本來面目的創造。馮‧法蘭茲在本書中提出了一條透過解讀童話來與無意識對話的方法，當讀者跟著她，透過這些童話而聆聽了心靈的祕密時，在童話的盡頭，說不定也有屬於讀者自己的塔樓，等待著被創造。

童話學

童話是集體無意識心靈歷程中，最純粹且精簡的表現方式，因此在無意識的科學驗證工作中，童話的價值遠超過其他的素材；童話以最簡要、最坦誠開放且最簡練的形式代表原型。在此一純粹的形式中，原型意象提供我們最佳的線索，以了解集體心靈所經歷的歷程。在神話、傳說或是其他敘事清晰的神明故事題材中，我們透過與文化素材的重疊，而得到人類心靈最基本的樣板，但是在童話中，明顯能被意識覺知的文化素材少多了，也因此童話得以更精確地鏡映心靈的基本樣板。

　　從榮格派的概念而言，每個原型本質上都是未知的心靈因素，因此不可能將其內容轉譯為智性的詞彙。我們最多能做到的就是，根據我們自己的心理經驗，以及從比較學習中描繪其輪廓，盡可能地將糾結的原型意象網絡正確揭開。童話本身就是最佳註解，也就是說，童話的意義是涵括在由故事經緯線所連結的整體母題中。打個比喻，無意識就好比是某人期待與他人分享原初的眼界或經驗，但因為這是個未曾被概念化的事件，個體並不知道該如何表達。當個體處在那樣的處境，他會嘗試以各種不同的方式來傳達這個事物，並會試著用直覺類比來揣摩與之接近的素材，以喚起聽眾的些許回應，同時也會不厭其煩地詳細說明個人所見，直到聽眾對他所想表達的有了些許瞭解。同理，我們可以進一步假設，每個童話都是相對封閉的系統，但其中混合了關鍵必要的心理意涵，這個心理意涵是透過一系列的象徵圖片及事件所傳達，同時也在其中得以被發現。

　　經過多年的研究後我得到一個結論，所有的童話都極力描述一個相同的心靈實相，但這個心靈實相複雜且深遠，難以掌握其各面

向，因此需要數以百計的童話及數以千計如同音樂家所編寫的變奏版本予以重複，直到這個未知的實相被帶入意識界；但即使進入了意識界，主題變奏仍然源源不絕。這個未知的真相就是榮格所稱的自性（Self），它是個體心靈的整體；同時，它也是集體無意識的調節中心。每個個體或民族，都有其經歷這個心靈實相的樣板。

不同的童話所提供的，是對此一實相經驗各個階段的常態圖像。故事有時著墨較多在初始階段對陰影面的處理經驗，同時也淡淡地描繪接下來會發生的狀況；而其他童話則強調阿尼姆斯（animus）及阿尼瑪（anima）的經驗、隱身在後的父親及母親意象，以及對陰影問題和後續發展的美化；還有其他的故事則強調搆不著、拿不到的寶藏這類的母題以及核心經驗。這些童話本身並沒有所謂的價值高低差異，因為在原型的世界中並沒有價值高低之分，每個原型本質上都只是集體無意識的一個面向，也同時都代表著集體無意識的整體。

每個原型都是相對封閉的能量系統，而其能量流則流經集體無意識的每個面向。原型的圖像不應僅被視為靜態的，它同時是一個完整，且自成一格納入其他圖像的過程。原型是個獨特的心靈驅力，它所創造的效能就如同一束放射光線，以一個完整的磁場向四面八方開展。因此，一個「系統」的心靈能量流，亦即原型，事實上也流經其他各式原型。秉此而論，雖然我們必須認知原型圖像中不能被定義的模糊性，我們仍然必須訓練自己做到如同畫鋸齒邊線般將每一邊、每一角都突顯出來。我們需要盡可能接近每個圖像獨特、精確及「如其所是」的特質，並試著表述圖像內涵的獨有心靈狀態。

歷史與流派

在解釋榮格派獨有的解讀方法前，我要先簡略地說明童話學的歷史，以及不同學派的理論及文獻。在柏拉圖的著述中，我們看見年長女性對孩童講述象徵故事，這被稱作神話體系（mythoi），可見當時童話就與兒童的教育相連接了。其後，第二世紀哲學家暨作家阿普留斯（Apuleius）在他著名的小說《金驢記》[1] 中納入一篇美女與野獸版的童話，名為〈丘比德與賽姬〉（Amor and Psyche），在當代挪威、瑞典、俄羅斯及許多其他國家都仍然能夠找到與這個童話相似的故事劇碼。因此，我們可以下結論說，這類型的童話（女人救贖獸性的愛人）至少已經存在兩千年以上，事實上是歷經千古而不變。除此之外，我們還能找到比這更古老的童話，出現在埃及的莎草紙（papyrus）及石碑（stelai）記載中，其中最有名的就是兩兄弟亞奴比斯（Anup／Anubis）和巴他（Bata）的故事。故事內容近似於兩兄弟型的童話，讀者可在歐洲國家找到類似的故事；讓人不可思議的是，我們擁有三千年的書寫歷史，但這三千年來基本的母題卻沒有多大改變。此外，根據史密德神父（Father Max Schmidt）的論述《上帝觀的起源》[2]，大致說來某些童話的母題可追溯至西元前 2500 年，亙古不變。

一直到十七及十八世紀時期，童話都是說給成人及兒童聽的，這一點在當代遙遠的原始文明中心仍然為真。在歐洲，童話曾經是人們在冬季的主要娛樂，講述童話成為農業社會中必要且富靈性的職業，有時人們還稱童話為法輪哲學（Rockenphilosophie）。

科學界對童話的興趣開始於十八世紀的思想家如溫克爾曼

（Winckelmann）、哈曼（Hamann）、約翰·戈特弗裡德·赫德（J. G. Herder），其他如莫里茲（K. Ph. Moritz）等學者們也給童話充滿詩意的解讀。赫德表示這類型的故事，透過象徵表達遠古且久經遺忘的信念。在這個觀點下，我們得以看見情緒的驅力。新異教主義早在赫德哲學時期就在德國激起漣漪，同時直到不久之前也都以不甚受歡迎的樣貌呈現在世人面前，隨著對於基督宗教教導的不滿，人們開始對一個更充滿生命力、質樸且本能的智慧產生想望；其後，德國的浪漫主義學者也讓這個觀點益加顯著為人知。

格林兄弟的貢獻

正因為在宗教上的追尋，人們開始找尋正統基督教義中所缺少的東西，激發知名的格林兄弟（Jakob and Wilhelm Grimm）開始蒐集民間故事。在那之前，童話的遭遇就如同無意識一般被視為理所當然。人們將之視若常態般與之共存，卻又不願承認它的存在。它被利用在，例如魔術及符咒中，甚至如果有人做了個美夢也利用它，卻同時不把它當一回事。對這一類人而言，並不需要太精確的看待童話或夢境，曲解是可接受的；因為既然它不是科學的素材，點到就好，同時人們也有權力揀選自己認為適合的部分，並丟棄其他不合的內容。

長久以來對於童話的態度普遍將之視為反常、不可靠、不科學以及不具真實性，因此我總是會告訴我的學生去找尋原版的故事。現今你仍然可以找到有些格林童話的版本，其中某些場景被略過，某些插入了其他童話的內容。故事的編輯及譯者有時候輕率地扭曲

故事還懶得寫下註腳，我相信他們絕對不敢如此輕率對待《基爾嘉美緒》（*Gilgamesh*）史詩或是類似的文本，但是童話似乎提供了一個自由的場域，在這個場域中人們得以不受拘束的做出輕率失禮的行為。

格林兄弟根據田野調查，逐字記錄童話內容，但即便是他們兩位都不可避免地將一些版本混合在一起，只不過他們技巧比較高明些，而且也夠誠實的以註腳來交代，或是在給阿爾尼姆[3]（Achim von Arnim）的信件中說明。但在格林兄弟那個時代，還不具有當代民間故事作家及人類學家所秉持的科學態度，他們仍逐字記下故事內容，原汁原味呈現其中的缺漏及矛盾處，讓童話聽起來保有一種如夢一般的矛盾與韻味。

格林兄弟所出版的童話故事集是個空前的成就，當時的社會勢必充斥著一股對無意識心靈的熱情，才得以讓其他版本如雨後春筍般在各地出現。在法國，知名兒童文學作家佩羅[4]（Perrault）先前的著作得到再版，其他國家的人們也開始蒐集各自國家所屬的童話。人們一度對於大量重複出現的主題感到衝擊，相同的母題，在成千的版本及法國、俄羅斯、芬蘭、義大利的選集中一再重複出現。於是如同赫德早年對搜尋「古老智慧」及「信念」的風潮也再度興起，以格林兄弟為例，他們就用了「瑕不掩瑜」來說明童話的古老智慧。類似於格林兄弟的成就，還有所謂的象徵學派的出現，代表人物有海涅（Chr. G. Heyne）、克勞伊澤爾（F. Creuzer）及革勒斯（J. G. Görres）。他們所秉持的基本觀點在於，神話是深度哲學實踐及哲學思維的象徵表現，同時也是關於上帝及世界實相[5]最深刻的神祕教導。雖然這些研究者提出了一些相當有趣的想法，但

他們的論點現今看來似乎有過多的個人揣測。

母題與源起研究

其後興起的則是一個較符合歷史性及科學性的學術風潮，試圖回答為何有如此多一再重複的母題這個問題。因為在當時尚未出現有關一般集體無意識，或是一般人類心靈架構的假設（雖然有一些學者間接地指出這一點），自然興起了一股對於童話源起及遷移路徑的探尋。東方學暨印度學研究專家本菲（Theodor Benfey）試圖證明所有的童話母題起源自印度再轉移至歐洲[6]；但是其他如同詹森（Alfred Jensen）、溫克勒（H. Winkler）及史塔肯（E. Stucken）等學者則認同於所有的童話起源自古巴比倫帝國，之後再擴展到小亞細亞，再到歐洲。

還有許多其他學者嘗試建構類似的起源理論，這一波進展的其中一項成果就是創設了像芬蘭學派這類的民間傳說中心，學派首要的代表人物為卡爾・科隆（Kaarle Krohn）及安蒂・阿爾奈（Antti Aarne）。這兩位學者評論說童話不可能只起源於一個國家，而他們也推論不同的故事可能有不同的起源母國。他們收集所有「美女與野獸」型的故事、助人動物的故事及其他類型故事，而認為這其中最優質、內容最豐富，以及文字最典雅而精鍊的版本，可能是最初版本，其他的版本可能就是衍生版。現今仍有些人循著相同的路線探討，但是所提出的假設，我個人認為將不可能存續下去，因為我們知道當童話被傳承時，不見得會衰減退化，也有可能會增進提升。因此，我認為芬蘭學者提供了我們一個有用的母題彙整集，但

是他們的推論對我們來說可用的不多。阿爾奈最主要的著作《民間故事類型》（*Verzeichnis der Märchentypen*）已經有英文版[7]發行。

同時間，還有一個由馬克斯・繆勒（Max Müller）所主導的一項學術運動，人類學家試圖將神話解讀為自然現象的謬寫，如：弗羅貝紐斯（Frobenius）針對太陽神話的論述、保羅・艾倫瑞克（P. Ehrenreich）對月亮神話的論述、斯圖肯及具倍納蒂思（Stucken and Gubernatis）談及黎明拂曉、曼哈爾德（Mannhardt）談論植物生命，以及阿達爾伯特・庫恩（Adalbert Kuhn）談暴風雨。

十九世紀時，有些人就已經開始轉向其他的思維取向，在這裡有個幾乎被忘記的人一定要提提，這個人在我心中佔有很大的份量，那就是寫了《人面獅身之謎》（*Das Rätsel der Sphinx*）一書的萊斯特納（Ludwig Laistner），他所提出的假設在於，基本的童話及民間傳說母題均得自於夢境，但是他主要專注在惡夢母題。基本上，他試著彰顯典型重複出現的夢境與民間傳說母題之間的關係，而他也引用有趣的資料來應證他的論點。雖然並沒有提及民間傳說，人類學家斯坦恩（Karl von der Steinen）當時也在他的著作《航向巴西中心》（*Voyage to Central Brazil*）書末試圖解釋，他所研究的原始人所抱持的最不可思議及超自然的信念，來自於夢境體驗，因為原始行為的典型模式，就是將夢境體驗視為真實且實在的經驗。舉例來說，假如某人夢到他在天堂和一隻老鷹對話，他隔天可以正當的把這個說成一個真實的事，而不需要加註說他夢到這件事；而根據斯坦恩的說法，這也就是這些民間故事的起源。

另一位學者，阿道夫・巴斯蒂安（Adolf Bastian）有個有趣的理論，他把所有的基本神話母題都稱作人類的**初始思維**[8]

（Elmentargedanken）。他的假設是：人類有個初始思維的儲存庫，不是來自後天轉化的，而是每個人天生就有的，而這些思維以不同的樣貌出現在印度、巴比倫，甚至在南洋的故事中；他將這些特定的故事稱為民俗思維（Völkergedanken）。他的想法很明顯的與榮格的原型及原型圖像的概念相近，在此觀點下，原型成為基本的架構配置並從中創造特定的神話主題，而圖像成形過程中所依循的特定形式，就成為原型圖像。根據巴斯蒂安的說法，初始思維是個假設性的因子，也就是說，我們看不到初始思維，但是許多的民俗思維都指出其底層存在著基本思維。

智性的想法有時候會誤導人們，將原型視為一項哲學思維，這個誤解源自於原型的本質。我們不同意巴斯蒂安將這些母題說為一種「思維」。他有著強烈的哲學意念，顯而易見地是個思考型的人，而他甚至嘗試將某些初始思維與康德（Kant）及萊布尼茲（Leibniz）的思維相連解讀。相反地，對我們而言，原型並不僅僅是初始思維，更是初始如詩般的意象及幻想，也是初始的情緒，甚至是對於某些特定行為的初始衝動。因此我們在這個概念上加入了感覺、情緒、幻想及行動的次級架構，這是巴斯蒂安在他的理論中所未提到的。

萊斯特納的理論假設，及後起者雅各（Georg Jakob）的理論都並不成功，雅各還曾經寫過一本近似於萊斯特納，關於童話及夢境的理論著作[9]；同時，斯坦恩的建議也不被接受，而巴斯蒂安也被一般科學界所鄙棄。當時的科學界比較走英國民俗協會（English Folklore Society）及芬蘭民俗協會（Finnish Society of Folklore）的思維路線，在前面所提到有關安蒂·阿爾奈的著作之後也出現了一本

由斯蒂思・湯普森（Stith Thompson）所創作的實用巨作，書名為
《民間文學母題索引》（*Motif Index of Folk Literature*）。

　　除了蒐集平行版本外，新的理論學派也開始出現，其中一派就
是所謂的文學學派，這一學派主要從純文學及制式化的角度，檢視
各版本故事的差異，包括神話、傳說、逗趣軼事、動物故事、搗蛋
鬼故事，以及所謂的經典童話[10]，形成了非常有價值的研究。藉由
文學學派所使用的特定法則，研究者開始比較傳說中的英雄與經典
童話中的英雄，以此類推也因此得到有趣的成果，而我也推薦這樣
的研究工作。

原型概念的導入與迷思

　　另一個現代的學術運動則包含了人類學家、考古學家、神話學
及比較宗教歷史學方面的專家，事實上這所有的專家學者，都知道
榮格及榮格心理學，但是當他們試圖解讀神話母題時，都遺漏了榮
格的假設——想當然耳也遺漏榮格的名字——卻又間接地使用他的
學術發現。他們寫下名為《大女神》（*The Great Goddess*）、《三聯
神》（*The Threefold Godhead*）或是《英雄》（*The Hero*）這類書籍，
但他們的解讀並不以創造象徵的人類個體性或其心靈架構為起始
點，可說是處身在原型當中，讓原型以富有詩意及「科學性」的方
式自行擴大發展。

　　在神話學領域則有尤利烏斯・施瓦伯（Julius Schwabe）及時不
時會被人們提及的米爾夏・伊利亞德[11]（Mircea Eliade），還有奧
圖・胡特（Otto Huth）、羅伯特・格雷夫斯（Robert Graves）、艾

裡希・弗洛姆（Erich Fromm）也都多多少少是以這樣的方式研究童話；此領域學者為數眾多不勝枚舉，在此僅點到為止。這些人被批評使用不科學且不正當的方法解讀，因為他們最終都落入某種完全無法預知的狀況。一旦以這樣的方式來處理原型，就成了所想即所見的情況。如果你從世界之樹開始，你很容易地就會證明每個神話母題最終導向世界之樹；如果你從太陽開始，你也很容易地就會證明每個事物最終都是太陽母題。因此你就只能迷失在互連網絡的混沌中，而且意義交雜的結果就是所有的原型意象都相互包容。如果你選擇大母神或世界之樹或太陽或陰間或靈魂之眼等等當做母題，你可以無止境的堆積比較素材，但你也完全失去了在解讀時所秉持的阿基米德邏輯演繹觀點。

在榮格所寫的最後一篇論文中，他指出這是智性型的人最容易落入的思維陷阱，因為忽略了情緒及感覺因子，而這兩因子總是與原型意象連結[12]。原型意象並不僅僅只是一組思維的模式（因為思維的模式是交互連結的），原型意象也是個情緒的經驗，亦即個人的情緒經驗。只有當意象對個體有情緒及感覺的價值，它才是活著且具意義的。就如同榮格所言，你能蒐集全世界的大母神、全部的聖徒及其它原型意象，但是如果你少了個體的情感經驗，你所收集的這一切都將不具任何意義。

那麼這就成了一個難題，因為我們所受的學術訓練都捨棄了這個因子。在大學學院內，特別是在自然科學領域，當老師呈現一顆水晶給全班同學看，女孩們特別會大喊「好美的水晶」，然後老師會說「我們現在不是要欣賞它的美麗，而是要分析這個物體的結構」。因此，從接受教育以降，你總是不斷地習慣被訓練成要壓抑

個人情緒反應，同時也訓練你的心智成為所謂的客觀。我對於這樣的訓練在某種程度上是認同的，到目前為止科學的訓練也算適切，但是這在心理學卻是行不通的，而這也是榮格所提心理學身為一門科學所面臨的困境。對比於其他科學領域，心理學不允許忽略感覺這個面向。心理學必須要考量「情」調及內外在因素的情緒價值，當然也包括觀察者的情感反應。如你所知，現代物理學已經接受實驗觀察者，及他在建構實驗時心中所預設的理論假設，會影響他的研究結果這個事實；然而仍然未被接受的另一個事實是，實驗觀察者的情緒因素也會帶來影響。但是物理學家必須再次思考沃夫根‧鮑利（Wolfgang Pauli）所言：我們沒有先驗（a priori）知識加以反駁。很明顯地，這是我們在心理學界必須考量的一點，這也是為什麼許多學院派的科學家稱榮格的心理學為非科學，因為榮格心理學將科學領域所慣性排除的因素納入考慮。但是批評我們的人並沒有看見，這並不是我們一時興起的想法，也不是因為我們幼稚不夠成熟，而無法壓抑我們對於事物的個人情感反應。從意識上對科學的洞察得知，假若你想要對眼前的現象有正確理解，這些感情都是必須的，而且也符合心理學的法則。

如果個體經歷了原型的經驗，例如：夢見一隻老鷹從窗戶飛入所帶來的壓迫感，這並不僅僅是依靠思維模式讓你歸納說：「噢，沒錯，老鷹是天神派來的使者，是宙斯的傳信者，也是丘比特的使者；還有，在北美洲的神話中老鷹是造物主」之類的話。如果你從智性層面擴大原型意象這一點來看，這樣的說詞是沒有問題的，但是你忽略了情緒經驗。為什麼出現的是一隻老鷹而不是烏鴉、不是狐狸也不是天使？從神話角度而言，天使和老鷹是相同的東西，他

們都是「天使」，從天堂、從天上、從神之所在地而來的羽翼傳信者；但是對做夢者而言卻是截然不同的，無論他夢到是一個天使及其他對他而言有相同意義的事物，或是夢到一隻老鷹及他對老鷹所有正面及負面的反應。縱使科學性的伊利亞德、胡特、弗洛姆及其他人可能只會說他們都是從上天而來的使者，但你不能跳過做夢者的情緒反應。從智性角度而言，他們是相同的東西；但是從情緒角度而言，他們是不同的。因此，你不能忽視經驗所在及個人與整體相關的情境。

科學派學者試圖將榮格心理學的成果，拉回舊式學術思維場境中，同時也把榮格在神話科學中所引入的重要因素擱置不看；具體言之，這些因素就是讓母題得以發展的人類基本面。甜瓜在堆肥地長得最好而不是在沙地，你不能不研究植物生長所在地的壤土而單單只研究植物。如果你是個優秀的園丁，你對土壤及植物都必須有豐富的知識；而在神話學，「我們」就是象徵母題的壤土。我們，指的是每一個人。我們不能忽視這個眼前的事實，推辭說這個事實不存在，而思考型及智性導向的人會落入的可怕陷阱就是排除這個事實，因為這正合他們的習性。

讓我們以樹這個母題來舉例說明，假設我是個帶著樹情結的研究者，我就會以樹為起始點，因為在情感上個人為之深深著迷。我會說：「噢！太陽神話與樹神話是相連的，因為清晨時太陽是從東方在樹間升起。例如，我們有聖誕樹，而每年的聖誕節，樹在冬至時節帶來新生之光。因此所有的太陽神話某部分來說也是樹神話。但是樹也是個母親，你知道在德國南部的薩克森（Saxony），即便是今時今日，都仍然相信漂亮的女孩是在樹葉中成長，而我也

可以讓你看一些孩童從樹而來的圖片。新生嬰孩的靈魂在樹葉下颯颯作響，這就是為什麼在德國、奧地利及瑞士的所有城鎮中心都有樹木存在，因此樹就是大母神。但是樹不僅是生命之母，更是死亡之母，因為棺木是由樹木雕刻而成的，我們也有樹葬儀式，而在極地部落的薩滿神及北加拿大特定部落的人民，則是被葬在樹下的。也許古巴比倫的金字型神塔（Zikkurats）及波斯人安放亡者的圓柱也都是樹的仿體。然後，你是否想過樹跟井的關係？每棵樹下都有一湧泉水。例如，就有一棵宇宙樹（Yggdrasil），樹下有神聖之泉（Urd），我可以給你看古巴比倫封印，上面有著生命之泉位於樹下的圖像，因此所有生命之泉的母題都與樹相連結。一旦你頭上的探照燈對向它，一切就全成了樹的神話學，再清楚不過。然而你也可以把月亮帶進來，樹身為母親當然是陰性的，但它同時也是父親，因為樹是陰莖的象徵。舉例來說，在阿茲特克編年記中顯示，代表阿茲特克人發源地及後來馬雅人移入地的文字，是以一棵折斷的樹為代表，它是個樹幹的形象，而樹幹的形象就是陽具崇拜的父親意象。有些故事說道：一個女人走過一棵樹，而樹的一棵種子掉入她的子宮。因此，顯然，樹是父親，而這也連結到樹是太陽，當然就是父親意象，這一切都再明顯不過了。」

如果你有太陽情結，那麼所有的事物都會與太陽相關；如果你有月亮情結，那麼所有的一切都會是與月亮相關的。

在無意識中，所有的原型都是彼此交雜的。這就好比是數張相片交疊列印，無法劃分開來，這一點或許與無意識本身相對不具時間性及空間感有關。這也好比是同時呈現一袋具代表性的物件，當意識心靈看上某個物件時，特定的母題就被選上了，因為你的探

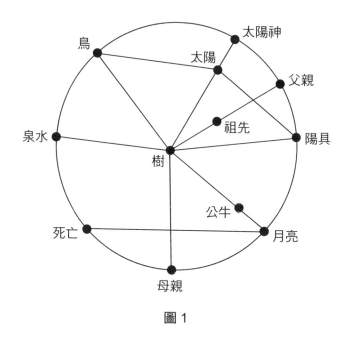

圖 1

照燈已經照上它了。這完全看你的探照燈第一個看上的是什麼，不管先看上哪個，你總是會得到全部的集體無意識。因此，對某個科學家而言，母親就是所有的一切；對另一個研究者而言，所有的一切都是植物；而對下一個研究者來說，一旦都是太陽神話。好笑的是，當這些智性導向的人看見連結點時，比方說，樹與太陽或樹與棺木間的連結時，他們會說：「想當然耳！」或「顯而易見地！」或「自然而然地！」樹在此例中明顯就是母親啊！我仔細檢視這些研究者是如何使用這幾個字，一點都不難發現，因為原型的連結都是顯而易見的也是自然如此的，所以作者會用「自然而然地！」或「顯而易見地！」，可以確定的是他的讀者都會走入相同的圈套。有些人在一段時間後會開始出現反動，會明瞭不可能每件事物都等

同於其他一切事物，而他們也會回到象徵意象間的情緒價值差異。

榮格學派的童話解讀

　　事實上，你可以從意識的四大功能中，選擇任一角度來解讀神話或童話。思考型的人會指出架構與所有的母題間相互連結的方式。情感型的人會把他們放在價值的列序（或價值的高低階層）上，這序列是全然理性的。藉由情感功能，一個令人滿意且完整的童話解讀才可能完成。感覺型的人會只看象徵並加以擴大，但直覺型的人則會一以貫之，他有著天賦的能力發掘整部童話實際上不是東拉西扯的故事，而是一個完整的訊息被切割成不同的面向。如果你的四個心理功能分化得較完整，你將具有較高的能力來解讀童話，因為我們必須盡所能的用這四個心理功能來循環解譯故事。如果你的四個功能得到較佳的發展，並能得心應手的運用，你的解讀內容就會更優質且豐富多彩。這是個需要練習的藝術，除了我接下來要提供的一些基本指引外，也是沒辦法教的。我總會告訴我的學生們，不要背誦我的演講內容，而是要試著自己解讀童話，這是唯一的學習方式。事實上，解讀是一項藝術，是一項手藝，全然靠你自己。大家共同解讀童話的課堂就像是一場告解大會，這是無法避免的，而這也是正確的作法，因為你必須把自己完全投入其中。

　　首先我們可以從，探討為什麼榮格心理學界會對神話及童話有興趣開始。榮格醫師曾經說過，唯有在童話中，個人才能對心靈的比較解剖有最佳的學習。在神話、傳說或其他文字更精鍊的神話素材中，透過許多文化的元素，我們得見人類心靈的基本圖譜；但是

在童話中，特定的文化意識元素相對較少，因此童話得以更清楚的鏡映出心靈的基本圖譜。

其他心理學派公開指出我們這些分析師到哪都看得見原型，顯然我們的病患每晚都夢到原型，但是他們的病患卻從來都不會製造這些素材。如果分析師不知道什麼是原型母題，自然就不會注意到它們，也就只從個人角度解讀夢境並將之與個人的記憶連結。為了要能夠點出原型素材，我們必須先有基本的認識，這也說明了我們何以要盡可能學習母題，及母題所處的各式場景。

但是還有另一個從實務面來看更顯重要的原因，也同時帶出更根本的問題。如果某人做了個夢，而你心中已有其過往病歷資料，亦即一般外在及內在的生活故事，即便你盡量避免，通常都還是會在心中對於夢者的問題有大致的推論：心想這男人是個媽寶或這女人是爹寶，或是這是受陽性操控的女性，或其他天知道可能會有的預想。讓我們假設，你心裡認定某些被分析者深受陰性面煩擾，而當她帶來一個關於因竊賊闖入而被嚇壞了的夢，那麼你會有「啊哈！這就對了！」的反應。你沒有發現自己根本沒有解讀這個夢，而只是認出你心中原本就料想的內容，你把夢境內容跟你對問題所在的直覺假設相連結，然後你把竊賊解釋為陽性人物，看起來就像是一個客觀的解讀。但是你並沒有真正學習以科學的方式解讀夢境，所謂的科學觀點，對於母題中會衍生出什麼並沒有任何的假設。我們應該盡可能的客觀看待夢境，只有在最後的時刻才演繹出結論，因為夢境所帶來的，是分析師或被分析者先前都不知道的新訊息。

學習客觀法則的最佳方式，就是以童話母題來練習，在童話母

題中並沒有個人相關的場景，而你也沒有對於意識情境的個人知識來幫助你解讀。

讓我們首先考量：童話是從何而來？如果我們夠務實的話，我們該說童話是起源自一個特定的時刻；在某個特定的時刻，一個特定的童話成形。但這到底是怎麼發生的呢？

麥克斯・綠提（Max Lüthi）指出在傳說及鄉土傳奇中，故事中的英雄都是活生生的人[13]。鄉土傳奇類的故事都是這樣開始的：你看見上頭的漂亮城堡嗎？你知道，有個故事跟它有關。從前有個牧羊人在熾熱的仲夏某日，驅趕他的羊群到城堡四周，突然好奇地想要進入城堡，即便他曾聽人說過城堡裡鬧鬼。因此他顫抖著雙手打開了門，看見一條白蛇，白蛇會說人話，牠要牧羊人進入城堡，並說只要牧羊人能夠在裡面待滿三天，他就能夠成為城堡的主人……或是類似的故事情節，這就是所謂的鄉土傳奇。而綠提舉了好些例子來說明在這些鄉土傳奇中，英雄就是一般人，有著一般人的情感及反應。舉例來說：據說牧羊人打開城堡大門當時，他的心怦怦作響，而當白蛇親吻他時，他也直打哆嗦，但是他都勇敢地忍住了。故事被講述地就好似是一般人經歷了超自然或超驗心理學的經驗。但是如果你去看經典童話，比方說格林童話中的〈黃金鳥〉（Golden Bird），故事中的英雄就沒有這些情感。如果一隻獅子朝他而來，英雄拔劍殺了這隻獅子。完全不會提到英雄感到害怕、發抖，然後舉劍刺向獅子的喉際、朝腦門一擊，同時還質問自己到底做了什麼。因為他是英雄，他自然而然就殺了獅子，因此綠提說在童話中的英雄是個抽象人物，完全不是活生生的人。英雄的角色也很分明，非黑即白，典型的英雄反應就是：他救了公主、殺了獅

子，而且也對森林裡的老女人無所畏懼。英雄是道道地地的樣板人物。

在讀到這段文字後，我回想起刊登在瑞士民間傳說報導中，一篇十九世紀的家庭年史[14]。這個家庭仍然住在瑞士格勞賓登州（Graubünden）的首府庫爾市（Chur），家族這一輩的曾祖父，在阿爾卑斯山上一個與世隔絕小村莊中有個磨坊，有天夜晚曾祖父出門獵狐狸，當他瞄準狐狸時，狐狸舉起爪子說：「別射我！」然後就消失地無影無蹤了。這個磨坊主人顫抖著回到家，因為會說人話的狐狸並不是他每日生活的經驗。回到家後他發現磨坊的水自動繞著水車流動，他大聲問是誰啟動磨坊水車，沒有人承認，而兩天後他就死了。在靈性或是超驗心理學的記載中，這是典型的故事型態。世界各地也記載著在某人死亡之前，曾發生類似的事情，如：器械自動作用彷彿是活的一般、鐘錶停止行走彷彿他們是亡者的一部分，還有其他千奇百怪的事情發生。

現在有個人讀了這個家庭年代史的故事後，前去這個村莊詢問當地人有關這個磨坊的事情，磨坊本身已經變成一個廢墟。有些人說：「沒錯，上頭有個磨坊，而且有些邪門，裡面住著幽靈。」因此你可以想見這個故事是如何變質的。他們都知道事件跟死亡及超驗心理的事件有些關連，但是他們已經記不得任何細節及獨特之處。在此芬蘭學派似乎是說對了，這些學者提出在重述的過程中，事物變得貧乏。但是這個人又發現其他人告訴他：「沒錯！我記得那個故事。磨坊主人外出獵狐狸，而狐狸對他說『磨坊主人，別射我。你應該還記得我在潔蒂阿姨那兒是如何磨碎玉米粒的。』後來在亡者的追思會上，一個酒杯被打破，磨坊主人的潔蒂阿姨滿臉發

白，大家都知道她就是那隻狐狸，也正是她殺了磨坊主人。」

常聽聞巫婆會以狐狸的樣貌出現，據說巫婆會在夜間附身在狐狸身上外出，以狐狸的身分幹盡壞事，之後再回到他們自己的身體；當她靈魂出竅時，她的身體就如同死人般躺在床上。這個說法是被「驗證的」，因為有時候我們會聽說獵人撞見狐狸，射傷狐狸爪子，隔天早上，某家的夫人就被發現躲躲藏藏地不讓人看見她被包紮的手臂，對於別人的詢問也隻字不回。想當然耳，她就是那個在外幹壞勾當的狐狸精。從阿爾卑斯到奧地利甚至日本及中國，對於巫婆及瘋女有狐狸魂魄的原型信念，都是常見的，因此一個常見的原型母題就和這個特別的狐狸故事連上了；而這個故事的發展也逐漸深化豐富，內容更連貫一致。就好似是人們覺得故事內容讓人不夠滿意，心想：為什麼狐狸剛好就在磨坊主人過世前對他說話？因此藉由增加了一個巫婆的橋段，同時把她投射在磨坊主人的阿姨這個角色上，並讓她在追思會上洩漏了自己的身分，而讓故事更顯豐富。之後，村莊裡的另一個老女人說了同一個故事，但加上另一個母題，也就是，當磨坊主人回到家後看見磨坊水車轉動，同時間也看見一隻狐狸繞著磨坊水車而轉。

這驗證了我個人的觀點，我認為安蒂‧阿爾奈提到，故事總會越來越貧乏是個錯誤的想法，因為事實上故事是可以擴增的，藉由自我擴大增加原型母題而更加豐富，如果再加入幻想及說故事的天賦，故事可以變得更精緻動人。對此我的假設是：也許較原始形式的神話，是鄉土傳奇及超驗心理故事；奇聞軼事則是受集體無意識涉入影響，而產生的白日幻想（waking hallucinations）。這是仍然持續在發生的現象，瑞士的鄉下人時常會有這類的經驗，而這也成

　　　解讀童話：從榮格觀點探索童話世界

為基本的民間信仰。當怪事發生時，人們到處散佈它，就如同散佈謠言一般，其後在有利的情境下，內容因為被加入既存的原型象徵而被豐富化，慢慢的成為一個故事。

有趣的是，這個故事現今只有一個版本記下磨坊主人的名字，其他的版本中，就只剩下「磨坊主人」。因此只要故事的主角是「磨坊主人張三李四」，這就仍然是鄉土傳奇，但當故事變成「從前有個磨坊主人外出獵狐狸……」，這就成為童話。一個概論性的故事形式可以被移轉到任何的村落，因為這個故事已經不再受限於一個特定的磨坊，及一個特定的人物。因此也許綠提的論點是正確的：童話是個抽象化的概念，童話是從鄉土傳奇而來的抽象化成品，一個被濃縮的結晶物，因此童話能代代相傳，同時也能被記住，因為童話總是吸引著人們。

從我提出超驗心理經驗是鄉土傳奇的根基這個論點後，威爾緒（J. Wyrsch）也同樣發現這一點，並在他的著作《傳說及其心理背景》（*Sagen und ihre seelischen Hintergründe*）提出說明，此外布克哈特（H. Burkhardt）在《傳說的心理》（*Psychologie der Erlebnissage*）也有說明。讀者們可以在艾斯勒（G. Isler）於 1970 年所出版的卓越論文〈牧人玩偶〉（Die Sennenpuppe）中找到更詳細的資料。

文獻探討

＊以下文獻原文請參見書末「文獻參考」。

比較文學

早在克勞德‧李維史陀（Claude Lévi-Strauss）建構結構主義前，俄羅斯當地貢獻卓著的研究員伏拉迪米爾‧普羅普（Vladimir Propp）在他 1958 年出版的著作《民間故事形態學》中就試圖定調童話內的特殊架構，後來他也被納入結構學派而成為其中的一員。有實證顯示李維史陀引用榮格的著作卻沒有註明出處[15]，在此我就忽略李維史陀的學術論著。從另一方面而言，吉勃‧杜蘭（Gilbert Durand）於 1960 年出版《想像物的人類學結構》一書為結構主義本質帶入新的貢獻。

我並無意在這兒討論現今許多社會學及女性主義等理論對童話的看法，出於意識型態的偏見及憎恨，這些論述通常曲解了基本事實。

關於童話史學研究，不得不提的是斐利克斯‧卡林格（Felix Karlinger）的《德語系國家童話發展基本歷史進程》一書，以及卡林格於 1973 年所選編的叢輯《民間故事的研究方法》。

個人認為，在非榮格派中，對神話學的比較研究貢獻卓著的當屬法蘭茲‧奈森（Franz von Essen, 其 Symbolon 這一卷當時是由 Julius Schwabe 出版），及海諾‧蓋爾（Heino Gehrts）在 1980 年的著作《故事與犧牲者：探究歐洲兄弟童話》。這兩位作者還有另一本著作出版於 1980 年，名為《神話中的人類形象》。

深度心理學

接下來，我們進入深度心理學的必要文獻。赫伯特・西伯爾（Herbert Silberer）1914 年的著作，後來在 1961 年未經修訂重新再版，書名為《神祕主義的問題與其象徵意義》，書中內容包含精神分析觀點下的夢境詮釋及童話文稿。後期從佛洛伊德觀點而為的著述則有歐特卡・溫根斯坦（Ottokar Wittgenstein）在 1981 年出版的《童話、夢境與命運》一書，以及布魯諾・貝特罕（Bruno Bettelheim）在 1976 年出版的《魔法妙用：童話故事的意義及重要性》一書。另外還有溫亨・萊柏林（Wilhelm Laiblin）的著作，收錄於 1975 年出版的合輯《童話研究與深度心理學》。

至於榮格派的文獻，榮格個人的理論主要可在他早期的著作《轉化的象徵》，以及他後期與卡爾・柯任尼（Karl Kerényi）在 1985 年合著的《神話學》中找到。榮格在其全集第九卷第一部分的第五章〈童話故事中的幽靈現象學〉中特別談到他對童話的觀點，很顯然地，在榮格所有的著作中都能找到他對原型母題的解讀。如果是要一般的導論，我建議下列書單：海德薇希・貝特（Hedwig von Beit）於 1957 年所出版的《童話象徵學》三冊叢輯，當然也推薦麥克斯・綠提（Max Lüthi）在第二冊《對比與更新》中的討論文稿；其次則是溫亨・萊柏林（Wilhelm Laiblin），除了之前提到的著作外，還有收錄於 1961 年出版的《少年時代的昨日與今日》一書中的專章「黃金鳥：民間故事中的個體化象徵」，以及 1974 年出版的《成長與轉化：現象學與象徵性的人類成熟》；漢斯・迪克曼（Hans Dieckmann）於 1983 年出版的《活出神話：

分析心理學之應用》以及於 1984 年出版的《傳說與象徵：以精神分析觀點解讀東方傳說》；另外還有艾瑞旭·諾伊曼（Erich Neumann）在 1971 年出版對古羅馬阿普留斯神話的解讀《丘比德與賽姬：女性心靈的發展》；收錄於 1955 年出版的《榮格分析心理學研究》第二卷中艾瑪·榮格（Emma Jung）的文章〈阿尼瑪為自然實體〉；收錄於榮格於 1950 年出版的《來自無意識的構思》一書中安尼耶拉·雅菲（Aniela Jaffé）的論文「E.T.A. 霍夫曼童話《黃金之壺》的意象與象徵」；西比利·柏柯瑟渥利（Sibylle Birkhäuser-Oeri）於 1983 年出版的《童話中的母親》。至於我個人的著作，則有收錄於 1955 年出版的《榮格分析心理學研究》第二卷中〈黑衣女人：一探童話解析〉、1993 年再版的《童話中的女性》、1995 年再版的《童話中的陰影面與邪惡勢力》、1990 年再版的《童話中的個體化歷程》，以及於 1980 年出版的《童話中救贖母題的心理意涵》。

在此我先略過這些廣受歡迎的文獻。

擴大詮釋技術

接下來我們進入與解讀過程中所運用的擴大技術（amplification）相關的重要文獻。早期的文獻中，務必要推薦的就是由貝西多·斯多伯利（Bächtold-Stäubli）所發想，及由霍夫曼（Hafmann-Krayer, 1927-1942）所編輯的十卷叢輯《德國迷信典》，此外還有優漢那斯·波爾特（Johannes Bolte）及蓋亞·波利福卡（Georg Polivka）的五卷基本著作《格林兄弟兒童及家庭故事論集》，以及由盧茲·

馬肯森（Lutz Mackensen）所編輯的《德國童話典》。與此類似的近期書籍，則推薦 1977 年出版的《童話百科全書：歷史及敘事比較研究手冊》，本書到目前為止已經搜羅彙編共計四卷半的內容。

象徵學

通常我都不推薦象徵字典，因為裡面的內容都過於膚淺讓人動氣。但是個人認為唯一的例外是 1969 年出版的四冊《象徵字典》，此書的主要貢獻，在於收納了鮮為人知的非洲神話。

至於有興趣於象徵學研究的讀者，則不能錯過曼菲瑞・盧耳克（Manfred Lurker）在 1964 年所出版的《象徵研究參考書目》，包羅廣泛且完整。此外，我也推薦阿尼昂（R. B. Onian）於 1952 年出版的《歐洲思想源起》，書中可找到針對身體部位及其功能的有趣資料。其他值得閱讀的個別主題則包括：阿諾・梵蓋納普（Arnold van Gennep）於 1909 年的著作《成年儀式》、奧圖・胡特（Otto Huth）的手稿〈太陽、月亮與星群〉，以及他在 1955 年發表於《象徵》第二期的期刊論文〈玻璃山童話〉。至於有關遠古文明的神話學，我則建議卡爾・柯任尼（Karl Kerényi）的著作，其中最重要的兩本著作分別是 1979 年出版的《希臘諸神》及《希臘英雄》。其次則推薦米爾夏・伊利亞德（Mircea Eliade）的著作，最關鍵的分別為 1970 年出版的《神話、夢和神祕儀式》、1964 年出版的《薩滿教：古老的出神術》、1978 年出版的《打鐵匠與煉金術師》，以及 1959 年出版的《宇宙與歷史：永恆回歸的神話》。另外，喬瑟夫・坎伯（Joseph Campbell）於 1968 年的著作

《千面英雄》及 1981 年的著作《神的面具》第四卷也在推薦名單之列。

近期出版的文獻則參見倫敦發行的《民俗學工作者通訊》及柏林發行的《童話》兩本期刊。

註釋

1　原書註：Lucius Apuleius, *The Golden Ass*, trans. William Adlington, 1566; revised by S. Gaselee (Cambridge: Harvard University Press, Loeb Classical Library, 1915).

2　原書註：Fr. Max Schmidt, *The Primitive Races of Mankind* (London, Calcutta & Sydney: George G. Harrag & Co., 1926).

3　編註：德國浪漫派作家，他與布倫塔諾合編的民歌集《男孩的神奇號角》（*Des Knaben Wunderhorn*）啟發了格林兄弟對蒐集民間傳說與童話的興趣。

4　編註：《鵝媽媽童謠》（*Mother Goose*）的作者夏爾·佩羅（Charles Perrault）。

5　原書註：Cf. L. W. von Bülow, *Die Geheimsprache der Märchen*, or P. L. Stauff, *Märchendeutungen*, 1914.

6　原書註：Theodor Benfey, *Kleinere Schriften zur Märchenforschung* (Berlin, 1894)

7　原書註：Antti Aarne, *Types of Folk Tales* (Helsinki, 1961).

8　原書註：Adolf Bastian, *Beiträge zur Vergleichenden Psychologie* (Berlin, 1868).

9　原書註：Georg Jakob, *Märchen und Traum* (Hannover, 1923).

10　原書註：See, for instance, the work of Max Lüthi, *Das europäische Volksmärchen* (Bern, 1947).

11　原書註：Julius Schwabe, *Archetyp und Tierkreis*, Mircea Eliade, *Myth and Reality*, trans. Willard R. Trask (New York: Harper & Row, 1963), and *The Myth of the Eternal Return*, trans. Willard R. Trask（Princeton, N.J.: Princeton University Press, Bollingen Series XLVI, 1974）

12　原書註：C. G. Jung, "Approaching the Unconscious," in *Man and His Symbols* (New York: Doubleday & Co., 1969).

13　原書註：Max Lüthi, "Die Gabe im Märchen und in der Sage." Inaugural dissertation, Bern, 1943.

14　原書註：*Schweiz. Zeitschrift für Wolkskunde*, 1937.

15　原書註：Cf. Paul Kugler, "Remarques sur les rapports de la théorie des archétypes et du structuralisme," *Cahier de Psychologie Jungienne*, no. 29 (1981); 35-47.

童話、神話及
其他原型故事

個人認為，原型故事有很大的可能，是起源於受無意識素材侵入的個人經驗，其一為經由夢境，另一則為白日幻想（waking hallucination）的狀態；也就是說，原型素材經由一些事件或是一些集合的幻覺而侵入個體的生命，可說是一種神聖的經驗。事實上，在原始社會中是很難保有私密的，因此這類的神聖經驗，總會被講述並且套入既存的民間傳說而被渲染開，也因此得以如同謠言一般發展擴大。

集體無意識侵入個別經驗的情況創造了新的故事核心，同時也讓既存的素材得以延續生命。舉例而言，先前提到的故事會增強當地對於「狐狸-巫婆」的信念。這個信念原本就存在了，但是故事能夠繼續存活或現代化，或從舊觀點中帶出新版本；而在新版本中巫婆披上狐狸皮殺了人，或是對人施了魔法。這些心理事件總會首先到達個人層面，我認為這就是讓民間傳說母題延續生命的根源及因子。

鄉土傳奇、神話與童話

有人建議解讀童話時，除了要知悉特定童話母題及故事外，還需要瞭解當地的情況。假設有一個村莊的女孩跳崖自殺了，十年之後這個因為得不到幸福而自盡的事件，很可能會被經典童話的自殺母題所圍繞。我認為這是非常可能發生的，但是目前尚未發現任何精采的例子，得以讓我證明演變的每個步驟。也許我們必須要設想兩個情況，其一是當一個故事根源於某地，它就變成了當地的傳說；但是當故事被切斷其根源並傳講於各地，就好比是水生植物被

切斷了根並被帶離根源地，在此之後故事就變成概念性的童話；但是當它再一次紮根某地，又變成了當地傳說了。拿屍體來做比喻，童話就是未被腐蝕的屍骨或是骨架，因為它是整體最基本也最永恆不滅的核心，它所展現的是原型的基本架構。

衰敗神話論點

　　鄉土傳奇及童話之間的差異也顯現在其他方面，而神話與童話間的關聯則更具爭議性。舉例而言，專研古籍的學者伊・席沙（E. Schwyzer）就曾經指出，大力戰神海克力斯（Hercules）神話是建基在個別分立的場景，每個場景都是一個神話母題。席沙指出這個神話必定曾經是個童話，內容被豐富後提升到文學層次的神話。持相反理論的人也聰明地反擊，指出童話應是從神話退化而來的，他們相信原始的部落只有神話，當部落內的社會及宗教秩序衰敗腐化後，殘存的神話就以童話的方式延續。

　　這個「衰敗神話」的理論有一定的真實性。舉例而言，在《世界經典文學童話》[1]一書中，我們可以發現其中希臘童話這一卷就些微扭曲了《奧德賽》（*The Odyssey*）的情節：王子航向一個小島，島上有一條魚或食人怪被王子弄瞎而成了獨眼怪，王子躲在大公羊的肚子裡而得以溜出怪物的洞穴。這同尤里西斯（Ulysses）逃出獨眼巨人（Cyclops）洞穴是如出一轍的情節，因此這個故事也得以保存至今。有鑑於此，我認為指稱這個故事承接了尤里西斯故事的遺風，一點以不牽強，它也因此得以被保存成為現今一般的希臘傳說。從這個故事也讓我相信，廣博的神話會隨著所隸屬的文明

而衰退，而其基本的母題卻能倖存成為童話母題，其後遷徙他處或是留在相同的國度中。至於鄉土傳奇，個人認為我們必須考量兩個可能性。對我而言，童話就如同是海洋，而鄉土傳奇及神話就好比是上層的海浪；一個故事躍升而起成為神話，沉降之後再回歸為童話。我們也再一次回到相同的結論：童話映照了一個較簡樸但也較基本的架構，亦即赤裸裸的心靈骨架。

神話中的文化意識

神話是與民族國家相關聯的。假若你想到《基爾嘉美緒》神話，就會想到蘇美-西臺-巴比倫（Sumerian-Hittite-Babylonian）文明，因為《基爾嘉美緒》史詩隸屬於那兒，不能被放在希臘或羅馬文明，這就好比是海克力斯及尤里西斯神話隸屬於希臘，完全無法想像它被放在毛利人的場景中。倘若你學習神話的心理學應用，你會發現神話大多表達的是，它所隸屬及使之存續的文明所具有的國族特質。神話都帶有美學形式，因為通常不是由祭司就是由詩人傳講，有時候會是兩者兼具的詩人祭司，在某些文明中這兩種角色是同一身分，他們努力讓神話成為一個莊嚴而儀式性且詩意的表現形式。也因為我們有在神話中添加文化意識這種特質，讓解讀神話在某方面來說顯得較容易些，事件也得以說得更明確清楚。舉例言之，據說主角基爾嘉美緒受亞述神話太陽神沙瑪什（Shamash）所鍾愛，因此有關於沙瑪什的內容，就是在解讀時所需要蒐集並運用來擴大的素材。有時候童話英雄也有太陽的特質，但是可能只在小細節裡，例如主角的金髮，除此之外故事中並沒有提及他受寵於某

個特定的太陽神。

因此我們可以說，神話的基本架構或其原型因子，是被形式化的表達，並與它起源國度的集體文化意識相連結，因此，神話可說是更接近於意識及已知的歷史素材。而某種程度來說，神話也較不片段，更容易解讀。此外，神話也常較童話來得具有美感及更讓人印象深刻，因此有些學者就傾向於說神話是大事，其他的就是芝麻綠豆。另一方面，當我們把原型的母題提升到文化及國族層次，它所傳達的，就成為該國族在其文化時期所面臨的問題，失去了某些人類共通性。舉例來說，尤里西斯是希臘赫密斯-墨丘利式（Hermetic-Mercurial）智者的精髓，也容易被拿來與其他國家的搗蛋鬼英雄相比較，但是尤里西斯神話整體而言，顯得較特定也較具希臘風，可以說已經失去了某些屬於人性的特質。

童話的普世共通性

對我們而言，學習童話是至關重要的，因為童話描述了普遍人類的基礎。當我們要分析這世界彼端的人們時，童話也更顯重要。倘若一個印度人或澳洲人走進歐洲分析師的諮詢室，如果這個分析師只研究他自己文化所屬的神話，他將無法找到與被分析者連結的人性橋樑。但是如果那個分析師瞭解基礎的人性架構，他就能與被分析者接軌。有位前往南海小島的宣教士曾提及，與當地人接觸最簡單的方式，就是跟他們說童話故事。童話是人與人相互瞭解的語言，如果這位宣教士說的是浩大的神話，效果將會大打折扣。他必須用簡單的方式說基本概念，因為這是最普遍而基礎的表達方式，

同時也最符合人性基本架構。因為童話超越文化及族群差異，它才得以輕易的被移轉他地。童話的語言似乎是所有人類的國際通用語言，不分年齡、種族及文化。

有時候當我不甚瞭解某個童話，我會使用神話作為類比，因為神話素材較接近意識，通常會讓我對童話的意義有些想法。因此，不要漏掉了神話，因為神話在你無法理解童話素材的意義時，可作為一個橋樑；有時候故事與我們自身具有的集體意識世界是遙遙相距的。

宗教儀式與神話

對於宗教性的神話我們則需要做些細分，因為有些是與儀式相關的，有些則沒有。人們在某日某個慶典上傳講神話，同時也傳唱某首隸屬於特定神話事件的歌曲；或者，在某些制式學校，比方說猶太法典塔木德（Talmud）學院中，有些法典就只在特定的節日中才會傳講，因此可說是成為了某種儀式。然而也有些宗教性的神話並未變成儀式的一部分，像《基爾嘉美緒》史詩就是個例子。一般來說它是在王殿上被一再講述，但是我們並不清楚它是否曾經被轉化成為儀式。如今這些未被轉變為儀式、未被傳講於特定儀式中，或是不包括神聖智慧卻在特定的場合中藉口述或書寫而被提到的宗教性神話，我會將它們與之前提到的神話加以分類說明。

成為聖儀的神話
. . . .

　　然而我們進一步來看那些成為聖儀，或是被特定祭司傳唱的聖詞等特殊例子；在這些狀況下，神話成為宗教性的儀式。個人認為，這類聖儀神話，除了已經變成國族意識化傳統的一部分外，基本上跟其他的神話並沒有太大的差別，他們已經被整合到國族意識認知中，成為被正式認可的部分。這並不意味著他們就變成次要的，只是說明他們已經經歷長久的闡述。一般來說這類神話已經受歷史傳統影響，這些神聖的文典及詩詞常常都變成幾乎不知所云或難以理解，僅被用來暗示某些大家都知道的事情。比方說，我們有些聖誕歌曲，如果你在兩千年後發掘這些歌曲，同時你對基督宗教無所知悉，就完全摸不著頭緒這些歌曲到底是在說什麼。有一首德國的聖誕頌詞是這樣唱的：「從柔軟的根源開出一朵玫瑰」（Es ist ein Ros' entsprungen aus einer Würzel zart），後段的歌詞則微微的提及有個未被觸及的處女。假設你完全不懂基督宗教卻發現了這首頌詞，你會說這是一首關於玫瑰及處女的歌曲，但這到底代表什麼意思呢？對我們而言這首歌曲是可理解的，因為它暗示著我們都知道的神蹟（編按：指聖母瑪麗處女生子）。對我們來說基督教義已經整合在我們的生活中，因此許多指向基督教義的歌曲只要點到為止即可；然而只有那些歷經過數百年之後，對多數人仍然有意義的原型母題才會被如此對待。如果基督教義成為僅限於小亞細亞的一個本土教派，它將會隨著它的神話而死去，也不會吸引其他的元素，更不會被詳盡闡述。對於原初素材的深入闡述，或許是依核心原型事件對人們帶來的影響而定。

有人曾提出，或許基督教義也是源起於鄉土傳奇，但後來發展成一個普遍性的神話。在《基督教時代》（Aion）一書中，榮格闡述出自拿撒勒（Nazareth）的耶穌基督，不為人所知的神祕性及讓人印象深刻的特質。關於耶穌基督此人，我們所知甚為稀少，也因此吸引了大量投射，比方說：魚、羔羊及許多其他廣為人知與自性相關的原型象徵。然而，這許多的象徵意象在聖經中皆未被提及，孔雀就是個例子，它是早期基督教對於復活的象徵，也是基督的象徵。遠古既存的神話意念網慢慢的就環繞著基督個人特質而具體結晶成形，而來自拿撒勒的耶穌基督此人的個別特質則模糊化，讓我們不得不面對「神人」（God-Man）象徵，這個象徵也被許多其他原型象徵所擴大。

可見耶穌這個人物被普遍化了。但是從另一角度來看，他也被特殊化，我們可以從早期教會神父間的爭論中窺見一斑。當時的人傾向於視耶穌基督為另一個像戴奧尼索斯（Dionysus）或是歐西里斯（Osiris）一樣的神祇，人們會說：「你的耶穌基督，我們也知道他，他就是我們所供奉的歐西里斯。」但是基督的擁護者會激烈地回應說耶穌基督是不同的，他是新的神差。接續而來的就是有關於新神差的論戰了，這些人會說，這必須要從新的觀點來看，而不能被拉回到那些舊的神話中。關於耶穌基督，當時的人們會說：「但是，這就是歐西里斯啊！這就是我們的戴奧尼索斯啊！我們從很早之前就認識到這個受難且被肢解的神。」他們說對了一半，他們所見到的是一般的原型形貌。但是其他人也是對的，當他們堅持說，現在的神是一個獨特且新形式的新興文化意識。

祭典與原型經驗

　　相同的情況也發生在前往南美的西班牙征服者，對當地原住民所舉行的受難祭典的發現。某些耶穌會的神父甚至指稱，必定是魔鬼把這個祭典注入當地人們的腦中，藉此減弱他們歸化的可能性。但是對於人類心靈原型意向的假設，簡化了許多這類問題，因此我們不需要讓自己迷失在這些關於宗教神話的無謂爭論中。不同的版本反應的，是對於不同原型形式的不同闡述。可以這麼說：當一個舉足輕重的原型內容喚起無意識後，它通常會變成一個新興宗教的中心象徵。然而，當原型內容僅屬於一般人類的幸福，同時也沒有喚起特定無意識內涵，就會以民間傳說的方式被傳承下來。但是在基督的時代，歷時已久的神人概念，就變成一個益顯重要的訊息，一個不計代價都需要被實現的事。這就是為什麼它變成新觀點、新信息。而其情感的影響則開創了我們現今所稱的基督教文明（就如同佛陀得道，開創了我們現在所稱的佛教信仰。）

　　這也帶出了另一個問題。英國人類學家泰勒（Edward Tylor）在他的書籍《原始文化》（*Primitive Culture*）一書中，試圖套用他的萬物有靈理論（animism），從儀式中得到童話，他聲稱童話不僅要被視為一個衰退信仰的遺跡，更該被視為是舊祭典的遺跡；祭典已死，但是與祭典連結的故事以童話的形式留存。我不買泰勒的帳，因為我相信真正的關鍵並不是祭典而是原型經驗。然而，祭典是如此的古老，以至於我們只能猜想它們的起源。從下面兩個故事中，我得以發現祭典是如何開始的。

　　第一個故事是黑麋鹿（Black Elk）的自傳，他是美國印第安蘇

族[2]（Oglala Sioux）的巫醫，當他還是個小男孩的時候，生了一場重病幾乎陷入昏迷狀態。他經歷了一個巨大的顯靈，或可說是神啟，過程中他被帶往空中，馬群從四面八方朝他而來，其後他遇見了祖靈並得到能治癒族人的藥草。因為這個顯靈經驗過於震懾人心，這個年輕人就如同所有常人會做的一般，把它深藏在心中。但是後來他得了對雷雨的嚴重恐懼症，即使只是看見地平線上出現一丁點的雲朵，他都會害怕得不斷發抖。這讓他不得不去見巫醫，巫醫告訴他，之所以生病是因為他把所見藏在心中，沒有告訴他的族人。這個巫醫告訴黑麋鹿：「世姪啊，我知道問題出在哪裡。你必須照著對你顯靈的紅棕馬所示，在大地上向族人演示你所見的顯靈畫面。首先你必須要跳一段馬舞讓族人看，之後你的恐懼才會離你而去；如果你不照著做，將遭遇極其嚴重的厄事。」因此，當時年僅十七歲的黑麋鹿，與他的父母及其他數名族人，帶著與顯靈中所見數量相同的馬匹，不多也不少：有幾匹白馬、好些黑馬，還有幾匹栗色馬及幾匹有著斑點的馬，最後還有一匹紅棕色的馬是黑麋鹿的座騎。黑麋鹿教導族人他在神啟經驗中所聽到的歌曲，當神啟的畫面被演示出來後，為整族人帶來深刻，甚至是療癒性的影響，包括盲者得以復見光明，癱瘓者得以再度行走，還有其他心因性的疾病也得以治癒。族人決定再表演一次，假使這個部落在不久之後沒有被白人全數滅族，可以確定的是這將會延續成為祭典。就這一點而言，我們就近乎於見證了一段祭典開始的形式。

我也從探險家克努德・拉斯馬森（Knud Rasmussen）針對愛斯基摩人的報導中，找到另一個有關祭典起源的蹤跡[3]。某些北極圈附近的特定部落，有著鷹祭的傳統。他們會派出使者，在使者的節

杖黏上羽毛，前去邀請其他部落出席部落饗宴。東道主部落會建一個大型的冰屋，有時候也可能是一個大型的木造房舍。一年一度人們會駕著狗拉的雪橇而來，在屋內大廳擺設一隻老鷹標本，人們在這場盛宴中起舞、講古、換妻並從事買賣。鷹祭是所有部落間一項大型的半宗教半世俗聚會。

關於這個祭典的起源故事是這樣的：一個孤單的獵人，有一次射中了一隻俊美異常的老鷹。獵人把老鷹帶回家，顯然感到極深的罪惡感，他把老鷹作成標本保留下來，但不時感覺有股驅力要他供奉些食物給老鷹。後來有一天他出門滑雪打獵，陷入大風雪中。他就地坐下後，突然看見有兩個人站在他前方，手中拿著貼滿羽毛的節杖，這兩個男人帶著動物的面具，命令他快速隨他們走。因此他頂著大風雪起身，兩個男人走得飛快，他氣喘如牛的跟著他們。後來在一片風雪迷濛中，他看見一個村落，傳來一陣詭異急促的聲響。他問這些鼓聲代表什麼，其中一個男人傷心的說：「這是一個母親的心跳聲。」他們帶他進入這個村莊，前去見一個穿著黑衣，看來相當莊嚴高貴的女人，他瞬時明白，這女人就是他所射殺的老鷹的母親。這個莊嚴的老鷹之母說道，她對她的兒子用心照顧也給予尊敬，而她希望這份用心及尊敬能夠持續下去；此刻她將在他的面前展示她的族人（這些族人的真實身分都是老鷹，僅是短暫借用人類的形象），他們將在他面前展演鷹祭，而他必須記住其中的每件事，回到他的部落向族人報告，並且對族人傳達每年都要辦理鷹祭的希望。就在這些借用人形的老鷹展演完鷹祭當下，所有的一切都消失無蹤，而獵人也發現自己置身於暴風雪中，全身麻痺幾乎要凍僵了。他拖著身子回到村落，聚集族人傳達他所見所聞，從那時

開始，據說鷹祭就完全照著他所見的方式施行。這個幾乎要凍僵的獵人，很明顯地是陷入昏迷的狀態，而在這樣的深度無意識狀態下，經歷了我們所謂的原型顯靈。這就是為什麼在故事結尾，所有的一切會突然消失無蹤，而他也發現自己在雪中全身麻痺；那一刻他回到意識狀態，看見身旁雪地上的動物足跡，此即是「傳信者」的最後蹤跡。

這個故事同樣讓你看見一個祭典，是如何透過類似於黑麋鹿傳統一樣的方式存在，明確地說就是藉由個體的原型經驗而存在。如果所帶來的影響夠深刻，就必須要向外傳播而不能留在自己心中。我曾經在分析歷程中，遇過些許雷同的事件，當被分析者有過原型的經驗，很自然地他或她會選擇把這個經驗放在自己心中，這是自然的反應，因為這是個人的祕密，同時被分析者也不希望個人祕密被其他人所輕視。但是後來其他的夢境陸續出現，指示這個人應該起身為這個顯靈的意象發聲，告訴妻子或是先生：「我有個經驗，而我必須要忠於這個經驗，這就是為什麼我現在要告訴你，否則你將會對我接下來的行為摸不著頭緒。我必須忠於我所見，並且按照它所指示的行事。」在親密互動的關係中，個人不可能在沒有任何說明的情況下，表現出不同於平常的行為。有時候個人還必須對更廣泛的對象溝通所見，有時候甚至是一整個團體，就如同發生在黑麋鹿身上的狀況；巫醫指出精神官能症狀顯示，黑麋鹿所經驗的顯靈意象屬於整個部落，而不是他個人的私有祕密。

從前面兩個故事中能得到祭典存在的一個可能解釋。在愛斯基摩人的例子中，不僅他們本身就如此認為，我們也得見故事的基本狀況，就是原型世界透過個人的仲介，而侵入群體的集體部落意識

中。個人先經驗到，然後再對其他人公告周知。此外，如果我們真的認真思考這件事，還有其他可能的解釋嗎？這是祭典開始的最明顯方式。

　　無意識及夢境的微小入侵，也可能在之後改變儀式。在澳洲的原住民間，有個著名且實行長達三十年之久的祭典，稱為枯那皮皮（Kunapipi），而功不可沒的民族學家本德（Ronald Murray Berndt），蒐集了與之相關的夢境。當地原住民說他們夢到這些祭典，而本德在他的著作《枯那皮皮》中列出一系列的夢境，每個蒐錄的夢境，都或多或少地改編或增添祭典內容。夢境會被告知給整個部落，如果變更的內容感覺良好且適宜，就會被加入祭典中。在分析天主教儀式時，我也常發現這現象仍然存在，某人夢到望彌撒，而做夢者的無意識創造了各式陳述，指出似乎可增添更多其他的事物。我記得一個修女夢到望彌撒，過程中全部儀式都很正常直到頌唱「聖哉經」（Sanctus）的時刻，因為鐘聲敲響而被中斷。在彌撒的最神聖時刻，在轉化的時刻，主教走入講壇說了一段簡短、平實的說明，說到上帝成為人的意義，在那之後又回到彌撒的儀式。這就彷彿是修女的無意識想要彰顯：有某些對神祕的瞭解，被忽略了[4]。

原型故事的動物象徵

　　還有另一種原型故事值得一提。如果你讀了《世界經典文學童話》（*Fairy Tales of World Literature*）一書，你會發現在某些民族的故事中，所謂的童話事實上都是動物的故事，即便是在格林兄弟搜

羅的故事中，也有好些動物的故事。根據勞倫斯・凡・德・普司特（Laurens van der Post）的《獵人之心》（The Heart of the Hunter）一書所指，大約八成的叢林故事都是動物故事。**動物**這個詞在表達連結概念時，並不是太適合的詞語，因為雖然主角是動物，眾所皆知這些動物同時也是擬人的生命體。就如同鷹祭的故事，故事中的老鷹以人形現身，但是不消幾分鐘又再度回到老鷹的身分。叢林故事中也出現類似的想法，有時候故事甚至這樣說：「土狼，顯然是人類，他對他的太太說……」然而，大部分時候並不說得這麼清楚明白，而是故事中的土狼鞠躬答謝，或是造了一艘船等等。這些角色都是動物形體的人類，或是人類形體的動物，他們並不是我們現今所稱的動物。

人類學家爭論他們到底是動物假裝成人類，或是人類偽裝成動物，但是這樣的爭論在我看來是愚蠢到家的。他們就是如其所是的他們，他們**既是動物也是人類**，沒有任何的原始人會對此感到疑惑，這沒有任何衝突性。從我們的觀點來看，他們是象徵性的動物，因為我們做了另一個區別：我們認為動物承載了人類心靈因子的投射。只要仍有古老的認同，只要你沒有把投射出去的因子再拿回來，動物及你所投射於牠的因子就是相等的，他們是同一個東西，代表原型人類的動物故事，巧妙地呈現這一點。他們是人類，因為他們真的不代表動物的本能，而是**我們的**動物本能，從這一點來說，他們真的是擬人的。讓我打個比方，故事中的老虎代表貪婪，牠所代表的並不是真的老虎貪婪，而是**我們自身如虎般的貪婪之心**。當我們如同老虎般貪婪時，我們會夢到老虎，因此這是一個擬人化的老虎。這類的動物故事極為常見，有許多的研究者聲稱，

這類故事是最古老形式的神話故事。我傾向於相信最古老且最基本形式的原型故事之一，就是這種類型的——關於擬人類的動物故事；在這樣的故事中，狐狸對著老鼠說話，野兔對著貓說話。

由於我對童話的興致眾所週知，我一再地被某些家庭邀請，對他們的孩子說童話故事，而我也發現在某個年齡層以下的孩子，比較喜歡動物故事。當你從王子和公主被惡魔偷走開始說故事，他們會問：「惡魔是什麼？」等等問題，他們需要太多的解釋了。但是如果你說：「大黃狗對小白貓說……」然後他們就會聽得很起勁，因此動物故事似乎是最基本的素材，也是故事本身最深刻且最古老的形式。

註釋

1　原書註：*Die Märchen der Weltliteratur* (Tales of World Literature) (Jena: Diederichs Verlag), a multivolume series.

2　原書註：John G. Niehardt, ed., Black Elk Speaks: *Being the Life Story of a Holy Man of the Oglala Sioux* (New York: William Morrow Co., 1932).

3　原書註：Knud Rasmussen, *Die Gabe des Adlers* (Frankfurt am Main: Societäts Verlag, 1937).

4　譯註：夢境中儀式被鐘聲打斷，但主教卻若無其事的宣講和禱告，因夢境中出現的人事物都是做夢者內在的因子，因此修女的無意識藉主教若無其事的態度反映（提醒）了修女對於神秘召喚（鐘聲）的略而不見。

心理詮釋法則

接下來的問題則是關於詮釋童話的法則，我們要如何著手處理童話的意義？或者應該問，我們要如何悄悄地接近童話，因為這過程真的很像躡手躡腳的靠近隨時會受驚嚇而逃開的公鹿。另一個問題則是，我們為什麼要解讀童話？神話學領域的學者及專家們，一再從童話本身即不言而喻的論點來攻擊榮格派，他們指出我們只需闡明童話的內容，而不需心理學的詮釋，他們認為心理學的詮釋只是附會原本沒有的東西，神話所帶有的細節及擴大性本身就夠清楚明白了。在我看來，前面的說法只能算說對了一半，這就好比榮格所說「夢境本身就是最佳詮釋」的觀點，亦即對夢境的解讀永遠都比不上夢境本身。夢境是我們對內在實境僅有的最佳詮釋，你當然也可以說童話及神話本身，就是我可能擁有的最佳表達。就此而論，那些痛恨詮釋並聲稱神話本身就已足夠的人是對的，因為詮釋削減了神話原初具有的光芒。但是如果有人興奮地告訴你一個不可思議的夢境，而你只是冷冷的回說：「沒錯，你做了個夢。」他會說：「但是我想知道這個夢代表什麼。」你可能接著說：「這個嘛，就去看看你的夢境囉！它已經說得很清楚了，夢境本身就是最好的詮釋。」這回答自有其道理，因為做夢者可能回家後持續在心裡想著，然後突然間就豁然開朗。而這個彷彿摩擦聖石的過程，亦即對待夢境的過程，就如同你在聖石或護身符給你力量之前的守護期，是不容被第三者介入的。

但是這個方法通常是不夠的，因為夢境中最美妙及讓人驚豔的訊息並沒有被傳達出來。而這個做夢者就好比坐擁巨款卻毫不知情，或是搞丟了保險箱鑰匙或密碼。那坐擁萬貫又有什麼用呢？無庸置疑的，我們需要小心的等候，看夢境能否自己接上做夢者的意

識，以及這個過程是否能夠自動發生，因為比起由別人給一個好的詮釋，人們對於自己所發現的意涵會感到更真切也更為印象深刻。但是通常的情況是，銀行裡的百萬財富沒能被好好利用，結果人們落得一窮二白。還有一個我們必須練習解讀的理由是：人們傾向於以自身的意識假設架構來詮釋自己的夢境及神話。比方說：一個思考型的人，自然傾向只節錄夢中所包含的哲學思維，也因此他會忽略了情緒訊息及感受細節。而我也知道有些人，特別是男人，當他們陷於自己的陰性心緒中，會將其心緒投射在夢境中，也因此可能只看見它負面的內容。

而此時有個解讀者就很有用處，因為他會說：「就是這樣，你看看這部份，這個夢境的起始很糟，但是解套的部份卻是好的。沒錯，它想說的是你仍然是愚昧或前途未明的，但是它也指出其中的寶藏。」解讀後的內容顯得較客觀。夢境或故事並非僅是將個體拉向既存的意識流向，因此在分析過程中我們要加以解讀。

故事架構

如我之前建議的，詮釋是個只能透過練習而習得的藝術及技藝。但是，這其中仍有規則可循。

時間與空間

就如同對待夢境一般，我們可將原型故事依古典戲劇的四階段而分，初始是對時間及地點的鋪陳（exposition）。童話中的時間及

地點總是非常鮮明的，因為它總是以「從前從前」開始，或是其他類似的說法；這個詞語說明了童話本身的無時間性及無空間感，亦即這是集體意識的場域。比方說有些故事是這樣開場的：

「在世界的盡頭，在天外天的遠方，曾有個國王……」

「在天外天，也就是在世界的盡頭處，有片木板築起的牆……」

「在盤古仍然在世的那個年代……」

有許多充滿詩意的方式來表達這個「從前從前」的概念，繼伊利亞德（Mircea Eliade）之後，多數的神話學家如今稱之為永恆（illud tempus），它無垠無涯，當下即是。

人物與角色

接下來我們轉到戲劇性人物（dramatis personae）階段。我建議你計算故事開始及結束時的人數，如果開始時說「國王有三個兒子」，你會注意到故事提到四個角色，但是少了母親。當這個故事結束時，可能會提到三個兒子之一，他的新娘、他兄弟的新娘以及另一個新娘，也就是說再次出現四個角色，但是場景卻不同了。看到故事開始時少了母親角色，結束時卻有三個女性出現，你可能會存疑整個故事是關於女性原則的補償，就如同我稍後會說明的其中一個故事一樣。

問題與困境

接下來進展到指出問題所在這一點。舉例言之：國王生病了或是發現樹上的金蘋果每天晚上都被偷，或是他發現空有鑾駕卻沒小馬，或是他的妻子病了而某人說她需要生命之水。在故事的開頭總會有些麻煩事，不然就不會有故事存在了。因此要從心理學的角度來定義問題，同時也以此瞭解並試圖明白問題所在。

轉折與結局

接下來進入**轉折期**（peripeteia），指故事的高潮迭起。它可長可短，可能長達數頁，因為有許多的**轉折**；也可能只有一個，然後你通常會進入高潮，一個關鍵點，整個故事要不由之發展成一個悲劇，要不就安然收場。這一階段是張力的高點，但有小部分的例外是出現解套或有時是災難臨頭。你可以說結局是個正面或是負面的解套，興許是王子得到公主，兩人結婚並從此過著幸福快樂的日子，也可能兩人都落入海中，自此消失得無影無蹤，再也沒人聽說過他們（後面這個情節可能是正面也可能是負面的，完全依你所持的觀點而定）。有時候在非常原始的故事中，既沒有解套也沒有災難，故事就是有始無終，整個故事突然間變得愚蠢可笑然後就退場消逝，彷彿像是說故事的人突然失去興致並睡著了。

當然，故事的解套也可能是雙重結局，這在其他類型的傳說或神話素材中是不會出現的，亦即在喜劇收場後緊接著是說故事者下了負面的結語。比方說：「兩人結婚，舉辦了盛大的喜宴，會場中

有啤酒、紅酒及一大塊肉，我走進廚房想要拿些食物，但是廚子朝我拳腳相向，我倉皇落跑到這裡跟你說這個故事。」或者俄國人有時會這樣結束故事：「他們結婚過著快樂的生活，喝了不少的啤酒及紅酒，但我卻撒了一身酒，一滴都沒喝到。」或是有些吉普賽人會說：「他們兩人結婚，一輩子過著富有及幸福的生活，但是我們這些窮鬼子卻得抖著雙腳、咬牙忍受飢餓。」然後他們會帶上帽子四處遊走，撿拾東西。

這類童話的結局可說是進入心靈遨遊（rite de sortie），因為童話帶領你進入過往童年時期的集體無意識世界，一個你可能不會停留的世界。假想你以一種童話人物的心情狀態住在一間鄉間小屋，而且正要走入廚房洗手作羹湯，如果你沒有把自己趕出故事情境，不用想也知道你會把肉烤焦，因為你腦中想的是王子和公主不食人間煙火的戲碼。因此故事必須在結局時強調：「是的，那是童話的世界，但是我們活在苦悶的現實。我們必須要回到日常柴米油鹽的世界，同時也不該對著故事發呆或陷入困惑。」我們必須從童話世界中切換出來。

詮釋法則

人物數量與角色架構

在我們檢視故事的架構，並對內容產生次序感時，有許多的通則可用，而我們必須特別留意計算故事人物的數量，同時注意數字本身所代表的象徵意義，及其在故事中所要傳達的意義。有時我也

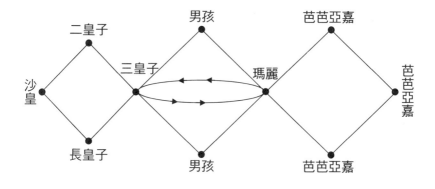

I.開場佈局（男性）　III.結婚的結局再加上兩個孩子　II.開場佈局（女性）

圖2

會採用另一個方式，但這不能套用在每個故事中。舉例來說，有個俄羅斯故事名為〈童貞沙皇〉（The Virgin Czar），裡頭沙皇有三個兒子，請參閱故事架構如圖2。

　　首先，這是一個男性四位一體（quaternity）的故事，其中少了母親角色，而故事中的英雄，也就是系統中的第四位進入遠方（Beyond，此處我們可以理解為進入無意識中），那裡住著三個芭芭亞嘉女巫（Baba Yagas）及瑪麗公主，英雄最後贏得瑪麗公主的芳心。故事的結局是瑪麗得到英雄的救贖，兩人後來結婚並生下兩個兒子。因此故事的開始是一個純然由男性組成的四位一體架構，再外加一個純然由女性組成的四位一體架構，而在結局時（故事中段），我們看見一個混合三個男生及一個女生的新四位一體架構。我們不能將這個模式套用在所有的故事中，因此當不適用時就不要勉強。有許多的故事是依照這個架構敘說，但是你必須要檢視故事是否發展成為一個模式。如果有這樣的架構出現但並未成為一

個模式時，這也是很有啟發的，它就好比是在科學領域中的非慣性模式，能告訴你一些東西。例外也是常態的一環，但是當例外出現時，你必須要解釋為什麼會出現例外。

象徵意涵與擴大詮釋

回到我們在講的詮釋法則：先去看第一個象徵。假設故事說的是國王生病了需要生命之水，或是有位母親有個叛逆的女兒；接下來我們需要針對這一點使用擴大法，意指我們必須查閱所有能夠得到的平行對應母題。我強調所有的是因為一開始的時候你可能無法找到太多，不過當你找到兩千個以上就可以停了！舉例言之，在俄羅斯故事〈童貞沙皇〉中，故事從一個老沙皇跟他的三個兒子開始，小皇子是故事中的傻英雄。我曾經拿沙皇的行為與主導功能相比對，並拿皇子的功能與第四功能相比對，不過這是有爭議性的，並且在這個故事中也無法得到驗證；因為沙皇在結局的時候並沒有被除掉，而他跟皇子之間也沒有鬥爭。但是如果你考量其他對應的故事，就很明顯可以看出沙皇代表著耗竭的主導功能，而三皇子則是更新復甦的使者，也就是所謂的劣勢功能。

因此在我們得到確切的論述之前，必須要查閱比較資料。我們必須要問是否這個母題也出現在其他故事中，而在其他故事中它是如何呈現，持折衷立場才能讓我們的解讀有**相對**安全的基礎。舉例來說，有個故事說的是一隻沒教養的白鴿。若你指出這隻白鴿代表女巫或男巫，在**這個**故事內容架構下，你說的可能是對的，但若你去查查白鴿一般代表什麼，會相當驚訝。通常來說，依照基督教的

傳統，白鴿象徵著聖靈；而在童話中，白鴿通常代表著充滿愛意，如同維納斯一般的女人。因此你就必須要問問自己，為什麼一個通常是象徵正面與愛的事物，在這個故事中卻變成負面的。如果你不曾花心思查閱其他故事，將會對這個意象有完全不同的觀點。假設你是個醫師，第一次操刀解剖時發現盲腸位在左邊，而你並不知道在比較解剖學中，通常盲腸是位在右邊；這種狀況就跟童話解讀是一樣的。你必須要知道常態的設定，而這也是為什麼你需要比對素材，亦即去認識所有比較解剖學中的象徵。擁有這些背景知識，將會幫助你更深入的瞭解特定事件，也唯有如此你才能全心感激例外的出現。**擴大法（amplification）指的就是透過蒐集大量平行對應的素材來擴展解讀範圍。**當你蒐集了足夠的對應素材後，你接著進入下一個母題，就這樣一步步完成整個故事的解讀。

接下來還有兩個步驟，緊接著的步驟是我們必須要建構脈絡。假設童話中有一隻老鼠，而你也將牠的意涵擴大，但是結果發現這隻老鼠的行為獨特。打個比方，你曾經讀過老鼠代表亡者及女巫的魂魄，同時牠們也帶來瘟疫，此外牠們也是靈魂的動物，因為每凡有人過世老鼠就會從屍體中出現，或者應當說是死者以老鼠的形象現身等象徵意義。你看著你手邊故事中的老鼠，有些你透過擴大法得到的老鼠象徵意涵符合你故事中的老鼠，但其他的對應素材則不適用，這時你該怎麼辦？在這種情況下，我首先會著手那些能解釋這隻老鼠的對應素材，但我會把其他的對應素材放在口袋裡或是列為註腳說明，因為有時候，在故事的後段，有些關於老鼠的其他意涵，會在其他的無意識系象（constellation）中出現。假設在你童話裡出現的是一隻正向老鼠，同時在其周圍也沒有女巫類的老鼠出

現，可是故事的後段出現了一些關於女巫的情節，這時你會說：
「沒錯！這兩個意象的確是有關聯的，我在解讀前能知悉老鼠也代表女巫的這一資訊是有好處的。」

心理語言式開放文本

接下來進入最後的關鍵步驟，就是解讀本身，亦即將擴大之後的故事轉換為心理語言。這最終過程的危險性就在於，當解讀者仍一腳踩在表達的神祕模式時，就下結論說「英雄戰勝了壞母親」；這樣的論點只有在，解讀者意指「朝向更高層次的意識驅力戰勝了無意識慣性」時才可說是正確的。也就是說，在此階段我們必須要嚴格使用心理語言，唯有如此我們才知道我們到底在解讀什麼。

如果你是個批判型思考的人，你會說：「你說的很對，但是你只不過是用一個神話來替代另一個神話罷了，也就是以我們的神話或所謂榮格派的神話來代替之。」對此我們只能回說：「沒錯，我們的確是這樣做的，但是我們是有意識這樣做的；我們很清楚我們的行為意圖，而我們也心知肚明兩百年後當有人讀了我們的解讀版本時，他們會說『這真有趣！他們把童話及神話轉換成榮格心理學，而且很認真地把這當一回事！但是事實上我們知道這應該是……這樣解讀的』。」然後他們就會帶出新的詮釋版本，而我們的詮釋版本則被他們視為過時的解讀，亦即被未來的人視為古人看待這些素材的一個例子。我們很清楚這個可能性，也知道我們的詮釋是相對性而不是絕對的真理。但是我們之所以要解讀童話，這和童話及神話被傳講的原因是相同的，因為兩者都帶有振奮人心的效

果，同時也帶來滿足感，並讓人得以與底層的無意識本能和平共處，就如同童話一直以來的效果。心理詮釋是我們傳講故事的方式；我們仍然有著同樣的需求，而我們也渴望藉由瞭解原型意象而帶來新生，我們心中很清楚這只是我們自己的神話。

我們用 Y 來解釋 X，因為 Y 似乎在此時正中下懷，但是也許有一天就不再有這樣的感覺了，這時我們就需要以 Z 來解釋。因此，在解讀時，我們絕對不能用低沈果斷的語調說「就是這樣！」，因為那是騙人的。我們只能以心理學的語言說，這個神話可能代表的內容，然後以心理學的形式來將神話帶入現代。思時度量的標準是：詮釋是否讓我感到滿意？詮釋的內容是否能深得我心或能打動人心？以及我的夢境是否會同意這個詮釋？當我做詮釋時，我總會觀察我的夢境，確認內容是否與夢境的內容一致。如果兩者一致，那我就知道我所下的詮釋是我所能做的最好內容，也就是說，依照我的天性，我已經對素材做了一個令自己滿意的詮釋。如果我的心靈說「很好！」那我就可以就此打住；但是如果我的心靈說你還沒找到答案，那麼我就知道我需要更進一步。如果我的夢並沒有進一步的要求，即便故事中仍然有些意義沒有完全被揭露，但我已經達到我的極限，沒有辦法做超過能力限度所及的事。於是我就可以滿意地坐下休息，吃下我所能消化的內容，因為就算眼前有許多大魚大肉，但是我的身體是裝不下的。

〈三根羽毛〉
童話解讀：首章

接下來要進展到與解讀相關的實際問題。為了教學的理由，我選了一個非常簡單的格林童話來進行，目的不在於讓它更扣人心弦或更有趣，只是要演示解讀的方法。我會試著說明如何解讀以及如何擷取故事的意義，這個故事名為〈三根羽毛〉[1]（The Three Feathers）。

三根羽毛（The Three Feathers）

從前有一個國王，他有三個兒子。頭兩個王子聰明伶俐，第三個兒子不太說話，有些笨，大家都叫他傻王子。國王年老力衰，開始思考死後的規劃，但是他還不知道該由誰來繼承他的王位。因此他要王子們到外面的世界去，誰能帶回世界上最美麗的地毯，誰就能在國王死後繼承王位。為了避免兄弟口角，國王走出城堡，把三根羽毛吹向空中，同時說道：「朝著羽毛飛行的方向前去。」其中一根羽毛飛向東邊，另一根飛向西邊，而第三根往前飛了一會兒就直直落下。因此長王子向右走，二王子向左走，兩個兄長還不忘嘲笑傻王子，因為他只能留在第三根羽毛墜落的地點。

傻王子坐在那兒，心中滿是悲傷，但是他突然發現在羽毛旁有扇暗門。他掀開門板，發現有個向下的樓梯，直通地底。到達地底後，眼前又是另一扇門，他敲了敲門，從裡面傳來說話聲：

純真小處女，碧綠無瑕，

皺巴巴的腿骨，

皺巴巴腿骨的狗兒，

走上走下、束手無策。

看看是誰在門外。

　　門開了之後，傻王子看見一隻肥大的蟾蜍正坐在門內，四周圍繞著許多小蟾蜍。胖蟾蜍問傻王子所為何事，王子回答說要找尋最精美的地毯。胖蟾蜍喚來了一隻年幼的蟾蜍，說道：

純真小處女，碧綠無瑕，

皺巴巴的腿骨，

皺巴巴腿骨的狗兒，

走上走下、束手無策。

給我呈上大箱子。

　　年幼的蟾蜍取來了大箱子，胖蟾蜍打開箱子，從裡面拿出一條美麗的地毯給傻王子，那是一條無比美麗且精緻的地毯，此物只應天上有，凡間哪得幾回見。傻王子謝過胖蟾蜍後就爬回地面。

　　另外兩個王子不相信他們的傻小弟會找到任何像樣的東西，因此就把在路上遇到的第一個牧羊女身上所穿的粗麻布帶回給國王。就在同時，傻王子則帶回了他的精美地毯。國王看見後說道：「依照公正的判決，由小王子來繼承王位。」但是

另外兩個王子對於國王的判決感到不服氣，抗議說傻王子太蠢了，王位怎麼都不可能由他繼承，要求再比賽一次。

因此國王下旨，誰能帶回最美麗的戒指，誰就能繼承王位。國王也再一次的施行三根羽毛的儀式。兩個年長的王子們又再度的走向東方與西方，而傻王子的羽毛也同樣的向前飛一會兒後，就墜落在地面上的暗門旁。傻王子也再一次的向下找尋胖蟾蜍，對她說明要找最美麗的戒指。母蟾蜍也再一次拿來大箱子，從裡面取出一隻戒指給傻王子，這只戒指因為鑲有珍貴的寶石而閃閃發亮，做工精美遠非凡間的金工師父所能做出。另外兩個王子同樣嘲笑傻王子竟肖想找到金戒指，他們連找都省了，就直接從老舊的車輪上敲下釘環帶回給國王。當傻王子拿出他得到的金戒指，國王再次宣詔王位由傻王子繼承，另外兩個王子又不斷纏著國王直到他同意進行第三次比賽才罷休。這一次國王宣佈誰能帶回最美的妻子就能得到王位。國王也再次把三根羽毛吹向空中，三根羽毛也如前兩次般的落下。

傻王子再度前去找胖蟾蜍並說明他必須帶回最美的女子。蟾蜍回說：「呦！最美的女人現在不在手邊，但放心你會得到她的。」胖蟾蜍給了傻王子一根挖空的紅蘿蔔，蘿蔔繫著六隻老鼠。傻王子看了傷心的說道：「我拿這個要做什麼呢？」胖蟾蜍要傻王子挑選一隻她的小蟾蜍放進這個蘿蔔車廂中。傻王子在圍繞成圈的蟾蜍中，隨意選了一隻小蟾蜍並放進這個紅色的車廂。牠剛坐進蘿蔔車廂的瞬間，就變成一個美麗的女孩，紅蘿蔔則變了馬車車廂，而六隻老鼠也變成了六匹馬。傻王子吻了女孩，駕著馬車離開並把女孩帶至國王面前。他的兩個

王兄，懶得找尋美麗的女子，就把他們在路上遇見的第一個鄉下女人帶回給國王。當國王看見他們，對他們說：「在我死後，王位由最小的王子繼承。」

但是兩個王子又再一次哭著向國王爭辯，說他們不同意這樣的結果，提出要求比試，看誰的妻子能跳過懸掛在房間中央的吊環，誰就能得到優先繼承權。他們認為鄉下女人夠強壯應該能夠順利跳過，而那個弱不經風的女孩則可能因為跳不成致死。老國王同意這個要求，兩個鄉下女人跳向吊環，但是卻笨拙的摔斷了手腳，而傻王子帶回的美麗女孩則如同小鹿般輕盈的穿過吊環。自此，任何的反對都無效了，傻王子得到王位，也以其智慧治理王國很長的一段時間。

平行文本

你可能會在這個簡單的故事中發現許多知名的母題。童話學大師鮑理特及波利卡夫（Johannes Bolte & Georg Polivka）指出，這個童話是格林兄弟在 1819 年於德國茨威恩（Zwehrn）所搜錄，而另一個有些微差異的德國版本[2]，則是在黑森州（Hesse）那兒找到的。我不打算重複講述整個故事，但是在另一個版本中，地毯被換成布料（編按：此處指國王的要求），而且當故事中的傻王子走下地底時，他發現的不是蟾蜍，而是一個正在織布的美麗女子，因此傻王子面臨的問題就有些不同了。地底的女子同樣給了傻王子一塊地毯，但是一旦女子來到地面上她就變成了青蛙；也就是說在地底

下時，她以一個美麗的女子現身傻王子眼前，但是一旦她跟著傻王子來到地面，就變成一隻青蛙。當青蛙乘著馬車抵達皇宮時，她大聲呼喊「吻我並沉入」。沉入（Versenken）這個字真正暗示的是冥思，因此這句話可說是「在冥思中沉入你的內在」，從一個童話裡的青蛙口中說出這句話似乎是挺奇怪的。這句話被重複說了三次，因此傻王子帶著青蛙一起躍入水中，因為他瞭解沉入一詞意指他應該讓自己浸入水中，這也是這個字所代表的意義之一。就在他吻了青蛙並躍入水中的當下，青蛙就變回那個美麗的女子。

黑森州當地還有另一個版本，故事中的三根羽毛變成三個蘋果分別滾向三個不同的方向。法國也有另一個版本，唯一的改變就是蟾蜍變成了一隻白貓。我不打算重複所有可能出現的變異版，而只會提出少數較常出現的版本內容。大多數的時候羽毛的母題被箭所取代，故事中的父親將箭分別射向三個方向；而新娘則可能是蟾蜍、青蛙、白貓、猿猴、蜥蜴、木偶、田鼠、甚至是非生物的長襪或是跳動的睡袍，以及有時候會是隻烏龜。

在這些變異版的結局中，俄羅斯版本的結局是最有趣的，這個版本的故事中有一小段註解，說明這個以吹動羽毛來指明每個兒子前行方向的母題，是中古時期許多國家常見的傳統作法。如果人們不知道該往哪裡走，或人們在十字路口迷失了方向，或是心中沒有特別的方向計畫，通常會拿起一根羽毛，吹動羽毛並走向任何一個風向導引的方位。這是一個常見的神諭導引，許多中古世紀的故事都提到這一點，甚至在鄉野中也有這樣的說法「我將隨羽毛飛行的方向而行。」在北方的國家，以及某些俄羅斯及義大利的版本中，代替羽毛、箭或滾動的蘋果的，則是球體或圓球。

人物與角色

我們從故事開頭的幾句話開始看，前面提到的版本是這樣開始的：從前有一個國王，他有三個兒子。頭兩個王子聰明伶俐，第三個兒子有些笨，而國王不知道該由誰來繼承他的王位。這幾句話說明開場的心理情境，最後一句話點出了問題所在，也就是誰該繼承王位。

開場的國王與他三個兒子的場景是極常見的安排，光是格林兄弟的選集，就有至少五十或六十篇的故事是以國王和他的三個兒子為開頭的，這還只是所有可能存在版本中的極少數。這並不是一個常態的家庭，因為家裡沒有母親也沒有姊妹，而起始的人物設定是純然男性的；你預期在一個完整家庭中會有的女性元素並沒有出現。主要的行動焦點是找尋正確的女性，王位傳承完全是由這一點決定的。進一步要提出的一點則是，故事中的英雄沒有執行任何一件屬於男性的行為舉止，他不是英雄這個詞一般意義上所指的英雄，在故事中他一次又一次地受助於女性元素，女性元素為他解決了所有的問題，同時也替他執行了所有的行動，像是織毯及跳過吊環之類的事情。故事以聯姻作結，亦即男性及女性元素的平衡結合。因此這個常態的架構似乎指出，以男性態度主導時會出現的問題，在這個情況下欠缺的是女性元素，而故事也告訴我們，失落的女性元素是如何被帶出並復位的。

國王的象徵
．．．．．．．．．．．．．．

我們首先需要看看國王的象徵意涵，有關煉金術中對於國王象徵意涵的延伸學習，可以在榮格《神祕合體》[3]一書中的〈國王和皇后〉（Rex and Regina）章節找到。榮格在文中還帶出許多其他的內容，我僅簡短的濃縮他所提到有關國王的部分。

在原始社會中，國王或部落的酋長通常具有魔力，他擁有超自然的力量。比方說，有些酋長因為神聖不可侵犯，所以他不能與大地接觸，而必須要時時刻刻由他的子民抬著走。在其他的部落中，國王的食器在使用過後就被丟棄，而且禁止任何人碰觸，這些都是禁忌。有些酋長及國王從未現身也是因為這些類似的禁忌，倘若有人不巧看見龍顏就會得到死亡的下場，據說某些部落的酋長聲如雷鳴、眼如電光般震懾人心。在許多原始社會中，整個國家的繁盛，依憑的是國王的身心健康，當國王生病或失能不舉時，他就會被除掉並且另立一位健康有力的國王代替之，以確保婦女及牲口多產，同時也確保整個部落的繁榮興盛。英國人類學家弗雷澤（James George Frazer）曾指出，在有些情況下並不會等到國王病了或失能才換人，而是在一段期間後，像是在五年、十年或十五年之後，國王就會被處死，基本上是相同的思維；也就是說國王在一段時間後就會磨損耗盡，因此必須要定期淘汰更換。在有些部落中，因為國王身上附有部落的保護靈或祖靈，盛行的作法並不是真的把國王處死，而是把居所換個地點，藉由舊的房舍被推平，聖靈得以移居新房舍並持續統治部落。人們深信，自始至終都是同一個神聖的圖騰祖靈在統治部落，而殺掉國王能讓祖靈有一個較佳的附體。

因此我們可以這麼說，國王或是酋長是聖靈法則的具體表現，也是整個國族心靈及外顯福祉的依歸。他以可見的形式代表聖靈法則，他是聖靈的肉身轉世及附體，也是聖靈的住所。在他的身體內住著部落的圖騰祖靈，因此他所擁有的許多特質，都讓我們傾向於把他視為自性（Self）的象徵；根據我們的定義，自性是心靈自我調節系統的中樞，也是個體福祉的依歸。（我們自身的國王總是拿著地球球體，如果國王是基督徒的話，就會有十字架在其上，而他們也會帶有許多其他的象徵物，這些象徵物在各式的神話佈景中都代表著自性。）

有不少的部落都會出現巫醫及國王或酋長之間的兩立，也就是靈性及世俗權力的對立，而相同的情況也發生在我們的文明史中，發生在中世紀的可怕政教（sacredotium and imperium）相爭中。雙方的權力都爭相出頭，要為他們的子民體現聖靈法則的象徵，或者該說是體現未被察覺的自性原型象徵。

在所有國家及煉金象徵學中（你可以在榮格的書籍中找到煉金象徵學的相關內容），你會看見一個主導的思維指明已經步入老化的國王讓人不甚滿意。在原始部落中，當國王失能了，後宮耳語不斷，而部落不作聲響的就滅了國王；或者國王可能在其他方面失了民心，他可能老到無法再執行某些任務，或者可能已經統治了十或十五年之久，過了賞味期了，接著躲不掉要面對的就是這個國王獻身死祭的思維。

在比較先進的文明中，比方說在古埃及王朝，替代作法是舉辦一個新生的祭典，給國王一個象徵性的死亡及復活，就如同是在塞德節（Sed Festival）舉辦的祭典。其他國家則有所謂的嘉年華會國

王，有些死刑罪犯被允許過三天國王的生活，他身著龍袍、配戴所有的勳章而被帶離監獄，他能夠下詔任何旨意，也能擁有所有他想要的女人，更嚐盡山珍美味及其他所有能想到的一切，但在三天後他就被處決了。還有其他的儀式，在這些儀式中處決的過程是透過偶戲的方式呈現，木偶代替國王被處決。在這些不同的傳統中我們看到相同的母題，也就是國王有透過死亡及重生而被更新的必要。

如果你把這套入我們前面所提的，國王是自性的象徵這一假說時，你必需要問：為什麼自性的象徵會步入老化？我們是否知曉任何心理因子得以對應到這個事實？如果你研究宗教的比較歷史會發現，當宗教儀式或是教條在意識覺知一段時間後，就會步入衰敗，會失去原初的情緒影響力並變成一個死的準則。雖然意識化的過程帶有正面特質，例如持續性，但卻也失去了與非理性生命流的接觸，因此容易變得機械呆板。這一點不僅適用在宗教教條及政治系統上，同時也適用於其他情況，當我們意識覺知某事物很長一段時間後，就如開瓶後的酒，成為一個死去的世界。因此，如果我們要避免意識生活變成化石，就需要與無意識的心靈事件流相接觸以求不斷更新。而國王，身為集體無意識內涵的主導與中樞象徵，自然也就更大程度的受到這個需要的影響。

因此可以說自性的象徵常遭遇的難題，就是需要不斷地在瞭解及接觸層面上得到更新，意即自性特別容易面臨變成垂死準則的威脅。當準則已死，代表一個系統或教條本身的意義已空洞，因此純粹就只是個空殼而已。從這個角度來看，我們可以說老化的國王代表著集體意識的主導內容，同時也對社群內所有政治及宗教的信條有所影響。在東方世界，對許多人而言，這個內容以佛陀的形式現

身；而對我們來說，至今為止都是以基督的形式呈現，事實上基督也正有個名銜是「王者之王」。

我們所提的故事中，顯然國王沒有妻子，或者他有妻子但是並沒有出現。皇后可能代表什麼？如果我們認為國王代表集體意識最中心且最主要的象徵內涵，那麼皇后就會是陪同的女性元素，亦即前者的情緒、感受以及非理性附件。也可以說，在每個文明的**世界觀**內，都會有個主神意象來主導文明，伴隨著這個中心主神意象的，則是特定的習慣或生活方式，一個關於感受的生活方式，而這個社會中關於愛的生活方式影響了人與人的關係。這種與集體有關的感覺調性，可能就是伴隨著國王的皇后。舉例而言，在中世紀時期，哥德式的基督概念會被具體體現在當時的國王身上，而愛的概念則表現在行吟詩人的詩篇中，具體的形式可能是在聖母身上，祂是天后，她與王者——基督相關聯。祂立下了女性的行為模式，是男性的也同時是女性的阿尼瑪模式。天主教國家的女性，仍順乎自然的適應這個模式，而男人也試圖教育他們的阿尼瑪融入這種愛欲行為及關係模式中。

如此一來，你得以看見國王與皇后之間緊密的關係，理法（Logos）的原則主宰集體文明及集體信念，而愛欲（Eros）風格則以獨特的形式伴隨理法原則。故事中沒有皇后，意指伴隨理法原則的愛欲遺失了，國王因此失能。沒有皇后，國王無法再有孩子。所以，我們必須假設這個故事與主宰集體態度的問題相關，問題就在於愛欲原則，意即遺失了與無意識、非理性及女性相關連的原則。這也指出了集體意識已經僵化固著成為教條及公式。

接著我們看到國王有三個兒子，因此眼前的問題是四個男性，

其中三個的表現配合期待，但是第四個則落在標準之下。瞭解榮格心理學的人會馬上下結論說，這顯然就是意識的四大功能：國王是主要優勢功能，兩個年長的皇子則是輔助功能，而傻王子當然就是第四個劣勢功能。這麼說並沒有錯，但是只搔到皮毛而已，因為榮格理論中所談的第四功能，是從個人的角度來看。童話並不是個人的內在故事，因此也就不能從這個角度來解讀。相反的，我們首先必須先擴大男性四位一體的母題。藉由擴大法我們得以發現，過去歷史中出現的類似情境有：埃及神話法老的守護神荷魯斯（Horus）的四個兒子、寫作四部福音的四位元聖史（Evangelists）及其他四位一體的敘事，都是圍繞著自性這個主要象徵而轉。

　　個人認為，這些在宗教比較歷史及神話學中所找到的四位一體敘事，不能從個人身上的四個功能這種角度來加以解讀。這些宗教歷史敘事表現出意識較基本的模式，而個體意識的四大功能，則是從這個較基本的模式衍生而來的。如果有一群人出現在眼前，而我們瞭解如何診斷功能類型，就可以分類說，這個人是思考型的，然後他的劣勢情感功能可能會帶來這般那般的問題。你可以說某些特質是典型通論，但有些則可能是具有個別性。你也可以說四大功能的問題，總會在特定情境中出現在個人身上，但是其底層則有普遍基本的傾向。最後，如果你想要進一步追問，你會問：「何以人類的意識總會在個體身上發展出四個功能？」針對這個問題，可回答為：建立意識系統的四大功能，似乎是人類生來就具備的機制。如果你不試著影響孩童，他／她會自動地發展其中一個意識功能，如果你在他／她三十或四十歲時進行分析，你會發現這四大功能的架構。這個底層的常態配置，可從神話學中的許多四位一體象徵中得

到印證，例如：四方風向、羅盤的四個方位以及我們所提到的，童話中的四個皇家人物。

更精確一些來說，國王並不代表主要功能，而是主要功能的原型基礎，也就是說，國王是建構人類主要功能的心理因子。到此你應該可以指出我的自我矛盾之處了，一開始的時候，我說老國王是集體意識的主宰者，但現在我卻說國王象徵著建構主要功能的天性傾向。這兩者要如何連結？這是個矛盾嗎？這似乎是第二手的解讀了，但如果你反過來思考主要功能是如何建立的，你就會發現主要功能是在人生的前半期建立的，主要的任務是對集體的適應。如果一個孩子擅長於具體務實的遊戲，他的父親會說他將來會變成一個工程師，孩子因此得到鼓勵，而在求學階段他在那些與機械相關的領域就會有很好的表現，但是在其他學門則會表現得很糟；他會因為自己做得好的事情而感到驕傲，也會花最多的時間在其上，因為我們的自然天性就是做我們擅長的事並忽略我們不擅長的。慢慢地，偏於一方的本然傾向，就建立了我們的主要功能，而這也是個體適應集體要求的功能。因此，集體意識的主宰因子，也在個體內集合成為主要功能。

接著再拿中古時期的人們為例，對當時的人來說，主宰自性的是基督這個人物。如果某人先天的配置是成為一個思考型的人，他會陷入對基督本質的沉思；但是如果他的天性傾向是成為一個情感型的人，他會受他所聽聞的禱告而感動，他不會思考基督的象徵意涵，而是會以他的主要情感功能與基督相連結。因此，這就是為什麼國王在代表集體意識情境的主宰象徵內涵時，也能夠與所有個體的主要功能相連結上。

王子的象徵

　　另外兩個王子也能夠順著這個邏輯以相同的思維來解讀，也就是說：兩個聰明伶俐的兒子代表的，是建構人類兩個輔助功能的典型基礎，而傻王子代表的則是建構劣勢功能的根基。但是傻王子並不僅僅是這個表徵，他同時也是英雄，而整個故事都是關於發生在他身上的事情；因此我們必須簡短的討論，在神話故事中英雄所代表的意義。如果你讀了許多對於神話的心理詮釋，你很快就會發現，對英雄的解讀幾乎千篇一律都是，將他視為自性（Self）或自我（ego）的象徵。即使是同一個人在解讀同一個文本都會自相矛盾，在開始的時候說英雄是自我，後來又改變說詞說他是自性。

　　在我們談論這個問題之前，我們必須說清楚我們所說的自我（ego）到底是什麼。自我是人格意識場域的中心情結。當然，所有的人都有自我，你會發現當我們說自我這個詞時，詞本身就是一個抽象的表徵，指的是那個我們所知道的人身上的「我」（I）。但是當我們在說下述的句子「自我對抗無意識」時，我們則是將它當做通稱的觀察之語，是指一般通稱的自我概念下的某種事物，不具有個別獨特的特質。

　　接著來看神話中的英雄象徵。英雄通常長得什麼樣子？他常常都是救星：他將他的國家及子民從惡龍、女巫及魔咒中拯救出來。在許多故事中他是寶藏的發現者、他解放了他的部落也帶領子民逃出危險、他使他的子民與眾神及生命再度連結，或是更新生命的原則。英雄會踏上夜海之旅，而當他從鯨魚腹中生還而出時，在他身後往往也會有那些在他之前被鯨魚吃下肚的人跟隨著。有時候他可

能過於自信而在某些神話中變得具毀滅性，於是眾神或敵對勢力決定將他毀滅。在許多的英雄神話中，他也是惡勢力的無辜受害者；或是兼具英雄與搗蛋鬼特質的角色，同時玩弄好與壞的伎倆，不僅解放了他的子民，同時也讓他們陷入困境；他幫了某些人但是也因失手或漫不經心毀了其他人，因此他是半個惡魔也是半個救星，而同樣的他在故事的結局可能被毀滅、被改造或是被轉化。

因此英雄人物充滿了各式可能的類型：傻王子型、搗蛋鬼型、強者型、無辜者型、年輕俊俏型、魔術師型；基本上是透過魔術、法力及勇氣等特性行事。從兒童心理學的研究中我們知道，大致來說生命的前二十年，無意識主要傾向於自發建立一個強勢的自我情結，而大部分年輕人早年的困境都起源於，因為負面的父母影響或創傷或其他阻礙，而打亂了這個發展歷程。在麥可・佛登（Michael Fordham）論著中所提到的案例，我們看見自我情結無能自發建構，但是我們在兒童的心靈中仍得以見到自然的發展歷程，透過他們的夢境映照出自我是如何建構的。我們常見的其中一個是楷模英雄的理想形象，爸爸通常落入這個角色中，此外還有電車駕駛員、員警、大哥哥或是學校高年級的大男孩等都承接了孩童的移情。在他們私密的白日夢中，男孩想像這些就是他將來想成為的樣貌。許多小男孩都幻想要戴上紅色大盤帽，指揮列車運轉，或是成為大統領、大老闆、國王及警察局長。這些楷模人物都是無意識投射的結果，他們要不是在年輕人的夢境中直接出現，就是被投射到外在的其他人物上，而這些楷模人物承接了孩童的幻想也影響了他的自我發展，每個母親對此都會感到心有戚戚焉。例如：假若你帶一個小男孩去看牙醫，然後你說：「知道嗎，你是警察局局長，所

以拔牙的時候千萬不能哭喔！」這樣的說法強化了他的自我，所以他會忍住淚水。這個方法常常上演在教育歷程，這是個計謀，如果小男孩很崇拜隔壁班的甲同學，但是他卻不守規矩，你會說：「甲同學絕不會這樣做的！」然後小男孩就會馬上乖乖聽話。

這些都是典型的心理歷程，這歷程顯示孩童身上的自我情結，亦即顯示意識場域中心是如何成形的。如果你更仔細的探究這個過程，你會發現在夢境中他們是起源於自性，而且是自性建構了自我。若以圖示說明，首先會看到人類心靈整體的未知部分，你可以把它想像成是個球體而非圓形，而在球體的上端是我們的意識場域，任何在這一場域內的事物，都是由個體意識覺知的。球體的中心是自我情結，那些沒有透過聯想而與自我情結接上線的部份就是無意識。在這個意識場域存在之前，自我調節的中心（自性被視為是整體，同時也是整體人格的調節中心，而自性也似乎是在生命初始就存在了。）透過特定的情緒過程，建構了自我情結。如果你研究自我情結及自性的象徵學，你會發現自我與這個調節中心有相同的架構，很大的部份是映照了調節中心的意象。例如：我們知道曼陀羅（mandala）架構是自性的表徵，而自我也有相同的四維象限。自性的中心緩慢地建構了自我情結，自我情結則映照其原初的中心，眾所週知的，這個新成立的中心錯誤的以為自己就是中心。大部分沒有接受分析的人因為在情緒上確信「我就是我」，因而相信「我」就是全體，而這樣的錯覺甚至也來自於因為自我的形成，是源於整體中心。但是孩童階段有個分離的悲劇[4]，孩童不可避免的都會經歷被拋出天堂之外的經驗，第一次經驗到不完整的衝擊，也從此發現某種完美將不復在。這樣的悲劇鏡映了當自我開始從自

性分離成為一個實體，其後自我就建立成為一個自存的因子，而自我也失去了與中心本能直覺部分的連結。

至於自我，就我們所知只有在與整體心靈達到某種程度配合時，才能正常的運作，也就是說，自我只有在維持某部分的彈性時才能有最佳的表現。換句話說，唯有當自我不僵化時，才能夠透過夢境、心情等而被自性影響以適應整個心理系統。在我們看來這就彷彿是說，自我天生就不是整個心靈配置的主宰者，而是為自性所用，只有在自我遵循且不抗拒整體心靈的內在本能驅力時，才能有最佳的表現。

舉例而言，想像你的本能告訴你在危險的情境時要逃開（你不需要一個相當具有意識的自我來告訴你這個）。如果一頭牛追著你跑，你不需要諮詢你的自我；你最好是諮詢你的雙腿，它們很清楚該如何反應。但是如果你的自我跟你的雙腿一起運作，在那個跑開的片刻，你也同時找尋可以躲避的地方或是能跳過的圍籬，那就是最完美的情況；此時你的生物本能和你的自我相互配合。相反地，如果你是個哲學家，你的雙腿想要逃開，但是你心想「等等，我必須先想想逃跑是否是正確的。」此時你的自我擋住了你的本能驅力，它變成自我主張且反生物本能，同時也變成具有破壞力的大麻煩，這正是我們在精神官能症患者身上所看見的。我們甚至可以將精神官能症定義為，自我功能不再與整個人格協調一致；只有當自我的功能與更大的整體相調和時，它才能增強並增進基礎本能配置的內在智慧。

當然，自我對抗本能有時也會帶來助益。比方說，北極旅鼠因生物本能驅力而會遷徙到其他地區，牠們在新的地域得以藉著新

的食物供應而有新的開始。受到本能驅使，他們群聚上路。如果運氣不好他們走到海邊或河邊，數以千計的旅鼠會直直向前並集體溺斃。我相信你們都聽過這個故事，這個現象讓生物學家想破頭都想不通，因為它顯示某些自然本能的愚蠢及缺乏適應性。康拉德·勞倫茲（konrad Lorenz）曾經在一場演說中提到許多這類的例子，我記得其中一個例子是關於一種鳥，牠們在交配季節為了吸引交配對象而在胸前長出一個極可觀的艷紅腔袋，藉此提昇交配時的鳴叫聲。而這個豔紅的腔袋大到妨礙牠的飛行能力，因此牠的天敵就集聚而來宰了那隻鳥，可見這並不是個好的發明；一尾艷麗的尾巴，或是像公狒狒以紅屁股來取悅母狒狒就是好多了的安排，如此一來也不會影響牠的飛行能力。由此可知，本能的模組配置並不全都是正面的。如果旅鼠可以問問自己到底在做什麼，並反思其實牠們並不想要投河自盡，或是如果牠們可以回頭，這對牠們來說就會是有幫助的。也許這就是為什麼自然為我們創造了自我作為一個新的工具，我們是大自然的新實驗品，因為配有額外的機制來調節本能驅力，所以並不是僅能依靠行為模式來生存，而是擁有這個奇怪的附屬品名為自我。

就我們所知，理想的狀況是，當自我擁有部分彈性時，就會遵循心靈的中心調節機制。但是當自我變得僵化且剛愎自用，只依照它自己的推論而行動時，結局通常就是精神官能症狀。這不僅僅會發生在個人身上，同時也會發生在集體情境中，這也就是為什麼我們會有集體精神官能症及集體精神症的說詞。當人類整體漂向分裂的情境並偏離本能的模式，災難就不遠了。這就是為什麼在英雄的故事中，幾乎總會落入很糟糕的情境：像是因為蟾蜍阻擋了水路而

造成大地乾枯，或是有一些從北方來的暗黑敵人，偷走了所有的女人，因此土地不再肥沃多產。不論故事中的情境有多糟，英雄的任務就是把這一切扳回正軌。惡龍可能要求國王的所有女眷獻身，這個國家的所有人都已著黑色喪服，而如今最後的一位公主也要被獻給惡龍——然後英雄就登場了。

　　因此，英雄讓情境恢復成健康意識的狀態，當部落或國家的集合自我正在偏離本能及基本整體模式時，英雄是唯一一個恢復到健康正常功能的自我。因此我們可以說**英雄是原型人物，他是自我與自性協調一致的典範**。他是由無意識心靈所創造，是我們仰望的**典範**；他驗證了自我的正當功能——一個依循自性要求而作用的自我。這就是為什麼英雄，某種程度上可說是自性，因為他為其所用，並完全表現地如其所欲。因此，某種程度上來說，英雄是自性，也是因為它表現或體現其療癒傾向。因為這些因素，所以英雄帶有這種奇怪的雙重特質。從情感的觀點來看，要瞭解這一點就簡單多了。當你聽到一個英雄神話，你會認同於英雄角色同時也受他的情緒影響。比方說，假設愛斯基摩部落遭逢饑荒，馴鹿（Caribou）狩獵季所獲不多，原始部落人民很容易就會選擇放棄，在生理及心理都還沒絕望前，就會因為打獵挫折而死亡。然後，部落裡來了一個說書人說了一個故事，故事裡的傢伙因為撞鬼而救了整個鬧饑荒的部落之類的內容，這個故事讓部落裡的人在情緒上又重新振作。自我因為納入了一個英雄的、帶著勇氣及希望感的態度而拯救了集體的困境，這就是為什麼英雄故事在遭逢生命困境時異常重要。當你重拾你的英雄神話，你就能活下去。我們為此而生，我們也本然地受英雄神話的鼓舞。

當你說童話給孩童聽時，他們立刻就天真地認同故事內容且抓住其中的情感。如果你告訴他們有一隻可憐的醜小鴨，所有帶有自卑情結的孩子都希望在故事的結局醜小鴨也能變成天鵝。這完全達到童話的功能，它給了生命典範，在沒有任何意識覺察之下即鼓舞人心的典範，它提醒我們生命所有正向的可能。

在澳洲的原住民中有個動人的傳統，當稻作生長欠佳時，女人會走進稻田裡，蹲在稻禾間述說稻米的起源神話，其後稻米就再次記起它所為何來，也開始正常生長。這大概就是自我情境的投射，因為對我們來說這是真實不虛的，假若我們知道那些神話，我們就會再次記起我們的人生所為何來，而這個想法改變了我們的整體生命情緒，甚至可能會改變我們的生理狀況。

如果你以這樣的方式來解讀英雄，那麼你就能瞭解為什麼傻王子會是英雄。既然國王是集體意識態度的主宰者，而這個集體意識已經失去與生命流的連結，特別是與女性及愛欲原則的連結，傻王子代表的是得以與女性建立連結的新意識態度，因為是他將蟾蜍公主帶上地面的。在角色特質上，他被說成是蠢蛋而且似乎也沒有什麼運氣，但是如果你更仔細地看他的行為，會發現他基本上是天真且充滿自發性的，並不帶偏見地看待每件事物。比方說，另外兩個兄長就無法接受現實，每一次當傻王子贏得競賽，他們會要求加碼再比一場，聲稱前一場比賽不公正，而傻王子就單純地接著照做。當他必須要娶一隻青蛙為妻——當然這不是太讓人高興的一件事，但是世事即是如此不盡如人意。顯然地，這就是我們的故事要強調的特質。

我們看待這些故事的角度，應該跟我們看待個人夢境的角度

是一樣的，此外我們也同樣要問這個童話的內容，給意識情境帶來了哪些補償。之後你會清楚地看到，這樣的故事給了由「應該及必須」所主導的父系基模所組成的社會意識態度一個補償功能。這樣的社會是由僵化的原則所支配，也失去了對事物非理性且自發性的調適能力。而類似傻王子的故事，在白人社會中出現的頻率更甚於其他人種的社會，原因也昭然若揭。我們這群人因為意識的過度發展，已經失去了視生命如其所是的彈性，這也就是為什麼傻王子的故事對我們來說更加意義非凡。我們也有大量的故事述說英雄什麼都不用做就能勝過其他人，他就只是坐在爐火前搔搔癢，所有的一切就成了囊中物。這些故事也補償了過度強調效率的集體態度，所以那些懶散英雄的故事就因為充滿療癒感而被滿心歡喜的一再講述。

問題與困境

接下來，國王不知道該由誰來繼承他的王位，他偏離先前可能的作法，讓命運來決定誰該接手他的王位。這不是常見的行為，通常這是老國王常見的作法，卻不是唯一的選項。例如在其他的故事中，老國王可能從夢境或是神諭中得知誰可能是下一任國王，因此他極盡所能摧毀他的繼任人選；這就是另一類型的故事。格林童話〈魔鬼的三根金髮〉（The Devil with the Three Golden Hairs）就是其中一個例子，還有數以千計類似的故事。有時候在故事的開始，國王會給可能的繼任者一個機會，但是如果被選定的繼任者不符合他的計畫，他就會開始抵抗。

有些帶有精神官能症的人們，其自我態度來自他們的整體心理天性，他們在分析的過程中完全沒有太大的抗拒，因為他們只想知道「那然後呢？」當他們的夢境產生了新的生活方向，他們就接受並往前，毫不抗拒。對他們來說，「國王的繼任者」——亦即舊的自我態度被新的取而代之——是相對輕鬆容易的。但是有另一類人，在分析時會描述他們的症狀，而當你針對他們的夢境稍微提及可能的問題所在時，他們會跳起來爭辯說，任何其他事物都可能是問題所在，但絕對不是你提的**那個**。你所提的**那個**問題，他們心知肚明，但是永遠都會反抗。這就是自我僵化到一種程度，全然拒絕任何更新的可能。我都會跟這類的人說，他們的態度就好像，要求醫師務必治好他，但卻又以個人隱私為由拒絕驗尿。很多人都是這樣的，他們進入分析但是把最重要的資訊放在口袋裡，因為那跟別人一點關係都沒有。在這各式各類行為中，你都能看見老國王的身影，從個人的角度來看，這意指意識的中心拒絕更新。

當然，在集體的情境中也能看到類似的現象。整個社會可能一開始的時候對於一些宗教改革會產生激烈的反對，但後來就突然地認可了。經典的例子就是中世紀天主教教會的大支柱聖多馬斯·阿奎那（Saint Thomas of Aquinas）對《嘉言錄》所作的註釋，在 1320 年受到「大會學刊」（Concilium）的嚴厲譴責。你將看見由於當時的集體偏見，那些後來經驗證，其實對主流態度一點害處都沒有的想法，在一開始的時候是被抗拒的。這點可以擴大到政治及宗教的迫害、媒體的壓力及經濟的迫害等等，這些在現代社會正上演著，同時也會在世界的每個社交場境中持續發生；其不變之處就是認為新事物都很嚇人。這些都是老國王的典型行為，而有可能會僵

化成為不信任，並演變成真正的悲劇；但也可能如同這個童話中所發生的一樣，不盡然會成為悲劇。這個故事反映了，在沒有任何危機或悲劇的狀況下，也可能發生更新。它是一個平淡的故事，因此不是特別有趣，但是故事中包含了我們所需要的經典特色。

羽毛的象徵

接下來進入三根羽毛儀式的討論。這是當時常見的風俗，基本上跟丟銅板沒有太大的差別。當我們的意識無法憑理智作出決定時，人們就會訴諸這類的機會事件並將之視為指引，將不論是銅板擲出這一面或是風吹向那一方之類「本當如此」的事，視為是有意義的暗示。這對行為本身是重要的，因為這是放下自我決定的第一步，也就是放下自我的意識推理。你可能會想，這個老國王雖然將不久於世並被後繼者所取代，但事實證明他並不是太糟糕，至少他相當願意讓諸神來決定接任人選。這也再一次與整個故事的佈局相契合，一個不過分戲劇化也不會因為僵化而產生衝突的場面。

進一步看儀式本身的象徵意義。在神話學中，羽毛的意涵相當接近於那個帶有羽毛的物體，也就是鳥類。根據部分等於全體（pars pro toto）的原則，這基本上是一種魔法的思維，羽毛象徵鳥兒，鳥一般而言代表結合直覺及思考特質的心靈實體。例如，中古世紀時期就出現這種意念表徵，相信亡者的靈魂是以鳥的形式離開將死的軀體。即使在當今德國瓦利斯上城區的某些鄉村，家家戶戶的父母臥房裡都會有一扇小窗，當地人稱為靈魂之窗，只有在家中某人將死之際才會打開這扇窗，讓靈魂得以從那兒離去。這個概念

認為靈魂是飄動的存有，如同鳥從籠中逃飛一般的離去。在《奧德賽》一書中，赫密斯（Hermes）蒐集尤里西斯（Ulysses）敵人的靈魂，而這些靈魂如鳥般嘰嘰喳喳的談話（thrizein），也拍動著如同蝙蝠的翅膀跟隨在赫密斯身邊。此外，基爾嘉美緒（Gilgamesh）的朋友安基杜（Enkidu）進入冥界，見到亡者穿著鳥羽絨服飾圍坐在一起。可說鳥代表著近乎沒有軀體重量的實體，牠們是空中的居民，住在風的國度，而風也常常會被聯想為呼吸，也因此會被聯想為人類的心靈。因此，特別是在北美及南美印地安人的故事中，鳥類常常會被引用，就有將羽毛黏上某個物體，就代表是心理真實想法的說法。甚至南美的一個部落也將羽毛這個詞當做前綴詞使用，藉以描述某種只存於心裡而不在外在實界的事物。你可以說羽化狐、羽化箭或是羽化樹等詞，在這些詞中**羽化**（feather）指明你所說的狐狸、箭矢或樹木並不存在物理實相，而是與心理實相有關。當北美洲印第安人與某些愛斯基摩部落，派出使臣前去邀請其他部落出席宗教慶典時，使者會配帶繫有羽毛的節杖，羽毛讓節杖成為神聖不可侵犯的物件，因為這個神聖的意涵，這些使臣也不會遭殺害。藉由將羽毛繫在自己的身上，原始部落的人民讓自己成為靈魂及聖靈的存有。

因為羽毛非常的輕盈，一縷輕風就能帶走，這個特性也讓它能敏銳覺知不可見及不可察的心靈電流。風，在大部分的宗教及神話關聯中代表精神的力量，這說明了英文的**靈感**一詞也同樣有氣息的意涵。在降靈節（Whitsun）神蹟中，聖靈如風一般充滿屋內，神靈出現時帶來一陣冷風，而鬼魂的出現也通常會伴隨陣陣氣流與風動，**靈魂**（spiritus）一詞與**氣息**（spirate）是相關的。在創世紀

中，神的靈（Ruach Elohim）運行在水面上，因此唯一能覺知風向的方法，就是將羽毛吹向空中，任其帶出一個隱微並近乎不可想像的心靈傾向——這就是當下生命心靈流的最終傾向。

這就像進入分析時會發生的狀況，某人陳述他的問題，你回應：「是這樣的，我並不比你更聰明，也不懂這件事，但是我們可以一起看看這些夢境傳達了什麼。」之後我們從最後的視角檢視這些夢境，試圖找尋夢境趨向何方。根據榮格派的觀點，夢境述說的不僅僅只是因果關係，更是最終的方向，因此我們檢視生命力（libido）的趨向。我們「將羽毛吹向空中」，並等待羽毛飛行的方向，然後說：「讓我們走這邊，因為羽毛稍偏向這個方向。」

這就是國王所做的，他讓自己充滿靈活與彈性的向超自然的力量諮詢。一根羽毛飛向東方，另一根飛往西方，而傻王子的羽毛立刻就墜落地面。根據某些更富於機智的版本，羽毛正好落在傻王子前方的棕色石頭上，所以傻王子說：「這代表著我哪兒都不能去。」然後他發現一把通往地下的梯子。這段文字漂亮地契合傻王子身上的特質。我們常會苦尋些「天知道」的問題解決方式，卻偏偏沒能看見答案近在眼前；我們不夠謙卑而沒能垂下視線，只是一勁兒的仰起鼻子往上看。這就是為什麼榮格常常會提到一個關於猶太拉比的動人故事，有一次這個拉比被學生們問到，為什麼聖經中有許多上帝顯靈的事蹟，但是當今卻都沒有發生這類事情，拉比回答道：「因為現今無人能夠謙卑地彎下腰。」正因為傻王子的心思簡單純真，他用單純的態度面對生命，順乎自然天性。他自然而然的順從地面上那正落在他眼前的事物所指引，而那就對了。我們從故事的第一句話就知道，故事中欠缺的是女性元素，自然而然我們

會在大地上找到她，也只能在大地上找到，這就是整個故事的內在邏輯。

註釋

1　原書註：*The Complete Grimm's Fairy Tales* (New York: Pantheon Books, 1972), p. 319.

2　原書註：J. Bolte and G. Polivka, *Anmerkungen Zu den Kinder- und Hausmärchen der Brüder Grimm*, 5 vols. (Leipzig, 1913-1927). See vol. 3, p. 30

3　原書註：*Mysterium Coniunctionis*, C. G. Jung, *Collected Works*, vol. 14, trans. R. F. C. Hull (Princeton, N.J.: Princeton University Press, Bollingen Series XX, 1970)

4　譯註：指分析理論中的兒童發展觀，隨著母親不再無時無刻滿足孩童的立即需要，孩童知覺到與母親的分立及不完整，這是最原初的關係創傷，但也是成長必經的過程。孩童將藉由分離的經驗及完美關係不復在的體驗而得以看見自己，並形成自我。

〈三根羽毛〉
童話解讀：續章

雖然在前一章我們以擴大法來解讀三根羽毛的母題，但仍未進入第二個步驟——簡約表述故事的心理意涵。羽毛代表思緒或是幻想，從部分代表全體的觀點，羽毛取代了鳥；而眾所皆知風象徵著無意識充滿感召力的聖靈特質，因此這個母題意指個體讓想像力或思緒隨著潛意識湧現的靈感而漫遊。當你站在十字路口不知該走向何方，你可能會採用這個儀式，你放下藉由自我思慮而作的決定，等待無意識而生的預感，讓無意識對這件事發聲。不難理解這是針對集體情境主宰力量的一種補償，為失去連結的非理性及女性元素而做的補償。如果男人或是整個文明皆與女性元素失去連結，這通常暗示一個過於理性、過於秩序化及過於組織化的態度。伴隨著女性因素的是情感、非理性及幻想；而在這個故事中，老國王不直接告訴兒子們該走向何方，反而選擇一個具更新可能性的姿態，讓風告訴王子們該走向何方。傻王子的羽毛在他正前方直直墜落，在羽毛墜落處傻王子發現了一扇門板，與門板連通的階梯則指向深處的大地之母。在黑森州所出現的故事版本中，青蛙公主要傻王子沉入內在（sich Versenken），亦即要進入深處，強調的是向下的行動。

轉折

走入地窖的象徵

故事裡出現一扇門板及一座階梯通向地心的場景，這是不同於出現天然洞穴的場景。在這個故事的場景中，有人類留下的蹤跡，也許這裡曾經有棟建築物，或者也許這裡是城堡的地窖所在地，地

窖上方的建築體在很久之前就不復存在，也或許這裡曾經是前朝文明的藏匿所。通常當主人翁在夢中向下走入地底或是進入水中，人們會膚淺地解讀為落入陰間（descensus ad inferos）及落入無意識深處。但是我們必須檢視到底是落入無意識童真天性或是落入一層又一層的前朝文明中。後者指出有些因子曾經是意識覺知的，但是卻被吸納回無意識界，這就好比是上方的城堡頹廢崩毀了，但是它下方的地窖仍在，留下了前朝生命的遺跡。

從心理學的角度來解讀，這可能代表無意識不僅包含生物本能的動物性，也包括了過去的傳統，因此部分無意識是由過往組成的。這也說明了在分析的歷程中，過往文明的元素常常會再現。猶太人可能對於他所屬的過往文化一點都不在乎，但是猶太卡巴拉母題會在猶太人的夢中出現。曾經聽聞有個在美國受教育的印度人的夢境，在意識層面，他對於自己的文化過往沒有半點興趣，但是在他的夢境中則滿是印度神祇活躍於他的無意識中。人們總是錯誤的以為榮格傾向於強迫人們回到他們的文化背景，例如會誤以為他堅持要猶太人再次挖掘正教（Orthodox）的象徵，或是要印度人重拾對濕婆（Shiva）的敬拜。事實上完全不是這麼一回事，絕對沒有所謂的「應該」或是「必須」，榮格的建議不過就是個探問，提醒我們去思索這些因素是否顯現，以及是否意欲在個體的無意識界中被看見。

故事中那個曾經被意識覺知的女性元素，何以如今沉入無意識中？非基督教的原始德國及塞爾特民族宗教信仰中，有許多與大地之母及其他自然神祇相關的信仰崇拜，但是偏父權結構至上的基督教文明則逐漸抑制了這個元素。因此，想當然地如果我們的問題是

要帶出並且再次整合女性元素，我們應該（至少在歐洲是這樣的）找尋過往文明的蹤跡，回到當時女性元素較意識化的時代。中世紀時期，因為對於聖母瑪麗的崇拜及受吟遊詩人的影響，對於阿尼瑪的重視遠較其後的十六世紀時期來得鮮明，十六世紀後歐洲明顯的特徵，就是逐日增高對女性元素及愛欲文化的壓抑。我們並不清楚這個童話的創作時間，但是開場的佈局顯示了女性元素不被重視的情況，雖然顯然地女性元素曾經在之前的某個時刻得到過重視，而這也是為什麼要重拾女性元素是相對簡單的。傻王子可以一步步的往下走入地底而不會摔得倒頭栽，或在黑暗中迷失了方向（在黑森區當地的版本中，階梯上蓋有圓形的孔蓋，孔蓋上還帶有圓環，就好比是馬路下水道人孔蓋上所帶有的圓環，因此這不僅暗指阿尼瑪的象徵，同時也是自性的象徵）。

蟾蜍的象徵

當傻王子往下走，他發現了一扇門並敲了敲門，然後他聽到那首奇怪的短詩：

純真小處女，碧綠無瑕，
皺巴巴的腿骨，
皺巴巴腿骨的狗兒，
走上走下、束手無策。
看看是誰在門外。

這首詩的語調有些孩子氣，只有部分是能聽懂的，並有夢一般的文字組合。當門打開時，傻王子看見一個巨大無比的蟾蜍，身邊圍繞著一圈小蟾蜍。當他告知需要一件美麗的地毯時，蟾蜍們就從箱子裡變出了毯子給他。

首先要以擴大法來看這首短詩，主要焦點在蟾蜍的象徵意涵。與這童話近似的其他版本中，青蛙代替了蟾蜍的角色，因此我們也需要看看青蛙的象徵。一般而言，青蛙在神話學中通常是男性元素，而蟾蜍則是女性元素。在歐洲有青蛙王子一說，在非洲及馬來人的故事中青蛙也是雄性生物，但在其他所有文明中蟾蜍都是女性。在中國，有三隻腿的蟾蜍住在月亮上，牠跟玉兔一起搗製長生不老藥。根據道教的傳統，這隻蟾蜍是在穢海中被打撈上來，被視為是帶來庇佑的神靈，牠和玉兔共同搗製的長生不老藥具療癒及延長生命的功效。在我們的文明中，蟾蜍總是與大地之母相連結，特別是在順產功能上。她不僅在過去被視為子宮的表徵，即便現在也被如此看待。在天主教教會中，當聖徒治癒了某人的一條腿、一隻手或其他身體部份時，人們會用蠟捏製出受傷部位的形象，並將之懸掛在療傷的教堂中作為謝恩物。如今當女性有子宮的疾病，或出現與懷孕生產有關的問題時，她不會製作子宮的蠟像，卻代之以在教堂中懸掛蟾蜍蠟像，因為蟾蜍代表子宮。在巴伐利亞的教堂及禮拜堂，聖母瑪麗的雕像四周環繞著這類的蟾蜍蠟像，聖母瑪麗承接了希臘神話中月神阿堤密斯（Artemis）及生育女神愛西亞（Eileithyia）的神職，她幫助生育，是正向的母親，幫忙女性懷胎並順產。有關蟾蜍及子宮的類比顯示出在這兩者的相互連結下，蟾蜍實際上是代表母性的子宮，而母親正是這個皇室家族所欠缺的。

其中的大蟾蜍可被視為是周圍小蟾蜍的母親。我們的傻王子並沒有與大蟾蜍婚配，他從那一圈小蟾蜍中選了一個，而被選中的小蟾蜍變成一位美麗的公主，這也更清楚地顯示大蟾蜍是母親的角色，而從母親的四周圍中傻王子得到他的阿尼瑪。正如我們所知，阿尼瑪來自於男性心裡的母親意象，而在這個童話中，大母神正坐在中心。詩中的**皺巴巴**（shrivel）一字不太容易理解，在德語字源中**乾癟老太婆**（hutzel）總是會被和年老、古老及存在久遠的事物等概念相連結，這可能暗示著大母神被排除在意識之外及被遺忘的事實，因此在地窖裡蜷縮枯乾好似陳年的蘋果。

接著我們進展到腿（Bein）一詞，我傾向於將之解讀為骨頭（在德文中也是用 Bein 一詞）而非大腿，因為這與廣佈在德國、瑞士及奧地利等國的招桃花技法有關。據說男人必須要找一隻蟾蜍或一隻青蛙，活生生的將其丟入蟻堆中，之後他要搗住耳朵逃開，因為蟾蜍或青蛙可能會哀號，而聽到哀號聲代表著會受詛咒。蟻群會吃了蟾蜍或青蛙直到只剩一副骨頭，然後男人要取下其中一根腿骨並保存在身上，如果他能神祕不被發現的用這根骨頭碰觸女人的背，這女人就會情不自禁地瘋狂愛上他，因此蟾蜍及青蛙常被用在巫術或魔法中，做為招桃花的符咒或催情的藥方。同時在民間傳說中，蟾蜍的毒性也常常被強調，事實上當你碰觸蟾蜍時，牠身上會流出液體，這液體雖然對人類不會造成致命危險，卻可能會造成皮膚輕微過敏而起疹子，小生物則可能會因這個流出的液體而喪命。在民間傳說中這一點常被過度渲染，蟾蜍就被視為巫術動物，而牠帶點粉末質感的皮膚及大腿，則幾乎在所有的巫術藥方中都被用來做為基本的原料之一。

在此做個小結，我們知道蟾蜍是大地神，握有生死大權，牠能施毒也能帶來生命，而且牠與愛的原則息息相關。因此，蟾蜍的確包含故事中所欠缺的所有元素。蟾蜍是綠色的，帶有植物及自然的顏色，而短詩的第三行寫到跛腿（Hutzelbeins Hündchen）——皺巴巴腿骨的狗兒。在此有些奇怪的出現與小狗的聯想，讓人摸不著頭緒，但是當你去看優漢那斯·波爾特（Johannes Bolte）及蓋亞·波利福卡（Georg Polivka）兩人所蒐集的類似故事集時就清楚多了。在他們的故事集中你會發現，其他許多版本，特別是許多法國的類似故事，被救贖的公主不是一隻蟾蜍而是一隻小狗，這裡明顯地出現了母題的轉換或是摻雜；有時候出現的是一隻小白狗，有時候則是一隻貓、一隻老鼠或是一隻蟾蜍。如果被施魔法或是等待被救贖的公主是一隻小狗，自然比一隻青蛙更接近人類的範疇；她也許被遺忘了或是退行到無意識的層次，但是與退行到成為一隻青蛙或是一隻蟾蜍的層次相比較，則沒有這麼低階或距離沒這麼遙遠。因此我們可以說，傻王子在非人類的冷血動物形式中，找到缺失的女性元素，如果是小狗，就是在溫血動物的形式中找到。

在入口有一隻大蟾蜍被一群小蟾蜍所包圍的圖像，或是類似的其他圖像，皆顯示了與女性元素同在，喚起了整體之象。

第一個考驗的象徵

接下來我們要進入對於地毯象徵的討論。在歐洲文明中，一直到歐洲人與東方世界接觸後才知道有地毯的存在。阿拉伯遊牧民族的地毯編織技術廣為人知，他們認為在帳篷內所使用的地毯代表

著接續大地,他們需要地毯來避免腳底下沒有土壤的感覺。無論他們走到哪兒,首先會將那些美麗、織有神聖圖樣的地毯攤開,然後在其上架上帳篷。地毯是他們立足的基石,就如同我們立足在大地上;地毯也保護他們免於受異地土壤的邪惡影響。

　　所有的高等溫血動物,包括人類在內都對所處的地域有深刻的依附。大部分的動物都會展現出保護及防衛領土的生物本能。我們知道動物會回到他們所屬的領域,人類曾經試圖將老鼠驅離鼠窩數英哩遠,但是牠們克服種種危險與困難返回,而只有當生存的機會蕩然無存時,老鼠才會放棄返回;但是牠們會嘗試透過與其他老鼠爭奪與驅趕等方式獲取新的領域。當動物處在自己的領域時,對於整體情境會有敏捷且熟悉的知識,因此當敵人來時,牠能夠馬上躲起來;但是如果牠在陌生的情境看見老鷹的影子,牠必須四處張望找尋藏身處,可能因此失去逃脫的關鍵時刻。蘇黎士大學的動物學教授海因理希・海第格(Heinrich Hediger)深入研究這個問題,並且試圖建立論據來說明動物的領地本能,是從對母親的依附行為而來。他指出每個幼小動物的最初領地是母親的身體,最清楚的例證就是袋鼠,而這個本能後來就從母親的身體轉換到領土上。我們知道當動物被抓且被運到他地時,牠們會把運送的籠子視為家的版圖,如果這個運輸時建構的家的版圖被破壞了,而且牠們被立刻放入新的住處,牠們可能會因此死亡。運送的箱子,一定要放在牠們的新住所,而且動物要被放在箱內,如此一來動物才能慢慢地適應牠們的新家,屆時運送的籠子才能撤離。相同地,這個運送的箱子就是母親的子宮,是擁有母性特質的棲居地,對於箱子的感覺才能慢慢地轉換進入新的領土。

人類也是一樣的，如果你切斷老人家的根，或是把他們遷離所居，他們通常會因此而死亡。你會驚訝的發現許多人與他們的領土緊密連結，如果你曾經注意你在搬遷時期的夢境，會發現內在心靈也有許多心理的感傷。當女性失去領土時受苦特別深刻，這也就是為什麼榮格曾說過，他對於美國女人感到遺憾，因為對美國女性而言，從一地搬遷到另一地是常有的事。男人對遷徙的承受力較佳，因為他們的天性就是比較四海為家的，但是對女人來說這是相當困難的。對我們而言領土也意味著母親，而對那些北非的遊牧民族來說，地毯代表相同的意義，他們需要母性壤土的延續感，而今只能向外找尋；事實上他們每個晚上住在不同的沙地，僅透過地毯將象徵性的領地帶在身邊。

　　當今的伊斯蘭教徒，就如同猶太教徒一般，也許不再編織神祇的圖像，因此地毯上的圖像幾乎都是帶有象徵意義的抽象設計。大部分的圖像是瞪羚、駱駝、天堂生命樹、油燈等母題，但是都已經被轉化為純粹的幾何圖形。地毯專家仍然能夠指出這個圖形是油燈、那個實際上是瞪羚，但都已被轉化為圖案。大多數東方地毯的元素都指向宗教意涵，油燈代表透過阿拉的智慧得到啟發，而瞪羚代表人類的靈魂找尋神祇，因此地毯代表的不僅是人們的大地之母，同時也是整個人生的內在基石，常常以這樣的形式出現在現代人的夢境中。在歌德（Goethe）的《浮士德》（Faust）劇中曾有一段引文，它出現在第一部當地靈造訪浮士德時說的一段話：

　　我轉動時辰機杼，

　　給神祇編織衣物。

我認為歌德從菲里賽德（Pherekydes）的神話創作中得到這個母題，他的神話把大地說成一個巨大的斗篷，其上有編織的圖樣，散佈在世界方舟上。

　　從這些擴大解讀中，你可以看見編織的斗篷或是帶有設計圖樣的地毯，常被用來作為生命的繁複象徵圖樣，以及命運的祕密設計圖樣。它代表了你我生命中較廣博的圖像，但是我們往往因為生活在其中而無所知。我們經常透過自我決定來建構自己的生命，但只有在年老後當我們回頭看，我們才看見整個生命是有固定樣式的。某些比較具有內省特質的人，在他們生命結束前更早些時候就知悉這一點，他們深知事物都有一定的模式，也相信他們是被帶著走的；他們更相信在我們人類短暫生命的各式作為及決定背後，有一個神祕的設計存在。事實上，我們之所以轉向夢境及無意識，是因為想要更清楚瞭解生命的模式以求犯較少的錯誤，我們不舉刀割斷內在的地毯，希望能夠成就天命而不是與天命對抗。個體生命模式所具有的目的性，提供了你我意義感，並常出現在地毯的象徵圖像中。一般說來，地毯，特別是東方風的地毯都有些繁複的曲線圖樣，就好比是你追隨如夢般的心境，感受生命高低起伏、蜿蜒流轉。只有當你從遠處觀看時，從某種客觀的距離回頭看，你才會明瞭生命中自有完整成全的模式在其中。

　　順著被遺忘的女性原則這個觀點來看，故事中提到王宮中不再有好的地毯，因而需要找尋一個地毯的設定並沒有偏離焦點，這再一次的說明他們要找尋生命的模式。從這個角度，故事告訴我們無意識的細微創造性，以及其織入人類生命的神祕設計，遠較人類的意識來得高明，而且也比男性能創造的更加細緻及優越。你我一再

因心靈中所存有的未知神祕天賦而感到招架不住，祂是夢境的創造存有，祂從每日生活印象中選取素材；從做夢者傍晚稍早所閱讀的報章中，或是從兒時記憶中選取素材，並從中製作一盅美味的大雜燴，只有當你解讀其意義時，才得以看見每個夢境組成的細微精緻及天才。每晚我們都有個地毯編織師傅在內在工作，祂做出那些如夢似幻的隱微圖樣，是如此的細微，以至於我們在嘗試解讀一小時後，就無法找到其中的意義了。我們太過笨手笨腳，以至於跟不上無意識未知神靈根據其天賦所創造的夢境，但是我們了解這個心靈地毯的織工，比任何人類所能達到的編織成就都還要隱微細緻。

第二個考驗的象徵

想當然耳，這第一個測試不被國王及另外兩個兄長所接受，因此第二次的比賽中他們必須要找尋最美麗的戒環，而三根羽毛的儀式也再一次施行。其中兩個兄長帶回了普通鐵製車輪上所拔出的釘環，根本懶得去找更好的東西，而傻王子往下找蟾蜍並得到一個美麗的金戒指，上頭的鑽石及珍貴寶石發出閃閃光芒。

戒指，是圓形的物件，顯然是自性的一個象徵圖像，但是在童話中有太多自性象徵圖像，因此我們必須找出在這個象徵中，所要強調的是自性的哪個獨特功能。如今我們知道自性，身為無意識心靈的中央調節因子，有各式無數的功能面向，它保存了平衡性，或是如同我們先前在英雄象徵中所看到的，它建構了自我的態度，使之與自性取得平衡一致；而圓球的象徵圖像，更能代表自性影響身外物運行的能耐。對原始的心智而言，圓球為人嘖嘖稱奇的就是

它那自主運行的特性。或許原始人類略而不提的其中一點，就是這個過程其實需要一個啟動的推力，因此對他們來說，圓球就變成一個不需要外在動力就能移動的東西，也就是自主運動的；它透過內在的生命驅力得以運行，即便通過物質世界中所有的起伏、摩擦及困境後仍繼續運行。因此，圓球代表無意識心靈中，那個特別的因子，也正是榮格所見，更明白些來說就是，無意識心靈擁有能自發創造運行的能力。它不是一個只對外在因子做出反應的系統，而是能夠在沒有可循的因果驅力下，自發由內創造新的事物。它擁有自發運行的能力，而這個能力在許多的哲學及宗教體系中通常只被歸因為「神性」（Divinity），亦即原動力。

心靈中也有類似的事物，例如我們長時間分析某個人，而夢境似乎在討論某些明顯的人生問題，但這個被分析者自己卻覺得還好，突然間他會沒來由的做了一個夢，開啟了一個全然不同的事物，一個超乎預期或解釋的創新點子通常就會浮現，就好像是內在心靈決定帶出一些新事物，而這就是偉大且充滿意義的療癒性心理事件。球體或是圓球的象徵（記得球體或圓球，或是圓滾滾的蘋果常常在我們的故事中被用來代替羽毛。），所指的就是這一點。這說明了童話中英雄常會跟隨一個滾動的蘋果，或是一個滾動的球體而前往某些神祕的目標。他就只是跟隨著來自他個人心靈內在自發的自我驅力，向目標前去（我之所以用擴大法來解讀圓球的象徵是為了顯示它與戒指的差異，同時也顯示單單只是說「這是自性的象徵」這點是不夠的，而應該總是要進入每個自性象徵的獨具功能中）。

戒指除了具備圓形特質外，一般說來還有兩個功能使其成為自

性的意象。戒指象徵著連結或是束縛。例如，婚戒可以說是與伴侶的連結，但同時也可以是束縛，這也就是為什麼有些人在旅行的時候會脫下戒指放在口袋裡。因此戒指到底是個束縛或是個有意義的連結，完全得看你對戒指的感覺而定。當男人給女人戒指時，他所表達的，不管他是否清楚知道，是期待與她在超越個人的層次上相互連結，更甚於僅僅只是朝朝暮暮的愛戀連結。他想要說的是「這是生生世世、永誌不渝」，而這其中代表的不僅只是透過自我心意的連結，而是透過自性的連結。在天主教世界中婚姻是聖禮，其中的連結並不僅僅是由兩個自我決定而來的，就如同榮格所說的：「為了養育孩子所組成的小型財務社群。」假若婚姻遠勝於此，它代表著對某些超越個人事物的認知，或是從宗教的語言來說，就是聖靈進入其內，而其中永生永世的概念遠較愛意或是將人們結合在一起的某些算計來得更為深刻。戒指表達了透過自性的永恆連結，而凡是當分析師需要處理婚姻的問題，或是陪伴驚恐的人們在婚禮當天、步上斷頭台前那最後幾步步伐時，通常都會有些有趣的夢境指向這個方向，也就是說婚姻應該是為了個體化歷程而存在的。這個想法讓你在面對每日生活柴米油鹽等麻煩事時，仍然可以有一個根本且深刻的態度。好歹我們都知道，要進入高層意識的境界，我們該貫通的是我們的命運；我們也知道我們不能在婚姻出現第一個難過感受時就拋棄了婚姻，這一點在婚戒中就有隱含表達，它象徵著透過自性的連結。

一般而言，戒指代表任何種類的連結，因此有時候就會有全然不同的觀點出現。在施行許多宗教儀式之前，人們都需要脫下他們的戒指。古羅馬及希臘的祭司，在脫下手上的戒指之前是不被允

許施行任何聖禮儀，因為執行聖禮代表他必須要與神祇相連結，必須放下所有其他的連結、卸下所有其他的義務，如此一來才能只對神聖的影響開放。在這樣的觀點下，多數時候在神話學中戒指都帶有負面的意義，其意象所代表的，是遭到本不該被約束的事物所約束，或是成為某些負面因子，例如為惡魔所奴役。從心理學語言的角度來說就是象徵一種神魂顛倒的狀態，以及成為無意識情結的奴隸。

在以擴大法解讀戒指的象徵時，可以納入套在手指的戒指，及其他各式圓環一併討論，例如：女巫圓環法陣或是繞著圓環行進等。一般而言這類廣義的圓環，帶有榮格所描述的聖殿領地的意涵，是藉由繞行或是畫圓圈等方式而劃分出來的神聖空間。在希臘，聖殿領地就僅是一個在樹林中或是在山丘上的小型神聖空間，必須小心謹慎的進入其地，那是一個不死的空間。如果一個將被處決的人在聖殿領地避難，當他待在圈內時是不得被抓或是被殺的。聖殿領地是個庇護所，人們一旦身處其中就是**不可褻瀆的**（asulos）。作為禮拜神祇的場所，它象徵著屬於神靈的領土。而女巫的圓環法陣則有類似的意涵，他們是被標記的一塊土地，一塊圓形的空間特別保留給神聖及原型的目的。這樣的空間具有雙重的功能，既提供圈內的保護，也排除了圈外的干擾，並因此得以專注於內在。這是我們在各式外顯形式中可找到的常見意涵。**聖殿領地**一詞起源於**切割**（temno）一字，字詞本身就揭示了從欠缺意義及粗鄙的生活中切割出來，為了特別的目的而劃分獨立出來的部份。但是我不覺得這跟我們的故事有特別的相關，因為故事中我們所見到的是戒指。

　　　　　　　　　　　　　　解讀童話：從榮格觀點探索童話世界 ┤

故事中的戒環是黃金做的。黃金，是最貴重的金屬，在行星星系中總是被歸於太陽，同時也常被聯想為永不腐朽。黃金是永恆持久的，古時候也是唯一為人所知的金屬物，不會腐爛也不會轉黑或變青，同時也能夠抵抗所有的腐蝕劑。金礦得以被埋藏在地底下，一千年後挖掘出土仍然沒有任何損傷，不像銅礦、銀礦或鐵礦，因此它是不朽超越的元素，得以逃脫朝生暮死的存在。金也是永恆、神聖的，同時也是最珍貴的，凡是由黃金製成的事物，據說都有永恆的特質。這就是為什麼婚戒是由黃金打造的，因為它傳達的是永恆持續的意涵；婚姻不該被任何負面的人世影響所毀壞，而這個寶貴的礦石更加強調這一點。寶石通常象徵著心理的價值。

第三個考驗的象徵

在王庭內的老國王及兩位長王子，無法接受傻王子又再度贏得競賽的事實，因此第三場比試被定下了，這一次王國將交給帶回最美麗妻子的那個人。傻王子走入地下找尋他的蟾蜍，而這一次蟾蜍還沒有完全準備好要幫他。母蟾蜍說：「這個嘛！這個嘛！最美的妻子！現在手邊還沒有，但是你會得到她的！」因此似乎這一次稍稍困難些，而母蟾蜍給了他一根被六隻老鼠拖著走且形狀像馬車的紅蘿蔔。傻王子捉了其中一隻小蟾蜍放入車廂內，一當牠坐上離開後，牠就變成了一個美麗的公主。因此為了要得到這個最美麗的女子，傻王子不能像之前拿地毯或是戒指一般的抓在手上，他需要一輛特殊的車輛。當蟾蜍小姐坐入胡蘿蔔車之後就得到轉化，只有在她被帶往王宮時，她才得以轉化。

在其他的版本中，美麗的女子在一開始的時候就存在了。如果你還記得，在黑森區的版本中，傻王子在地底下找到一個在紡紗的美麗女孩，而只有當她離開地底之後才成為一隻青蛙。這是個古怪的事情，有些版本她在地底時是一隻蟾蜍或是青蛙，但是當升上人間之後就變了，如同在我們的故事版本中，當她上升到地面時就變為人的形象。而在其他的版本中，她在地底時是個美麗女子的形象，而在地面上、在人世間時，她成為一隻青蛙，只有當傻王子隨著牠跳入水池後，牠又再度變為人類。其中相對較常見的變異版本是：在地底下她就是人類，但是在上層領域她以一隻青蛙或一隻蟾蜍，或是一隻狗的形式現身，我們因此必須要更貼近來看這個象徵意涵。我們在前面的解讀步驟，及針對地表的人類建築討論中已經下了結論說，對母親的崇拜或與母性原則建立的關係，原先已被整合進入人類覺知的領域，但是後來則回歸到地底。我們的故事關注的是要帶出某件曾經在人間被實現與了解的事物，許多的類比文本都告訴我們在地底深處有位美麗的女子坐在那兒等待被救贖，也驗證了這個假設。

阿尼瑪，對男人而言意指幻想的國度以及他與無意識建立關係的方式，它過去曾經被整合在意識場域中並且也到達了人類的層次，但是如今，受限於不理想的文化環境，它被切斷並被壓抑在無意識中。這一點解釋了為什麼這個美麗的公主會在地窖中等待某人將她帶上地面，這也解釋了為什麼她被視為青蛙且以青蛙的形象現身。在地面上、在王宮裡，主要是由意識態度所主導，因此會把阿尼瑪視為一隻青蛙，這也意旨在意識範疇中有個佔上風的態度，抱持著「不過只是」的輕蔑態度來看待愛欲的現象。在這種情況下，

阿尼瑪在這些王宮男人的眼中就顯得是一隻青蛙。佛洛伊德的理論就是現代的一個實例，在他的理論中愛欲被簡化為生物性功能，在理性的論述中，凡所能想到的都被解釋為「不過只是」之類的說詞。佛洛伊德幾乎完全都不重視女性的元素，因此總是解釋為性。從佛洛伊德的觀點來看，即使是哥德式的教堂，也都只是不被接納的性的病態替代，這可從陽具崇拜的高塔得到驗證。當我們從這樣的觀點來解讀時，阿尼瑪的範疇是不可能存在的。然而，佛洛伊德態度並不是唯一如此看待阿尼瑪的觀點，對於愛欲的道德偏見，或是為了政治及其他原因而壓抑愛欲原則等，都可能會把阿尼瑪降為一隻青蛙、一隻虱子，或是其他各種極盡貶抑愛欲原則的形式或階層。因此男人的阿尼瑪就變成了如同青蛙般未開化的愛欲原則。

然而，青蛙並不是全然無法建立關係。要馴服一隻青蛙是可能的，你可以訓練牠從你的手上吃東西，牠們有些許建立關係的能力；有著青蛙阿尼瑪的男人也會表現出類似的行為。因此我們就能理解為什麼在黑森區的版本中需要有些作為才能重建阿尼瑪的人類本性。在我們的主要故事中則與此相反，阿尼瑪在地底下以蟾蜍的形象現身，需要一駕紅蘿蔔車將牠帶上地面並將牠轉變成人。

在俄羅斯版本的青蛙公主中，傻王子需要將他的青蛙娘子介紹給沙皇王庭。傻王子認為當她以青蛙的形象跳躍現身時應該不會被接受，但她要傻王子信任她，並且告訴傻王子，當他聽到雷聲時就表示她正穿上她的新娘禮服，而當他看到閃電時就表示她已經著裝完畢。顫慄不已直打哆嗦的傻王子，在暴風雨中等待他的青蛙娘子現身，最後她坐著由六匹黑馬駕駛的馬車，以最美麗的女子樣貌抵達，她在暴風雨中得到轉化。

因此俄羅斯版的傻王子只能相信她並準備好站在她身旁，即使她可能會以可笑且非人類的形象出現。在其他版本中，則混雜了青蛙王子的母題，亦即，正如著名的青蛙王子故事，她要求被全然接受，要能與傻王子同碟共食、同床而寢，同時在私生活中也要被全然地接納，如同人類一般。這一切一切的尷尬要求都被拋向英雄，然後她才轉化為人類，因此我們可以說她通常是被信任、接納與不同形式的愛意所救贖的。但是在我們的故事中，她並不是因為信任而被接納，而是被紅蘿蔔車所承載，我們需要看看紅蘿蔔的象徵意涵。

紅蘿蔔和老鼠的象徵

在《德國迷信典》[1]中你會發現紅蘿蔔帶有陽具崇拜的意涵。德國巴登市（Baden）的人們在播下胡蘿蔔種子時會說：「我種下胡蘿蔔，男男女女，若有人偷了些走，還望上帝保我因收成無數而不會察覺。」這段話清楚顯示種胡蘿蔔就好比是種下男童女童。在其他國家，人們會說：「而今我為男童女童播下胡蘿蔔種……」後續內容則以相同的方式繼續下去。播胡蘿蔔還有許多其他有趣的典故，都繞著胡蘿蔔是貧窮人家食物這一事實而轉，因此當播下胡蘿蔔種子時，人們要很慷慨大方並且說：「我種下這些胡蘿蔔，不僅是為我自己，也是為我的鄰居而種下的。」其後就會有豐厚的收成。然而，有一回，有個小氣鬼說：「我為我自己及我的妻子種下胡蘿蔔。」最後他只挖出兩根胡蘿蔔。胡蘿蔔內含豐富的水份，這說明了在方言裡它被稱為尿床（pissenlit）的原因。

所有的內容都會讓你發現胡蘿蔔就如同大部分的蔬菜，有色情及特別是性的意涵。你可以說將阿尼瑪帶上地面的車輛是性及性幻想，在男人的天性中，愛欲的世界常常是以性首次湧現在他的意識界，起初它是被性幻想所承載的。

　　老鼠某部分而言也有類似的意涵。在希臘神話中，小老鼠與碩鼠都隸屬於太陽神阿波羅，但是他們是屬於北方或冬季的阿波羅，是太陽原則的黑暗面。在歐洲，老鼠歸於魔鬼，魔鬼統領所有的老鼠及碩鼠。在歌德的《浮士德》文中是如此寫下：「小鼠及碩鼠的主子」（der Herr der Ratten und der Mäuse）；而在《德國迷信典》中，老鼠被視為心靈動物；以我們的語言而言，這意指老鼠代表了人類的無意識人格。舉例言之，我之前曾提及當鳥離開了人的軀體時，代表靈魂離開了軀體；而靈魂也可能以老鼠的形式離開軀體。在某些詩篇或祭典中，據說人們不應該傷害或是騷擾老鼠，因為可憐的靈魂有可能就寄住在其內。頗富盛名的一位中文詩人曾寫過一篇短詩，我個人認為這首詩精湛地描述了碩鼠的意涵，而小鼠也有相同的意涵。

　　　我腦中的老鼠啊

　　　讓我日夜難眠

　　　你啃食我性命

　　　讓我漸漸消逝

　　　我腦中的老鼠啊

　　　喔，是我那壞心眼

　　　就非要讓我不得安寧？

碩鼠及小老鼠不盡然代表壞心眼，詩人意指任何關不住的憂慮念頭，啃咬及破壞個人態度。你也許相當清楚那些不成眠的夜晚，心中滿是擔憂而每件小事都變得艱鉅如山；你無法成眠，事情在腦中如磨坊般迴旋纏繞，真的就很像是被老鼠攪擾。那群該死的生物整夜啃咬，而你槌打牆面，牠們會平靜一段時間，然後又再度開始。如果你曾經驗過那種情況，你就能體會老鼠與憂慮念頭——那個讓你不得安寧的情結——之間的類比。老鼠因此代表了夜間強迫出現的意念及幻想，在你想要睡覺的時候不斷啃咬你。通常這也有情色的特質，在有些卡通中你會看見女人站在桌面上拉起裙角，下頭則有老鼠四竄。因此，佛洛伊德派通常會將老鼠解讀為性幻想。當強迫性的啃食念頭是性幻想時，這樣的說法可能是對的，但是事實上老鼠可以意指不時啃咬個人意識心靈的任何強迫念頭。胡蘿蔔意指性，而老鼠意指夜晚的擔憂及自動化的幻想，牠們將阿尼瑪人物帶進光明。牠們顯然是阿尼瑪的次級結構。

當傻王子把小蟾蜍及車輛放在一起後，蟾蜍變為一位美麗的女子。從事實層面來看，這可能意謂著男人有耐心及勇氣去接受並揭露夜間性幻想，仔細檢視幻想所承載的意涵且讓其持續下去、得到發展，並將他們記錄下來（這可以允許進一步的擴大解讀），如此一來，他的整個阿尼瑪將得以攤在陽光下。假設，當他在塗鴉胡寫時問道：「我現在到底在做什麼？」同時也讓隨筆塗鴉中表達的性幻想得以發展，那麼通常整體的阿尼瑪問題就會浮現，而之後阿尼瑪也會比較具人性而不冷血，被壓抑的女性世界也將隨之而起；但通常第一個觸發都是性幻想或是某種揮之不去的念頭，像是在電車上忍不住想看女性的身材曲線，或是非得看脫衣舞表演不可。如

果男人能不存偏見的允許這些念頭浮現，他通常能夠發現他的阿尼瑪，或者是說，在將其壓抑了好一陣子後再度發現她。但如果男人忽略了關係，她立即會退回。一旦阿尼瑪變成無意識，那麼她通常也會變得揮之不去，可以說她又再度變成老鼠，擾人清夢。

四個步驟的母題

即使是第三個比試都不能讓國王及兩個長王子信服，這兒我們進入經典母題，也就是在童話中通常會有三個步驟然後才是終曲。你總是會讀到數字三在童話中佔有很重要的角色，但是當我一一數算時，卻通常是四。舉例來說，在這裡有三個比試，沒錯，地毯、戒環及女子三個，但是還有一個最終的測試是要跳過吊環。當你檢視時你會發現這是童話的典型節奏，有三個相似的旋律然後是最終的行動。例如，一個女孩失去了愛人而必須要在世界的盡頭找到他，她先去找太陽，太陽指引她去找月亮，月亮指引她去找夜風，其後，她在第四個場景找到她的愛人；或是英雄前去找三個隱士、三個巨人，或是他必須要通過三個難關。三總是非常清楚的組合，一、二、三，有著相似的重複，而說明了為什麼第四個總是被忽略，因為第四個並不只是額外的數字組合，它並不是相同種類的另一個，而是完全不同的。這就好像是我們數算：一、二、三，變！第一、第二、第三帶出真的結局（dénouement），結局是由第四個所表現的，而且通常都是靜態的事物，不再會有下一個動態的變化，而是能夠沉靜下來的事物。

在數字的象徵中，三被認為是男性的數字（正如同所有的奇

數一般）。事實上，三是第一個男性的數字，因為數字一不被視為數字，它是獨一的事物，因此還不構成是算數的單位。因此三是第一個男性的奇數，而三也代表了一的動力。有關數字的象徵意涵，我建議參考榮格的論文〈從心理學取向看三位一體教義〉[2]。簡言之，一般來說數字三是與動力流相連結，因此也是與時間相連結的，因為每一刻都是變動的。北歐神話中有三位命運女神（Norns），分別代表過去、現在及未來。大多數的時間神都是三位一組。數字三總是帶有流動的象徵性意涵，因為要造成移動，需要兩極以及兩極間交換的能量，比方說，正極、負極以及其中的電流，以平衡兩極的張力。

通常在神話中會有一位主角伴有兩位助手：古波斯太陽神密特拉斯（Mithras）以及其兩位火炬手（Dadophores），或是十字架上的基督介於兩個竊賊之間等等。這類三人組合的神話形式代表著合一與其兩極，其中之一結合了兩極的對立，也因兩極而出現了結合的中心點。在這裡必須特別說明，這不是指三種同類東西的組合；也不是指三者中心的那一個，事實上是完整的事物，而兩邊對立的事物則是其內涵的描繪；更是不同於由第三者來連結雙邊的組合形式。基本上只要你記得三位一組是跟流動及時間相關的，就八九不離十的抓到精髓了，而它所帶出的是一股勢不可擋且導向單邊的生命流動。這說明了在童話中，故事情節的轉變通常會分為三個段落，其後則出現第四個段落的退場或是災難性結局。第四個帶出新的向度，是前面三個比不上的。

註釋

1　原書註：Hanns Bächtold-Stäubli, *Handwörterbuch des deutschen Aberglaubens* (Berlin & Leipzig: W. de Gruyter & Co., 1930-1931)

2　原書註："A Psychological Approach to the Dogma of the Trinity." C. G. Jung, *Collected Works*, vol. 11, *Psychology and Religion West and East*, chap. 2.

〈三根羽毛〉
童話解讀：終章

傻王子如今帶回他的新娘,她坐在胡蘿蔔馬車中,已然變身為一位美麗公主。但是當他們抵達王宮時,另外兩位長王子同樣不接受這個結果,因此提出第四個也是最後一個比試要求:三個新娘都必須跳過從大廳天花板垂下的吊環。兩位兄長所帶回的鄉下女人沒跳成,還摔斷了手腳。但是傻王子的新娘,也許因為前世是隻青蛙或蟾蜍,優雅順利地跳過吊環。於是所有抗議到此為止,傻王子得到頂上王冠,也以智慧治理王國很長一段時間。

結局:實踐阿尼瑪

吊環的母題

在早先的故事解讀中,我們提到戒環是聯合的象徵。從正面意義來看,代表在意識下作出對神聖權力,也就是對自性的責任義務。但是從負面的意義來說,這代表著心魔、沉迷或是被束縛等負面意涵,可能是被個人的情結或是情緒給困住了,或是陷在「惡性循環」中難以自拔。

在此我們看到另一個母題:跳過吊環。這包括了雙重的動作,要跳高而且同時能夠對準吊環的中心才得以跳過。民間傳說中曾提及,德國鄉間有著歷史悠久的春之祭,騎在馬背上的年輕人需要以矛刺穿吊環的中心。這是春季的豐年禮,同時也是年輕人的馬術特技競賽,也再一次顯現瞄準吊環中心的競試母題,讓我們得以更仔細趨近瞄準或穿過吊環中心這項行動的意義。雖然扯得有些遠,但是我們也可以將之與禪宗箭術連結,其要旨在於瞄準中心,不同於

西方人強調肢體技巧及有意識的外傾性專注，它是一種深入的冥想。射手把自己帶入內心的中心點（我們把它稱為自性），順乎自然地從內心根源射入外在標的。因此，最高境界就是當他們閉上雙眼完全不需瞄準，就不費吹灰之力射中目標。這項修練的要旨，是透過技巧性的幫忙而得以安在於個人內在中心，不被意念、野心及自我驅力所分神。

依個人所見，除了在馬戲團裡還看得到跳火圈外，如今人們已不再風行此事，不過跳火圈在馬戲團仍是最受歡迎的把戲之一。老虎和其他的野生動物要跳過烈火熊熊的鐵環，越是未經馴服的動物嘗試此舉就越能激起興奮感，這個母題我稍後會再討論。

正確瞄準目標並跳過吊環中心並不難解讀，我們可以說，雖然它是以外在象徵性的行動方式來表現，但事實上不為人知的卻是找尋內在的人格中心，顯然對等於禪宗箭術所企圖達成的境界。但是這裡出現了第二個難題，要跳過吊環的人必須要離開地面──亦即現實，並且要運行於半空中以到達中心。因此阿尼瑪，亦即公主這個角色，當她穿越吊環中心時，她是懸在半空中的。故事特別強調她擅於此道，而鄉下的女人根據故事內容的描述，則是既笨重又笨拙，只能落得摔斷腿骨的下場，地心引力對她們而言是過於沉重了！

這指出一個與實踐阿尼瑪有關的細微問題，對於心理學所知不多的男人，通常會將阿尼瑪投射到真實女人身上，全然從外經驗阿尼瑪。但是如果透過心理內省他們將會明白，施加在他們身上對於阿尼瑪的吸引力，並不只是外在的因子，事實上是他們身上所帶有的某些事物，亦即象徵著理想及靈魂導引的內在女性形象。接下來

會浮現下一個問題，此時自我會升起一個介於內場域與外場域間的假性衝突，提出：「我不知道這個夢中的角色是我內在的阿尼瑪，或是關於外在的真實女人。我到底應該跟隨外在世界的阿尼瑪魅力，或是應該內化阿尼瑪並且把它視作純然的象徵？」當人們這樣問時，就微微帶有「不過就是一個象徵罷了！」的隱含意義。因為我們強烈懷疑心靈的真實性，所以人們通常會接著說：「我是不是應該只在內心實現它？我是不是不應該找尋外在具體的事物？」在此你得以看見，我們的意識因為帶著外傾的偏見，陷入實現具體外在或象徵內在的偽衝突中，也因此人為的將阿尼瑪現象一分為二。

這現象只有在男人不能將他的阿尼瑪拉離地面時才會發生，當她無法如蟾蜍小姐一樣的跳起、當她就如同鄉下蠢婦一般。經歷這樣的衝突，代表欠缺情感的實現。這是一個典型的衝突，發生於使用思考而非情感功能，造成人為的內在及外在、自我及客體的差異。事實上，問題的答案不在外在或內在的分別，因為這是跟心靈事實有關，而我們的心靈事實是無關內在或外在的，它兩者皆是也兩者皆非。精確的說法應該是：**阿尼瑪必須被實踐成真**。如果她，亦即阿尼瑪喜歡從外在進入，她就必須要從外在被接納；如果她喜歡從內而生，她就必須要從內在被接納。我們的任務不是要以人為笨拙的方式劃分這兩個場域，因為阿尼瑪是一個現象，是生命的現象，她代表的是男人心靈內的生命流，男人必須跟隨著她在內在及外在邊界的獨特路徑中曲折來去。

另一個與這個偽衝突相關的想法是：「我是否應該以虔誠的心來思考我的阿尼瑪？例如，我要對聖母禱告而不是盯著漂亮女子的雙腿並想著性愛。」事實上是沒有這樣的分別的，上下都是同一

個，就如同無意識的所有內涵物一樣，都包含了全體靈性或是本能的表現。基本上在原型表現中，兩個因素是合一的，只有在意識的前提下，我們才會將這些面向分開。如果男人真的學會與他的阿尼瑪連結，這所有的問題就都不再是問題了，因為那時阿尼瑪會立即有所表現，而男人就能維持專注在阿尼瑪的真實性，並且能夠從阿尼瑪四周的偽衝突中移開目光。更淺顯及簡單的說法就是，他會試圖不斷跟隨他的情感、他的愛欲，而完全不會想其他的因素，因而能走過刀鋒兩邊看似不相容的世界。能夠留在榮格所稱的**心靈現實**是一項成就，就好比是通過特技表演競試，我們的意識自然傾向於被拉往單向解讀，我們的意識總是在推演計畫或下處方，而沒能順應生命流維持在對立兩方之間。要達到這項成就的唯一方式就是：展現對於內在阿尼瑪現實的忠誠，這也很巧妙地在跳過吊環的場景中得到表達，阿尼瑪處在空中的位置，精準置身中心並穿過其中。

另一個由無意識帶出的典型阿尼瑪衝突就是，強迫男人在婚姻三角中區辨他的愛欲原則。當他進入這個衝突時，他很容易會說：「如果我切斷另一個女人，我是為了世俗規約而背叛我的情感；如果我逃離妻子及孩子，選擇了阿尼瑪所投射的女人，那麼我就是不負責任地追隨稍縱即逝的情緒，這是大家都心知肚明的。我無法兩者兼得，而我也不能永遠拖著這個不可能的情況。」（如果阿尼瑪想要強迫出現在男人的意識中，她通常就會帶出這樣的衝突。）男人妻子的阿尼姆斯會說：「你需要做出決定！」而女友的阿尼姆斯也會迴盪在耳邊說：「我不可能持續這樣子！」每個人、每件事都推著他朝向錯誤的決定。

對於心靈現實的忠誠感，再一次提供了我們唯一可能的解決

方式。通常阿尼瑪傾向對男人使出花招，讓他陷入死胡同的情境。

榮格曾說過：置身在沒有出口的情境，或是處在沒有解決方式的衝突，是典型的個體化歷程起始點，註定要出現無解的情境。無意識**需要**這個充滿無助感的衝突，藉此將自我推向牆角，唯有如此男人才能理解不管他怎麼做都是錯的，無論做什麼選擇也都是錯的。其本意是要擊倒自我的優越感，而這個優越感讓個體誤以為他有責任要做決定。想當然爾，男人會說：「那好吧，我就擺爛攤子放手什麼決定都不做，到哪都只要拖延逃避就好了。」這樣的想法也同樣是錯的，因為這樣一來就什麼也不會發生。但是如果男人具有足夠的倫理道德感而能承受人格的核心，那麼通常因為意識情境的無解，自性就會出現。用宗教語言來說，這個死胡同情境的本意，是要迫使男人信靠上帝的作為；用心理學的語言來說，阿尼瑪巧妙安排讓男人落入死胡同的情境，本意是要推他進入經驗自性的情境中，從而得以向內開啟**第三方**（tertium quod non datur，指非特定且未知的）的介入。藉此，如同榮格所說的，阿尼瑪是實現自性的導引者，但是有時候導引的過程是透過非常痛苦的形式而為之。當我們把阿尼瑪視為靈魂的導引者，就比較容易聯想《神曲》中碧雅翠絲（Beatrice）引領但丁（Dante）上升進入天堂那一幕，不要忘記他唯有經歷煉獄之後才得以經驗天堂。通常而言，阿尼瑪不會就只是牽起男人的手上升進入天堂，她會先把他放進熱鍋裡，好好地蒸煮一番。

　　故事中的阿尼瑪瞄準中心，而鄉下女人代表未經分化且粗鄙的態度，強烈固著於具體現實情境，也因此她們達不到要求，無法承擔比賽，因為她們所代表的是過於原始且未經分化的情感態度。

我建議將此與榮格在 1939 年所做的演說〈象徵生活〉[1]（The Symbolic Life）相連結。榮格指出現代人都流於理性主義，我們對生活秉持理性見解，事事都要求要合理，但是合理性排除了所有的象徵性。他接續提到，相較於我們，那些仍能保有藉由宗教形式所呈現之象徵生活的人們，人生顯得更豐富多彩。如同榮格自己所發現的，我們有方法可以找回那富有生氣的象徵生活形式，不再將象徵性棄如敝屣，而是能夠將那仍存有且得以持續創造象徵的功能尋回。我們藉由關心無意識及個人的夢境以進入其中，藉著長時間關注自己的夢境，同時認真思考其內容，將使現代人的無意識得以重建一個象徵的生活。但前提是，你不能從純粹智性的觀點來解讀你的夢境，同時也要真的將它結合進生活中，如此才得以重建象徵的生活，才能擁有個人獨有的色彩與樣貌而不單單只是活在集體儀式的形式架構中。這意謂著個體不再只依循自我的理性及憑藉理性而為的決定來生存，而是透過嵌入心靈生活之流的自我來生活，它透過象徵的形式而表現，同時也需要象徵性的行動。

　　我們需要先看見內在心靈為我們架構了如何的象徵生活形式。因此，榮格總在生活中堅持做這些事：當夢境中出現了主導的象徵，我們需要花心思以圖像形式將之再製，就算你壓根兒都不懂得畫圖；或是即便你不是個雕刻家，也要在石頭上雕刻出來，並且真真切切的與之連結。個體不應在離開了分析的那一小時之後，就將一切拋諸腦後，並交由自我來組織接下來一整天的生活。相反地，個體應該一整天都留在個人夢境的象徵中，並且試圖去了解，這些象徵想從哪個角度進入個人的真實生活。這就是榮格所謂的過象徵生活。

阿尼瑪是導引者，或可說是實踐象徵生活的精髓。一個未曾理解或同化其阿尼瑪問題的男人，是無法隨著內在的韻律而生活的，他的意識自我及心智是無法告訴他這些的。

沉入（versenken）

在我前段所提及的另外一個德國版本中，青蛙出現在王宮時並沒有轉化為美麗的女子；相反地，她在上層世界中是以青蛙的形象現身的，而在下層的世界裡她則是個美麗的女子。故事中也安排了最後的比試，亦即，青蛙大聲說：「**擁抱我並沉入。**」沉入一詞暗示將某物置入水中或地底的行動，但是它也代表進入深度的（sich versenken）冥思中，特別是在反思時，這是神祕學語言的表達方式。這個詞很自然地描繪向下進入內在水域、地底或是深淵中，深入你的內在。

青蛙阿尼瑪下了這個神祕的呼喚，而傻王子也了然於心，他抱住青蛙並與她一起跳入池中，就在那個時刻她將自己轉化成一個美麗的女子，兩人以人類伴侶的形式一起走出。如果我們以非常純真的角度來看這個場景，我們可以說傻王子必須要跟隨她進入她的國度，接受她的生命模式。她是一隻青蛙，不時跳入水中，悠游於水中。如果他抱住她並與她一起躍入水中，那麼他就接受了她的青蛙生活。因此可以說是新郎跟隨新娘進入她的家，而不是反過來的方式。透過被接受是隻青蛙，她才轉化為人類。接受青蛙及青蛙的生活，暗示躍入內在世界、沉入內在真實，我們也再一次得出相同的論點，亦即阿尼瑪的意圖是要將理性意識轉化為對象徵生活的接

納；在沒有任何猶疑、批評或是理性的抗議下沉入其中，只擺出慷慨接納的姿態，並說：「以上帝之名，無論發生什麼我都會躍入其中並實踐之。」這需要勇氣及一份純真。而這也代表需要犧牲智性及理性的態度，對女人來說是不容易的，但是對男人而言更是困難，因為這與他的意識傾向作對，特別是對那些現代西方男人更是如此。

當阿尼瑪成為人類，就是與對立面相會之時：他朝她走去，因此她也朝他而升上。每每所見，當意識情境與過低層次的無意識內容之間張力過強時，任何偏向單邊的舉動通常都會增強另一邊。舉例而言，我們常看見男人夢中的阿尼瑪以妓女形象或是類似的意象出現，而男人會說她太低層次了，因此他無法到達那裏，這是有違他的道德原則的。一般而言，當個體克服了這個僵化的偏見，並且擺出一個慷慨的姿態朝人格及驅力的低層而去，就會產生急遽的變化，讓阿尼瑪上升到較高的層次中。然而，我們不應該事先告訴人們這一點，因為這會降低了過程中需要付出的犧牲及其所具有的價值；他要能夠充滿勇氣、毅然決然地不作任何的算計。如果個人能夠有這樣的勇氣及信任，那麼通常會有奇蹟出現，這個所謂的人格低層，不過就是因為高傲的意識態度而被放逐在底層中，最終將得以上升進入人類的層次。

平行版本的新觀點

我們的故事還有第三個版本，在這個版本中故事的篇幅較短，同時青蛙小姐也以不同的形式得到救贖，這也對榮格所謂的象徵生

活拋出了新觀點。這第三個版本是雷同於我們所提故事的俄羅斯版本，故事名稱叫做〈沙皇的青蛙女兒〉[2]。

　　從前有個沙皇及其妻子，他們的三個兒子均如獵鷹般俊俏年輕。一天沙皇把三人都喚來並對他們說：「孩子們，我的獵鷹們，該是你們找尋妻子的時候了。」沙皇要三人拿出銀弓及銅箭，並將箭射入異地，發箭所及之門後，都能找到自己的新娘。其中的兩隻箭射入其他沙皇王宮中，而那兩個王子都找到還算不錯的女子。但是埃文‧葛茲列惟祺（Ivan Czarevitsch）的箭則落入附近的沼澤中，埃文在那裡找到一隻青蛙，青蛙口中含著他的箭，他說道：「把我的箭還給我。」青蛙回答說：「只要你娶我，我就把箭還給你。」因此埃文‧葛茲列惟祺返回王宮哭著說明事情的經過。沙皇說：「如此一來，只能算你倒霉，但你不能逃開，你必須要娶那隻青蛙。」因此，大兒子娶了沙皇的女兒，二兒子娶了王子的女兒，而老三則娶了沼澤裡的綠蛙。

　　這個故事裡出現的許多事物都不同於前面提及的故事，因為在王宮中有個女性的影響因子，因此國王對於娶一隻青蛙沒有絲毫不利感。故事中的男性與女性之間並沒有緊張感，或者說，對於接受與不接受和青蛙生活一事沒有緊張感，但是想當然的埃文會感到非常不開心。後來有一天，沙皇想知道哪個媳婦能織出最美麗的手巾。埃文回家哭訴，但是青蛙跳著跟在他後頭，要他別哭了，還要他躺下，睡一覺後一切都會沒事的。當他入睡後，她脫去身上的青蛙外皮，走入庭園中吹哨呼喚，她的三個侍女及僕人現身，並開始編織手巾。當埃文醒來，她的青蛙妻子將編織完成的手巾呈給他，而她也早已套上她的青蛙綠皮。埃文一輩子都沒見過這般的手巾，

他把手巾帶進王宮中，宮中的每個人都對這手巾留下深刻的印象。後來又有另一個比試，考驗誰可以烘焙出最好吃的蛋糕，這當然又再一次的是在埃文晚上睡著之後完成的。沙皇後來要他的兒子們與妻子們一起出席某個晚宴，埃文又再度回家哭訴，但是青蛙娘子要他別擔心，並要他先行前往。當他看見開始下雨時，他就會知道妻子正在沐浴準備；當閃電出現時，他就知道妻子正穿上出席王宮的衣裳；當他聽見雷鳴時，他就知道她已經在路上了。晚宴開始，另外兩位皇子的妻子早已穿上美麗的衣服抵達，而埃文非常緊張。一場可怕的暴風雨開始成形，他們都嘲笑埃文並問他新娘在哪兒。當雨開始下起，他說：「現在她正在沐浴。」而當閃電劃過天際時，他說：「現在她正穿上她的宮廷宴會服。」儘管他自己都無法相信自己所說的而深陷絕望中，但是當雷聲響起時，他說：「現在她已經在路上了。」而就在那時，一駕由六匹馬拉著的華麗馬車抵達了，從中走出了一位最美麗的女孩，她是如此貌美，讓所有人都因羞澀而噤聲不語。

　　晚宴席間，另外兩個媳婦注意到一件非常奇怪的事情，她們發現這個美麗的女孩將些許食物放入她的袖口裡。這兩個新娘對此感到不解，但心想這可能是有教養的作法，於是就依樣畫葫蘆。當晚宴結束，會場奏起音樂，眾人翩翩起舞。原先是隻青蛙的女孩跟埃文・葛茲列惟祺共舞，她是如此的輕盈優雅，雙腳幾乎沒有接觸到地面。隨著舞步，她揮舞右手臂，掉了一些食物出來，馬上就變為一個帶有圓柱的花園，還有隻公貓繞著圓柱而走，後來牠跳上柱台並開始唱起民謠。當牠走下柱台後，對著眾人說起民間故事。女孩繼續揮舞她的左手，隨之出現一座美麗的河濱公園，河面上還有好

些天鵝。會場的每個人都如同孩子一般，對眼前的奇蹟感到驚訝不已。另外兩個妯娌也隨之起舞，但是當她們揮舞右手時，拋出了一根骨頭砸中沙皇的前額；而當她們揮動左手，一串水珠射向沙皇雙眼。

埃文不可思議的看著他的妻子，並納悶她是如何從一隻綠蛙變成一個美麗的女孩。他走進她的閨房，看見青蛙綠皮就攤放在房間裡，他拿起綠皮丟入火焰中，然後回到宮廷與大家盡情享受。直到天亮，埃文才與妻子一起回家。

當他們回到家後，他的妻子回到房內卻找不到青蛙綠皮，她大喊詢問埃文是否看見她的外衣。「我把它燒了！」埃文如是回答。「噢，埃文」她說：「你做了什麼？如果你沒碰它，我就會永遠都是你的人。如今我們必須要分開，也許是永生永世！」她哭了又哭，接著說：「再會！到第十三沙皇的王國去找我吧。在第十三個奇異王國那兒，有著最了不起的女巫芭芭亞嘉以及她的骸骨。」一聲擊掌後，她就成了一隻布穀鳥飛出窗外。

埃文傷痛不已，他拿起了銀弓並打包了一袋乾糧，肩上揹著瓶水就踏上了他的長征，一連走了好幾年。

途中遇見了一位老人，老人給他一球繩索，並要他跟著繩索前去找尋芭芭亞嘉。後來他解救了一隻熊、一條魚以及一隻鳥。他歷經了各式的困難，但是魚、鷹及熊幫助他度過難關，最終抵達了世界盡頭處的第十三王國。他登上了一個島嶼，島上有個森林，森林裡有個琉璃宮殿。他走入宮殿並打開一扇鐵門，但是裡面沒有半個人，後來他又打開一扇銀門，但是也沒有人在房內，最後他打開了第三扇金門，門後正是他的妻子，坐在當中梳理麻繩。她看起來

愁眉不展、一臉憔悴簡直讓人不忍卒賭。但是當她看見埃文時，她投身埋入他的頸項說道：「噢，我的摯愛，我是多麼想念你。你來得正是時候。如果你再晚一點到這，你也許就再也見不到我了。」她喜極而泣，雖然埃文不清楚自己是身在現世或是來世，但他們相擁而吻。接著她把自己變成了一隻布穀鳥，羽翼罩著埃文並啟程飛回。當他們回到家後，她又再度變回人形，並說：「我的父親對我下了詛咒並把我送給一隻龍，要我服侍牠三年，但如今我已經償還了我的罰責。」最後他們回到家，兩人過著幸福快樂的日子，同時也感恩敬奉幫助他們的上帝。

在俄羅斯版本的故事中，不同於跳過吊環的比試，阿尼瑪人物展現了奇幻的魔法，她把放入袖口的食物轉變成一個花園，園中有隻公貓不僅會唱歌還會說童話故事，而從她的左手則創造了一個天堂。透過這樣的方式你可以更清楚地看到阿尼瑪所創造的象徵生活，因為她把身體需要的一般食物，轉變為經過創意藝術及神話故事而形成的精神糧食；她重建了天堂，可說是一個幻想的原型世界。公貓代表著自然神，祂是民謠及童話的創造者；祂也顯示了阿尼瑪與男人藝術工作及幻想世界的密切連結。凡當男人壓抑他的阿尼瑪時，通常也會壓抑了他的創意想像力。

跳舞及創造某種幻境（fata morgana）與跳過吊環是相似的母題，呈現的是另一種象徵生活的創造。在象徵生活中，個體依循個人的夢境、白日幻想以及從無意識升起的驅力而生活，因為幻想為生活帶來了光彩及色澤，讓它不被過度理性的觀點所破壞。幻想並不僅僅只是異想天開的自我胡扯，而是真的來自於深度心理；它喚起了象徵情境，給了人生更深的意義及更深刻的實踐。在此再一次

的呈現另外兩個主角，因為秉持太過具體的觀點，就如同那兩個無法跳過吊環並摔斷腿的鄉下女人，在這個故事裡她們因錯誤的動機、為了野心而把食物放在袖口內，也因此無法過關。

外皮的母題

但是，還有其他的事項值得注意：埃文錯把妻子的青蛙綠皮給燒了。這是一個普遍的母題，我們可以在許多其他完全不同的童話中找到這個母題。阿尼瑪首先以披著動物皮毛的形象出現，要不是一條魚就是一隻美人魚，或是最常見的就是一隻鳥，然後她變成人形。通常她的愛人會將她變為人形之前的動物皮毛或是羽衣收在抽屜裡，之後女人生下了孩子，而且生活一切如常，但不幸的是，某天先生對妻子傲慢無禮，稱她是美人魚或是一隻鵝，或是她變為人形之前的任何動物名稱，妻子就衝去拿她以前的羽衣，披上後就消失得無影無蹤。接著就是他必須要萬里長征去找尋妻子，或是他的妻子永遠消失而他也隨之而去。在這些故事中，我們可能會認為男人將皮毛燒掉會是比較好的作法，因為如果她發現了先前的皮毛，她可能就會隨之而消失。但是這裡的故事則正好相反，他燒了皮毛，原本似乎應該是沒事的，但卻是個錯誤。在其他的童話中，比方說格林童話裡有個叫做〈刺蝟漢斯〉（Hans the Hedgehog）的故事，故事裡的動物皮毛也被燒了，王子受詛咒變成一隻刺蝟，而新娘的僕人把刺蝟的外皮給燒了，反倒因此讓王子得到解救，而王子也因被救贖而表達感謝之意。因此燒掉動物的皮毛並不盡然都是破壞性的，必須依內文而定。

在我們的故事中，對於為什麼外皮被燒了之後，會造成妻子飛走的原因不得而知。我們得以假想是因為她父親的詛咒，她必須要進入暗夜之際補償她所犯的罪過，但因為她的贖罪被阻斷了，懲罰就變得更確定了。但是這只是推測，故事內並沒有任何的說明。動物皮毛被燒得一乾二淨的童話，隸屬於許多藉由火來轉化的儀式，在大部分的神話記錄中，火具有淨化及轉化的特質，因此被用在許多的宗教儀式中。在煉金術中，如同一些文本所提及的，火，照字面解釋，被用來「燒毀所有的多餘品」，因此只有不能被破壞的核心物會被留下來。結果就是，煉金術士首先將多數物質燒毀，破壞所有能被破壞的，那些能受得住火煉而留下的就被視為不朽的象徵，是堅硬的精髓，得以倖存於破壞；火因此成為偉大的轉化者。在某些靈知派（Gnostic）基督教信仰的文本中，火也被稱為是偉大的判官，可以這麼說，火裁斷什麼值得倖存以及什麼需要被毀滅。

從心理意涵來說，火一般代表情緒反應、情感及其他相關概念的熱度。如果沒有情緒之火，就不會有成長發展，也不能達到更高的意識境界，這就是為什麼上帝說：「你既如溫水，不熱也不冷，所以我必從我口中把你吐出去。」（啟示錄 3:16）如果某人在分析的過程中，不帶感情也不覺得受苦，沒有絕望、憎恨、衝突、憤怒、惱火等等火煉，我們可以相當確定的是，不會有太多的無意識發想，整個過程不過就是無止盡的一堆「廢話分析」。因此，火，即便是破壞性的火焰，如衝突、憎恨、嫉妒等等，得以加速成熟的過程，同時也真的如同「判官」般釐清事物。擁有火焰的人們會捲入問題中，但至少他們是在做一些嘗試，同時他們跌入絕望之境。火焰越是旺盛，情緒暴走的毀壞效果就更具危險性，可能會出現各

式各樣的災禍及惡行，但是在此同時，這也讓試煉過程得以持續向前。如果火被撲滅了，一切都會失去，這就是為什麼煉金術士總會提醒絕對不能讓火熄滅。懶惰的修煉者讓火熄滅了，就等同於走丟了，就像是那種在分析治療時總是點到為止，從來都不全心投入的人。他內心沒有火，也因此什麼都不會發生。因此，火真的是偉大的判官，決定可敗壞及不可敗壞之間的差異，決定何者有關何者無關，因此在所有的魔法或宗教儀式中，火具有神聖且轉化的特質。然而，在許多的神話中，火是強烈的破壞者，有時候神話會描繪世界被火吞噬或毀壞。在那些關於整個城鎮被吞噬的夢境，或是你自己的房舍被吞噬的夢境中，千篇一律的指出有個既存的情感已然變得完全失控了。一旦情緒凌駕了個人的自我控制，接著出現的就是毀滅之火的母題。你是否曾經在情感滿溢的狀態下，做出可怕且不可挽回的事情？你是否曾經寫了封信，但事後你願意交換一切來收回？或是說出一些不說不快的話？也許你曾經藉著情緒而做出一些破壞性的事、一些不能彌補的事、一些造成永恆毀滅的事，或是與另一個人的關係破裂。最後但同樣重要的就是宣戰一事，通常都是在情緒狀態下做出的，而這個毀壞行動也**真的**帶來世界災難。

　　破壞性的情感，正如同我們從群體現象中所看見的，是極具感染力的。當人克制不住並屈服於破壞性情緒時，通常會引進更多的人涉入其中，接著就是令人恐懼的群眾暴走，人們被施以私刑或被射殺，這一切都是因為情感冷不防被釋放所撩起的火。從這一點你得以看見，就字面上而言，火是令人懼怕的破壞性熾熱情緒，你在精神疾病徵候中也能發現它，堅硬表層底下的正是層層堆疊的可怕情緒。情緒的爆發通常是以熊熊烈焰的形式表現，一切都將被吞噬

摧毀，在這之後個體就進入一種興奮的狀態，無論是對自己或是對他人而言都是非常危險的狀況，因此必須加以看護。

　　燒掉青蛙外皮指出了火的毀壞性效果，但是我們也必須考量青蛙是冷血動物及水中生物。水是火的對立面，因此她是棲居於水的生物，這或許也另外說明了，為什麼在牠的皮層上用火會是特別具有破壞性的；它帶走了公主身上的水性。而當男人將破壞性之火施於那「濕潤」且具創意的阿尼瑪時，在心理層面上又有何指意？就前文所得，阿尼瑪在這個故事脈絡下，同時也在實際生活中，代表的是詩意的幻想，更代表創造象徵生活的能力。因此，如果英雄拿火燒她的皮層，就是對創意幻想施加過於分析性、過於衝動性以及過於熱烈的關注。許多人就是因為過於急切地將幻想抓入意識光照下，或是急切作出措詞強烈的解讀，而摧毀了隱密的內在生命。

　　創意有時候需要黑暗的保護，需要被忽略，這一點在藝術家及作家的天性中可以清楚看見；他們通常在完成作品前不會將畫作或寫作公開展示。在作品完成之前，即便是正面的回應都讓人無法承受。人們對於畫作的熱情反應及「喔！這真是太棒了！」的驚呼，即使本意是正面的，都可能全盤地毀了明暗對比，亦即藝術家所需要的，在神祕隱微中編織幻想的場境。只有當他完成成品後，他才能將作品展現在意識光照下，同時暴露在他人的情緒反應中。如果你注意到內在升起了無意識的幻想，你應該要夠聰明地避免立刻解讀它。不要說你知道這是什麼並且強迫它進入意識域，只要讓它與你同在，把它放在半明半昧的狀態下，帶著它並注意它的去向或是注意它的用意何在。一段時間之後你回頭看，回想自己這段時間以來都在做些什麼，你會發現自己是在細心照料一個奇異的幻想，而

其後也被它導向出乎意料之外的某些目標上。比方說，假若你畫了些圖，並升起一股想法要加幾筆這個或那個，那麼就不要去想說：「我知道這代表什麼！」如果你真的知道，也請把那個想法暫時擱在一邊，在你投入最精華的意涵前，只要讓自己允許更多的想法出現，直到整個象徵網絡的每個分枝都得到延伸為止。

因此，如果人們在分析中使用積極想像，我通常都只是聆聽，而只有在應被分析者的特殊要求時，或是當幻想過於氾濫因而需要被打斷時，或被分析者已經找到一個清楚的結束時，我才會如同分析夢境般的分析他們的積極想像。較佳的作法是，在想像仍在持續進行時，避免對之進行分析，因為如此一來幻想的作者就會變得自我意識，並且可能知道它所指為何，這將會抑制了對於幻想的進一步工作。

如果無意識幻想或其他內容，顯得特別的熱烈或情緒滿載，無論如何它都會衝出意識面的。但是有些特定的幻想比較像是青蛙；我的意思是，他們在白天的時候以一種好玩的念頭升起，在空閒的時候，當你點起一根菸，有個奇怪的幻想出現，但是沒有太多的能量在其中。如果你熱烈地投入這些念頭，你就把他們摧毀了。這些念頭就好比是矮靈類的小傢伙，你不能直視他們，只要允許他們在你四周，不擾亂他們的祕密工作就好了。故事中的青蛙女子，就比較屬於最後這一類的生物，我們從公貓這一點就足以知道，她的靈魂唱著民謠也講述童話故事，那是一種藝術性且充滿遊戲性的靈魂表現，是會因為被太嚴肅看待，或是涉入太多的情感而被摧毀的。這可能就是為什麼埃文犯了如此大的錯誤，錯將青蛙外皮燒了，也因此推遲了阿尼瑪的必然救贖。

最後他在世界盡頭再度找到她的這段情節，在許多童話中都有出現。男人遇上他命中註定的新娘，但是因為犯了些過錯而失去她，必須走上那前往地獄並經過七重天的無止盡旅程，才能再度找回她。這類雙重性的故事節奏，對應在分析初期技術上，就可比是首次出現的顯著進展。通常這會發生在那些長時間抱有僵化意識態度的神經症患者身上，他們失去了與生命流的連結，同時也對於走出神經症困境失去了希望感。當他們進入分析並接受另一個人的溫暖關注，同時也藉由夢境而突然連上非理性的可能選項，或是發了個預示夢境，對他昭顯出儘管意識生活明顯欠缺希望感，但在無意識層面仍然有非理性的正面可能性存在；通常在經歷了初期數小時的分析之後，就會出現顯著的發展，原有的症狀消失了，而個體也經歷了如奇蹟般的療癒。但絕對別就此上當！只有百分之五的這類個案得以持續這樣的療癒效果。而其他的個案，在一段時間之後，原先的悲慘不幸又全盤回來，症狀也復發。這類初期的顯著進展，通常發生於當意識層面的謬誤神經質態度，與無意識的生命傾向距離過遠時，要接上雙邊是不可能的任務。你一開始將兩邊接上時，一切似乎進展順利，但是之後對立雙邊又再度僵化回到原貌。只有當意識及無意識之間存有穩定的關係時，療癒才會真的發生，因為療癒不是關係中瞬飛即逝的火花，而是只有在與對向建立了持續性的關係時才會出現。要建立這樣的持續關係，通常需要很長的一段時間，而也只有到那時候你才能說，療癒是真的穩固了，也才能放心不會再復發。

我常常會問自己，為什麼無意識或自然會對人們開如此殘酷的玩笑，先治好了人們然後又把他們丟下不管。為什麼要在狗鼻子底

下掛上一根香腸，然後又把香腸拿走，有夠壞心眼的。但是我也看到這其中的深刻意義，或許該說是最終目的。如果某些人沒有短暫的經歷，或是目睹過一切都美好時的狀況，他們不會堅持走過分析過程的悲苦；唯有記得曾一睹天堂的樣貌，才能讓他們持續走在暗夜旅程中。這大概就是為什麼，有時候在分析的初期，無意識給出了一個宛如奇蹟般治癒的可能性，及生活本該有的美好或快樂，但是又把它奪走的其中一個原因。這就彷彿是在說：「這是你過些時候可以得到的，但是在你得到它之前，必須先完成這個、那個及那些個。」在實務工作上，當人們經歷初期的開花結果時會說：「那麼也就是說，我在這些時刻是不受症狀之苦的，因此這是可能的，對不對？」是的，這是可能的，而那也讓他們有勇氣在絕望的情境中，仍然得以堅持下去。在我們的童話中，如果埃文沒有見過他新娘的美貌，也沒有與他的新娘建立關係，他絕對不會前往世界盡頭的第十三沙皇國度。

父親的詛咒

這個故事中還有另一個有趣的母題，青蛙姑娘因為犯罪而受父親的詛咒。我們甚至無法確定那是否真是個罪過，有可能只是父親眼中所認定的，但可以確定的是，她做了些事惹腦了她父親，而被下了詛咒必須以青蛙的外貌生活，同時也受猛龍的宰制，而埃文必須從那兒將她解救出來。

如果我們從心理層面來想，那是個很複雜的情況，因為在我們的主要故事〈三根羽毛〉中，我們假定阿尼瑪的形象是在底層的蟾

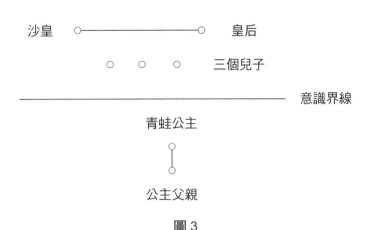

圖 3

蟒，因為意識與陰性面沒有任何關連。在意識的情境中只有一個國
王和三個兒子，並沒有陰性原則，因此整個陰性世界被壓抑而存於
退化的形式。但是在埃文的故事中，內文所具有的平衡性是截然不
同的，因為一開始時沙皇就有個妻子，故事裡包含了一個母親的原
則在內，亦即意識場景中並沒有缺失陰性原則，由此而論，我們不
能說這是對阿尼瑪的壓抑。還有另一個困難就是：青蛙姑娘惹腦了
她的父親，但是我們對於這個父親所知不多，而他對青蛙姑娘下了
詛咒並把她帶入這個低層的狀態，請參閱附圖 3 中清晰的說明。在
圖的最上層有五個人物而不是四個，因此埃文的故事是全然不同的
情境安排。你可以說那是個自然平衡的家庭結構，雖然男性比女性
稍微多一些，但是並沒有缺少任何重要的組成。在意識界線之下的
是青蛙姑娘及她的父親。

　　而底下的父親，他只有在故事的結尾才被提到，他在自己女兒
身上施了不好的詛咒，把她從意識帶入深深的無意識中。因此事實
上是她的父親曲折了她的人生路，並阻斷她正常人生所需經歷的上

升及整合。我們並不知道為什麼青蛙姑娘的父親如此壞脾氣，但是明顯可見的是，他似乎不希望他的女兒在意識層次聯姻。我們唯一可以有的假設是，有些原因讓他反對女兒變得意識覺知，他想要把女兒留在自己身邊，也許就如同父親們都會做的一般，但是我們不得而知。去假想無意識內的家庭問題，對我們也沒有什麼好處（如果你反思一下就會知道，在無意識內的家庭問題是可怕的事情。）將這個轉譯成心理的語言，意指一個無意識的原型情節，對抗另一個無意識的原型情節。就我個人的經驗，這類的衝突通常是意識及無意識間相互干擾所形成的碰撞效應。我的假定是：在底下的父親與上層的沙皇有衝突張力，兩個父親相爭，下層的父親不直接攻擊沙皇而是將他的女兒帶走。需要的話，我也可以給你其他的例子來清楚說明我的假設。

青蛙公主的父親到底是何方神聖？阿尼瑪的父親是何許人也？在許多歐洲受基督教影響的故事中，阿尼瑪的父親被稱為惡魔。而在較少受基督教影響的歐洲國家中，阿尼瑪父親的特徵則是上帝較年老時的意象。比方說，在德語系國家中，阿尼瑪的父親是帶有日耳曼主神沃登神（Wotan）特質的老人，而在猶太傳說中，他則是個年邁且被遺棄的神祇或魔鬼；在伊斯蘭的童話中，阿尼瑪的父親是神靈大帝，代表的是前伊斯蘭時期的異教徒魔鬼。因此，一般而言，青蛙公主的父親，代表的是上帝的年邁形象，這與新興的主宰上帝形象形成相互對照，同時也是被壓抑的。新興的意識主宰，通常會覆蓋同類的舊意象，而通常這兩個新舊因子之間會有隱蔽的張力存在，這就是使阿尼瑪分歧的原因。

這在真實人生中也是重要的，舉例言之，我們常常見到男人的

阿尼瑪是個老派人物，她常常與過去歷史綁在一起，而這也解釋了為什麼男人在意識生活中是個有勇氣的改革創新者，愛好改變及改革，但是一旦他們跌入阿尼瑪心境時，就變得極度的多愁善感。例如，一個無血無淚的生意人，心中滿是擊敗他人的想法，卻在聖誕樹下唱起兒時的歌謠，在當下他彷彿連傷害一隻螞蟻都辦不到，他的阿尼瑪依然處在兒時的傳統世界中。在愛欲的領域你也能看見相同的狀況，例如，某些由男人主導的機構所抱持的態度，這也是阿尼瑪效應。因為這樣的態度，讓他們牢牢抓住過去。女人歷來就被認為，在她們的意識生活中是比較保守的（這解釋了常聽聞的「如果男人沒有發明湯匙，女人仍然會用樹枝來攪湯。」的說詞），但是她們卻常有著對未來充滿遠見的阿尼姆斯，以及能促成有效改變的才華；這尤其展現在她們對新興運動的興趣上。在古希臘，對酒神戴奧尼索斯（Dionysian）的崇拜大多數是由女人開始的，並由男人傳承下來。其後，早期基督教社群也同樣是由充滿熱情的女人帶頭推展，而非男人。

當年邁的上帝形象將阿尼瑪與過去綁在一起，接續的自然進展就是，在新的意識態度與舊的層次之間開了一個縫，而阿尼瑪就從這個縫中升起。格林兄弟曾經說過，口述童話屬於對往昔的崇拜，這個論據是自有其真實性的。根據俄羅斯版本的故事，青蛙公主是童話的口述者，而她還不能上升到主宰沙皇的領域中，真正的衝突是發生在兩個父親形象間。這是當無意識中出現衝突時，個人常見的情形。也就是說，無意識裡的其中一個素材，碰撞了其他的素材，結果不是反彈回來，而是造成連環碰撞的非直接效應。一個相當有名的故事描述了這一點，故事中的女士責罵了廚子，廚子對

著廚房的女僕大聲咆嘯，女僕對狗踢了一腳，狗則對貓咬了一口，以此接續下去。衝突被一個個傳了下去，其後則從一個完全不同的領域中浮現，而你對於真正的衝突所在完全摸不著頭緒。這就是為什麼我們總要檢視平行素材以及整個故事脈絡，才能找出底層的連結；有時候會帶出深不可測的境界，就好比是本章的故事，帶出的是對於上帝意象的疑問。而在我們主要的德國版故事中，則是對於將阿尼瑪從地底深處，亦即從大地之母的子宮中擰出的問題。而在俄羅斯的故事中，她也需要從黑暗負面的父神手中得到解放。我們的解讀必須到此為止，接續要討論解讀的法則。

註釋

1   原書註：C. G. Jung, *Collected Works*, vol. 18, chap. 3.
2   原書註："The Frog daughter of the Czar," *Die Märchen der Weltliteratur: Russische Volksmärchen*, no. 5 (1921).

童話中的陰影、
阿尼瑪及阿尼姆斯

幾乎所有的童話都圍繞著自性的象徵，或是「受制於」自性的象徵，但我們仍能發現許多故事母題會讓我們想起榮格的陰影、阿尼姆斯及阿尼瑪等概念。在這一章節中我會舉例解讀各個母題，但是讀者同時也必須明白，我們在這裡所處理的是人類心靈中客觀且非個人的次級架構，並不處理個體面向的內容。

英雄陰影面

陰影人物的內涵部分屬於個人無意識，也有部分屬於集體無意識，而在童話中只有集體面向得以展現。英雄陰影面就是個例子，當故事人物以英雄陰影面出現，相較於英雄，顯得更原始而富本能性；但這並不盡然表示他在道德上是相對次等的。在某些童話中，英雄（或是英雌）沒有陰影同伴，但是英雄本身就帶有正面及負面的特質，有時則是惡魔的特質。因此我們需要先問問，在哪種心理情境下，英雄形象會分裂為光明人物及陰影同伴。這類的區分通常出現在夢境中，當一個未知的人物首次出現，經由分裂這一事實，指出接下來要出現的內容不完全被意識所接受。當意識對某事物產生覺知，就已經預先假定了自我的選擇方向；一般而言我們一次只能實現無意識內涵的一個面向，其餘的面向都被拒絕，因此英雄的陰影面就是被集體無意識所排斥及拒絕的那個原型面向。

即便童話中的陰影人物代表原型，但是從其獨具特色的行為中，我們仍能針對個人領域中有關同化陰影面的議題有許多學習。為了說明這一點，我將引用挪威故事〈指環王子〉[1]為例。儘管故事解讀原本是集體性的，但這個故事仍可類推於個人層面中，對陰

影面做整合的議題，同時也顯示整合過程中典型及普遍的特色。

指環王子（Prince Ring）

　　指環，是國王之子，有一天當他出門狩獵時，驚鴻一瞥一隻鹿角上繫著一只金指環的母鹿，並深深為之著迷。他瘋狂地追著母鹿，因而與同伴走散並置身濃霧當中，也因此追丟了母鹿。在緩慢地出了樹林後，他進入一方海灘，在那兒看見一個女人彎腰站在木桶前。當他靠近些時，看見木桶裡放著金指環，而這女人猜出他心中所想，暗示他拿起那個指環。他近身靠近木桶，發現桶底實際上只是個假象。他越向下探身拿取，指環越是離他遠去、越是搆不著，他幾乎半個身子都進了木桶，這時女人輕輕一推就把他推入木桶內。女人還把桶蓋蓋上，並且把木桶滾入浪花裡，一波波的退浪將他帶離了沙灘。

　　過了許久，木桶被衝上岸，指環王子爬出木桶後發現自己置身陌生的島嶼上。他還沒來得及回神搞清楚方向，一個巨人好奇地將他舉起，並小心翼翼地把他帶回家，給他的巨人妻子作伴。這兩個年邁的巨人夫婦相當和藹可親，他們滿足王子的每個願望，巨人也很放心地向這個年輕人展示他所擁有的財寶，唯獨禁止他進入廚房內。指環王子對於廚房裡有著什麼東西感到無比的好奇，有兩次他幾乎要進入廚房窺看，但都適時制止了自己。第三次，他鼓起勇氣向內看，此時聽到有隻狗大聲叫喚：「選我！指環王子！選我！」

又過了些時候，巨人夫婦知道他們將不久於世，在他們差不多要離開人世時，他們告知指環王子，可以得到他所選擇的任何東西。指環王子想起狗兒急切的請求，因此問了巨人夫婦廚房裡有什麼東西，巨人對這個請求不太開心，但是仍然同意了指環王子的請求。這隻狗名叫思納弟-思納弟（Snati-Snati），牠開心跳向指環王子，反倒讓指環王子感到有些害怕。

他們啟程前往陸上的王國，思納弟-思納弟要指環王子對國王提出要求，請國王賜給他一間王宮內的小客房好讓他作客過冬。國王表示歡迎，但是大臣瑞德（Rauder）因為嫉妒心作祟，眉頭都黑了一片。瑞德向國王施壓，要求國王舉辦一場比試，由瑞德及國王的新賓客進行伐樹競賽，相互較勁誰能在一天中將森林清出一片最大的空地。思納弟-思納弟要求指環王子取來兩把斧頭，兩人一起執行這個任務。直到傍晚時分，思納弟-思納弟砍倒的樹木比大臣的多了半倍有餘。接著，在瑞德的要求下，國王下旨要指環王子殺了森林中的兩頭野牛並把牛皮及牛角帶回。在指環王子和野牛的交戰中，他幾乎要被野牛擊倒，思納弟-思納弟適時給了指環王子一臂之力並宰了兩頭野牛，還剝了牠們的皮角帶回城堡，指環王子因此被大大讚許一番。指環王子的下一個任務是取回三項極貴重的物品，這三件物品落在鄰近山區的巨人家庭手中，分別是：金縷衣、金棋盤以及閃閃發光的金子。如果能取回這三樣東西，指環王子就能娶國王的女兒為妻。

人與狗帶著一大袋的鹽，費盡千辛萬苦才抵達山頂；實

際上應該說是，指環王子抓著狗尾巴辛苦地爬上陡峭山脈。在山頂上他們發現了個山洞，從洞口往內可以清楚看見，有四個巨人圍在爐火四周睡覺，爐火上還煮著一鍋麥片。他們迅速地將鹽倒入鍋中，巨人睡醒後貪婪地想要吃東西，狼吞虎嚥幾口後，表情讓人不忍卒睹的巨人媽媽因為口渴而大聲咆嘯要女兒取水來。女兒回說：要水可以，但前提是要得到閃閃發亮的黃金。在上演了一陣狂怒戲碼後，巨人媽媽把黃金給了女兒，但是當女兒遲遲沒有回來，巨人媽媽又差了兒子去取水，他首先向母親使了伎倆要求得到金縷衣，但是後來同樣也被淹死了。巨人先生也用了同樣的伎倆拿走了金棋盤，唯一的差別是這個老男人成了鬼魂從水中浮起，但最後還是被打倒了。王子和思納弟-思納弟接下來的對手就是這個恐怖的巨人女巫婆，正如思納弟-思納弟所預料，沒有任何武器能夠傷她，唯一能殺了她的方式就是煮熟的麥片及燒得火紅的鐵塊。當女巫發現洞口的狗時，她大聲嘶喊：「是你和指環王子殺了我的家人！」雙方決一死戰，最後女巫被殺了。指環王子和思納弟-思納弟燒了巨人屍首後就帶著財寶回王宮，而指環王子也順利與國王的女兒訂下婚約。

婚禮當天傍晚，狗請求與指環王子換床而睡，讓狗睡在指環王子的床上，而指環王子則睡在地板上。當天晚上，瑞德意圖謀害指環，偷偷摸摸溜進房間並拔劍走進床邊，就在他舉劍當下，思納弟-思納弟一躍而起咬掉了他的右手。第二天早上，瑞德在國王跟前舉報指環王子肆意攻擊，指環拿出那緊緊握住劍的右手為證，國王隨即將他施以絞刑。

> 指環與公主順利成婚，在婚禮當夜思納弟–思納弟也特別
> 被允許躺在新人床腳邊。那天晚上思納弟–思納弟回復他真實
> 的樣貌，他同樣是個名為指環的王子，他的繼母把他變成一隻
> 狗，而唯一的救贖就是要睡在王子的新婚床腳邊。繫著金指環
> 的母鹿、在海灘上的女人以及強大的巨人女巫婆，實際上都是
> 繼母的各式偽裝，不計一切地防範思納弟–思納弟得到救贖。

時空與情境

這個故事是以王子打獵的場景開始，許多的童話，實際上可說
是半數以上的童話都是與皇家成員有關的；而在其餘的童話中，英
雄則是普通人，好比是貧窮的農夫、磨坊工或是逃兵等。但是在我
們的故事中，主角代表未來的國王，也就是說，他仍是無意識的素
材但卻有可能成為新的集體主宰力量，同時也可能對於自性有更深
刻的理解。

王子追捕一隻雙角間繫著一只金指環的鹿。與此平行的文本是
希臘神話中帶著黃金鹿角的刻律涅牝鹿（Kerynitic），牠們是狩獵
女神阿爾忒彌斯（Artemis）的聖駒，而戰神海克力斯（Hercules）
對其展開追逐長達整整一年而活逮之[2]。這個神話其中之一的版
本，提到海克力斯最終在日落處（the Hesperides）那棵讓人青春永
駐的蘋果樹下找到刻律涅牝鹿。著名的狩獵女神阿爾忒彌斯也常
會化身成為一隻鹿，換句話說，狩獵者及被狩獵物背地裡都是相同
的。

鹿總是能找到路或找到最佳的渡河地點；反之，她有時候也會將英雄誘往災難或甚至是帶領他進入斷崖、大海或沼澤等死亡之境；她也能養育孤雛或被棄養的孩童。公鹿通常在雙角間會繫有戒環或珍貴的十字架，亦或者是他身來就有一對黃金鹿角（我們的童話藉由描繪出長角的母鹿這一點，來指出鹿是陰性的阿尼瑪這個母題，但同時也給予她雙角作為陽性的特質，因而暗指這是個雌雄同體的生物，同時結合了阿尼瑪及陰影面的素材。）從中世紀的傳統中可知，當公鹿體認自己老了，他會先吃下一條蛇然後吞下足以讓蛇淹死的水量，在此同時蛇也會釋出毒液，而公鹿則必須要脫下鹿角來除掉身上的毒性，當毒性排除後，他就會再長出新的鹿角。一位教會的神父曾聲稱：「由此可見，公鹿知曉自我更新的祕密；他脫去他的鹿角，我們也應該學習脫去我們的驕傲自滿。」脫去鹿角也許就是與鹿有關的神話轉化意涵的自然根基。中古時期的藥學顯示，鹿心臟部位的骨頭被認為是有益於心臟疾病。

總而言之，鹿象徵著引領主角前往關鍵事件的無意識因子，不是導引至回春（也就是造成個人或是所愛之人人格的轉變），就是導引進入淨土（例如：日落處，the Hesperides）或甚至是導引至死亡境地。此外，鹿也是光的使者或是曼陀羅的象徵形象（圓及十字）。就如同墨丘利（Mercurius）或是赫密斯（Hermes）一般，鹿似乎是典型的靈魂導引者，引領我們進入無意識界。因為具有橋接心靈深處的功能，它本身是無意識的內涵物，但卻也吸引意識並引領意識進入新知識及新發現。身為棲居於男人本性內的本能智慧，鹿發揮其強烈魅力，代表未知的心靈因子，並賦予各個意象真義。當意識對其抱持負向態度時，就會浮現其死亡面向，此負向態度將

迫使無意識進入毀滅性的角色。

故事中，鹿角繫有戒環，而國王的兒子也名叫指環，這一點揭示了公鹿帶有王子自身本性的基本要素，亦即他野性及本能的那一面特質，兩者皆是心靈實體的補充面，也是王子人格化的面向。起初他是個沒有特定目標的狩獵者，尚未發掘他個體化的自我實踐。因為尚未完成，他僅代表著成為意識的可能性，也因此他需要找尋自己的對立面，正如同寓言中的公鹿吞下並整合以蛇形象所出現的對立面（有些其他的寓言版本中則是一隻蟾蜍）。因此不難理解鹿帶有王子重生及完滿的祕密，因為黃金指環是個完滿的象徵。

王子在樹林裡打獵，也就是說在無意識界中打獵，卻在霧中迷失了方向，視線模糊而所有的邊界都被蒙上了一層薄霧。與同伴走散意指進入無意識旅程中典型會有的隔絕與孤寂。個體興趣的重心已從外在世界轉換至內在，但內在世界仍是全然不可知。在這個階段，無意識似乎是無意義的，也是讓人困惑的。

人物與角色

鹿引領王子至一方海灘，那裡坐著一個邪惡的女人，她屈身探向一個木桶。讓王子迷戀的那一只戒環，顯然是被母鹿投入木桶中。戒環是自性的象徵，特別是作為建立連結性的因子；它代表著內在本性的完滿，而這也是王子所追尋的。因著追尋黃金戒環以及被鹿所吸引，導致王子掉入女巫手中，我們在後段的故事中得知女巫是思納弟-思納弟的繼母，在陽性心理學中，繼母因其毀滅性的角色而成為無意識的象徵，她是令人不安且帶有吞噬本性的角色。

王子隨著戒環跳入木桶中，而繼母飛快的蓋上桶子並將之滾入大海，看似是不幸的事件但結果卻是幸運的，因為他被衝上一個島嶼，在島上找到了他的魔法分身及有利的同伴思納弟-思納弟。可見繼母有著模棱兩可的特徵：她一手造成破壞，另一手則導引至滿足。身為一個可怕的母親，她代表著阻絕高層意識發展的天然抗拒，這個抗拒喚起了英雄的最佳本質。換句話說，就是藉由迫害他而幫了他。身為國王的第二個妻子，某部分來說繼母是個偽妻子；而也因為她隸屬於國王所代表的舊系統，她必須代表伴隨遠祖社會而來駑鈍且沉重的無意識，並與想發展出新意識狀態的傾向相對抗，這個冥頑的負面無意識奴役著王子的陰影面。

　　當英雄在木桶中載浮載沉，木桶是在水中承載他的容器，從這個觀點來看木桶就如同母親一般的保護英雄；此外，木桶也讓水流承載著英雄進入計畫抵達的地點。然而，從負面來看，木桶表示退行到子宮中，成為一個將英雄與世隔絕的監牢。依循這個意象發展，先前因著迷霧所指涉的困惑及迷失方向等母題也得到進一步強化。從心理現實面而言，可被解讀為被原型俘虜的狀態，以這個例子而言則是被母親所俘虜了。可以說指環王子如今是處於負向母親意象的魔咒中，務求將王子從生命中切斷並將之吞噬。

　　木桶就相當於約拿（Jonah）故事裏的鯨魚，王子在木桶內的旅程就是典型的夜海之旅；換句話說，這是英雄依附於宛如容器般母親意象的過渡狀態。但木桶不僅讓英雄身陷囹圄，它同時也保全英雄免於溺斃，這可比做精神官能症一般，通常會將個體隔絕孤立但同時也保全個體。精神官能症的孤寂情境可以是正面的，特別是當它保全了生命新發展的可能性時；它可以是個孵育的舞台，其目

標在於讓更真實、更明確成形的意識人格得到完滿。這是指環王子中木桶的涵義。

宛如木桶，島嶼也是另一個孤絕的象徵。島嶼通常是有著幻想人物的魔法地，而在這個島上住有巨人一家。島嶼通常是投射無意識心靈的港灣，亡者之島就是一例；而在《奧德賽》中，身陷囹圄的女神卡呂普索（Calypso），希臘語直譯是「我將隱藏」，以及女妖克爾柯 (Circe) 都住在島嶼上，某方面來說兩者都是死亡女神。在我們的故事中，島嶼並不是英雄的目標而是一個過渡的場景。在無意識之海中，島嶼代表著意識心靈中被分離的部份（如我們所知，在海洋底層，島嶼通常與大陸是相連著的），而在這個故事中島嶼代表著自動化的情結，與自我離得很遠，有著自有的智能。它帶著吸力與阻力，是意識的一座小島，它的效用可能還是隱微潛藏的。

尚未得到充分發展的人們，通常會有著不一致且頗為分立的情結，彼此相互推擠排斥，例如：無法看見本質不相容的基督教及異教意念間的矛盾。情結自外於仍受舊觀點主導的原初場域，而另建屬於它自有的「意識」場域，這就好比是分立的意識島，島上有著自己的港灣及交通。

島上住著巨人一家，巨人的特徵在於，他們的體型及他們與自然現象的密切關係。比方說，在民間信仰中，雷聲被認為是巨人滾球所造成的，或是暴風巨人槌擊所發出的巨大聲響；怪石陣據說是由巨人玩耍時所投出的石頭組成的；還有，據說當巨人太太晾衣服時就會起霧。巨人有許多不同的家族，有暴風巨人、大地巨人等等。從神話學而言，巨人通常以創世過程中「老人」的形象出現，

他們是步入遲暮之年的人種：「那時候有巨（偉）人在地上」（創世紀6:4）。在某些宇宙進化學說中，巨人被描繪成人類先驅中未成功進化的一群，比方說在冰島神話傳說《愛達經》（Edda）中，巨人史爾特爾（Sutr）就被描繪成帶著一把巨劍，切開冰與火對立的兩極，而《愛達經》也接續談到，從這些對立面的混合中創造了巨人祖先尤彌爾（Ymir）（後來尤彌爾被屠，而侏儒以蠕蟲的形象從他的內臟現形）。希臘的巨人則是反抗宙斯的泰坦（Titan），後來他被宙斯的閃電所殺。在奧菲歐神秘宗教（Orphic）的傳統中，人類是從焚燒巨人肉體所生成的煙霧中形成。或是有傳說提到，巨人因憤怒而喝醉，被神所毀滅，後來人類就承接了他們的土地。因此巨人是超自然的人種，是較古老的而且只是半人類。他們代表自然力量的情緒因子，這因子尚未湧現於人類意識域。巨人擁有巨大的力量，同時也以愚鈍而聞名，他們易受騙，同時是情感的獵物，因此儘管勇猛，他們仍然是無能的。巨人所代表的強大情緒驅力，仍然根植於原型底土，一旦當人們成為這個漫無邊際驅力的受害者時，就會充滿野性、被制伏、情緒失控及發狂，此外個體也會如巨人般的痴愚，可能展現巨大的力量但最終仍會崩潰瓦解。在稍稍幸運的情境中，個體可能被啟發或被激勵，就好比是某些故事所提到的，聖徒得到巨人的幫忙而在一夜間建好一座教堂。這可說是正面利用這些未受駕馭且半意識的情緒，如此一來即便在極端激動的情緒下，人類仍然得以完成偉大的任務。

　　島嶼上住著一對巨人夫婦。故事的開始並沒有提到王子的父母，也就是說故事裡少了父母的意象，這在童話中是不尋常的空缺，因此巨人夫婦也許就成了強而有力的相對物，他們是古老形式

的父母。因為文中未出現國王及王后，巨人夫婦就占據了他們的角色，意識中不再有主宰的原則，而退行到古老的形式中。但是依舊會有某種力量在主導，如果主宰或是引領的原則搖擺不定，就會倒退回早先的模式。舉例言之，自由意志在瑞士曾被崇敬如神祕新娘般，那是一種理想的狀態，不受限制的社會和諧狀態；一但當外在出現威脅時，這個理想性就會再度被激發；但是在承平時代，他們會溜出人們的掌控，透過政治社群而復興。類似的事件在現今社會屢見不鮮，那不受控制的集體及情緒力量「巨人們」對大地稱王稱霸，我們的社會無意識地受原始及遠古的原則所牽引。

在巨人夫婦的廚房中，指環王子發現了一隻名叫思納弟-思納弟的狗，牠補償了英雄的另一面。就歷史上而言，廚房是房子的中心，因此是敬拜住屋的所在，家神駐紮在爐灶上；而在史前時期，亡者則是被放在爐台底下的。作為食物的化學轉化地點，廚房就好比是人的胃部。它是情緒的中心，一方面來自於它灼熱及消耗這些特質，另一方面則來自於啟明及溫暖的功能，兩者都顯示智慧之光只從熱情之火而生。當狗在廚房中，意指牠代表情結，牠的行動也將顯露這一點，特別是在情緒領域。

思納弟-思納弟被巨人夫婦如同祕密一般，或可說是如同兒子一般看守著。禁室內藏有驚人祕密是個相當普遍的母題，在這樣的房間內有著某種強大且神祕的東西，而這同樣顯示了一個完全被壓抑且封閉的情結，是某種與意識態度不相容的事物。因此個體不願接近這個禁室，但同時又被誘惑而想進入。

通常禁室內的角色當有人進入時會發怒，可說是情結本身也反對開啟。彼此不相容樹立了雙邊的抗拒，不願成為意識的部分，

結果就如同電流的雙極粒子般相互排斥。因此我們可以說，壓抑是一種受雙邊支持的能量歷程（許多心理現象的最佳解釋，就是將心靈生活的特徵類比於物理事件）。榮格在他的論文〈論夢的本質〉（On the Nature of Dreams）及〈論心靈能量〉（On Psychic Energy）中針對這樣的類比有詳盡的檢視[3]。

在我們的故事裡，當指環王子靠近時，狗就立刻做出反應。牠既不是怪獸也不是神，除了有些不自然地與英雄形象差距甚遠外，他與人維持良好關係。巨人夫婦並沒有反對指環王子帶走狗，也就是說指環很容易地就融入狗所象徵的內涵，這一點顯示了無意識對這個部分並沒有抗拒，亦即在人類意識及本能世界兩者之間並沒有太大的緊張感。這給了我們一個粗略的概念，得以知悉這個故事的時間點；具體言之，是在斯堪地那維亞區歸化為基督教信仰不久之後，大約介於十一到十四世紀之間。

英雄與狗展開旅程前往陸地的王宮，那是國王、他的女兒及他那有異心的臣子瑞德的居處。思納弟-思納弟要王子提出要求，好在宮內有一間過冬的房間。值得注意的是，這個國王不是指環王子真正的父親，而是阿尼瑪的父親，並且這裡少了母親。少了母親這一點連結到另一個事實，也就是指環及狗都受到負面母親意象的影響。此外，原本屬於國王的珍貴寶藏不再，反而被和家人一起住在山中的狠毒巨人母親給藏了起來。

大臣瑞德（這個名字常被稱作赤紅〔Rot〕或是紅帽〔Rothut〕，名字本身就暗示了他情緒的猛烈）這個角色，在北方童話中常出現（格林童話〈忠實的費迪南和不忠實的費迪南〉〔Ferdinand the Faithful and Ferdinand the Unfaithful〕）一書中，陰

影角色指導國王該讓英雄，也就是他的分身做什麼事）。這個在王宮中四處造謠的角色是英雄的陰影破壞面，他帶有擾亂功能，播下敵意與不和的種子。因為指環王子太過被動也太和善，瑞德代表著王子尚未同化的黑暗情緒及驅力，如：嫉妒、憎恨及謀害心。但是這個邪惡的大臣也有著重要的功能，他創造了讓指環王子能自我認識的任務；他煽動王子接下英勇的舉動，也因著這一點讓邪惡的陰影面帶有正面的價值，並如光之使者般帶來光亮的特性。邪惡大臣是無意識界的驅力，只有當他的功能不被了解時才會被視為是邪惡的，而他也在英雄贏得國王女兒及王位時立刻就消失。當英雄贏得勝利後黑暗陰影立即就失去力量，是典型的**大團圓結局**（dénouement）。當英雄能神采奕奕的執行任務，邪惡大臣就是多餘的，這就如同梅菲斯特（Mephisto）之於浮士德，瑞德不自覺地成為促成指環王子成長的工具。

前述內容觸及看待邪惡問題的自然觀點。如同這個童話或其他故事所指出的，來自邪惡的刺激提供我們增進意識的機會，而自然界似乎就採納這樣的觀點並如此表現。當我們能看見自身的貪婪、嫉妒、怨惡、憎恨等，這一切就都能被轉為正面的解釋。因為這些破壞性的情緒充滿了生命力，而當我們握有這些能量可運用時，它們就可能被轉為正面的結果。

這個不老實且狡詐的管事身上所帶有的主要特質是妒忌，而妒忌心是一種被錯誤解讀的強迫衝動，意圖得到某些我們內在被忽視的事物。它源自於對性格缺失的模糊覺知，一個需要被意識到的缺失；它指出了這個能被補足的缺失。我們所妒忌的對象，擁有我們自身可能創造或達成的特質，因此它是個可補救的毛病。

瑞德這個角色並沒有展現太多如同動物本能的特性，但卻是陰險狡詐的，這是英雄所能夠且應該覺知的陰影特質，這也是在英雄原型中應該被包含融合的內容。這一點帶出下面的問題：這樣的負面因子對國王的立場提供多少的支持？有時候這些特質是體現在國王身上的，在這種情況下國王會將不可能的任務強加於英雄身上，因為新的系統（英雄為其人格化之表現）必須要證明他比舊的系統更加強大也更優秀；換句話說，新系統將會開創一個較佳的集體心靈健康狀態，同時也提供更豐富的文化生命。這給了老國王一個隱晦的正當性，好讓國王將可怕的任務強加於渴望繼承王位的人身上。這在早期基督教信仰與遠古異教神祇雙方之間的衝突可見一斑。早期的基督徒給人帶來更多的生命力，他們有較大的活力、嶄新的熱誠、充滿希望感並且社交活躍；反之異教徒則令人灰心失望，他們秉持的精神也耗損殆盡。基於上述幾點，一切就成了定局。人們開始找尋活力的線索，並加入新的變化，讓他們感覺更好或是變得更好。這說明新系統是如何能夠證明其優異性，同時也贏得阿尼瑪（國王的女兒）；換句話說，就是贏得男人的靈魂。

　　服侍於異國王庭是一再出現的意象，而從事這些服務的英雄幾乎都會成為國王寶座的繼承人，當集體意識的主宰原則變得具有壓迫感且該退位的時候，就會浮現這個母題。

問題與困境

　　接著來看英雄的任務，你會發現這些任務通常都是與開化相關的工作，如：馴服或是殺害野蠻動物、務農勞務、一夜之內建一

座教堂等等。我們手邊的故事所出現的其中一項任務是要伐木，也就是說要整出一塊地讓意識之光得以照進無意識界，並且減弱部分的無意識。樹林是一塊視線有限的區域，它是一個你會迷失方向的區域，因此，樹林就如同海洋般是無意識的象徵。早期的人住在叢林或是森林中，而整地是文明的舉動。無意識是自然野性的，它吞食了人類的一切意圖，我們就和原始人一樣要對森林永保警覺的態度。

除此之外，樹木是植物生命，是直接從大地擷取生命力的有機體，同時也轉化了土壤。透過植物，無機物質成為有生命的，因為植物從地球的礦物質中擷取部分滋養成分，它們象徵著與無機物質緊密連結的生命形式，可說是等同於軀體生命與無意識之間的密切連結。

為了要完成這些困難的任務，指環王子需要求助於自己另一邊的陰影面，亦即那隻狗，而陰影面也越來越具主動性。兩者有著堅固的聯盟關係，而英雄也從正向陰影面的本能中獲得幫助；另一方面，這個頗具功效的本能也提供英雄所需要的現實感，為他在這個世界提供根基。

指環王子的第二個任務是打敗野牛，除掉公牛在波斯拜日（Mythraic）儀式中有著重要的意義，這項儀式目前仍留存於西班牙及墨西哥。殺了公牛表示且證明人類的意識駕馭了野性及情緒性的動物力量。如今公牛在無意識心靈中不再佔有主導意義；相反地，我們的困境是要找尋方法回到本能的動物生命，而在這個故事中，英雄必須要能表現自我掌控以及陽性特質，才能得到救贖。

這個故事的下一段內容與巨人有關，英雄必須從巨人手中拿回

被竊的寶藏。很重要的一點是，這個舉動必須要在山中發生。在印度教信仰中，山與大母神相連結；因為山接近天堂的特性，它也常是得到神啟的場所，正如同耶穌基督（在泰伯山上）易容顯光。在許多的創世神話中，山象徵著定位點，例如最初在四方定位基點所出現的四座山；而教會的聖徒及精神領袖，亦被某些教會神父視為如山一般。中世紀作家聖維克多利哲（Richard de Saint Victor）將基督所立的那座山解釋為自知之明的象徵，它將引領人們前往先知的靈感智慧。山通常都是人們長遠追求的目標或是轉換進入永恆的地點；山的母題也表示著自性。

總結與故事相關連的山之象徵意涵，我們發現故事中的山與月神有關，具體的表現人物就是巨人母親。山同時也標註了地點，也就是英雄的人生定位點。他在歷經千辛萬苦（爬山）之後變得具有方向性，同時獲得堅定及自知之明（self-knowledge），這份自知之明是個體化歷程中為了達到意識覺知，經過努力而發展出來的。事實上，母親面向是至關重要的，因為與母親相關的問題，英雄必須要做出極大的努力，同時也必須要能夠依靠他的本能才能克服，因此指環王子讓他的狗帶領他前行。

自知之明的象徵，是透過指環王子在山上找到的珍貴黃金物品來表現，而這份對自己的覺知，也是透過指環王子倒入鍋內的鹽來象徵。這些鹽引出了讓巨人們極為痛苦的口渴感覺，因此他們必須一個個走出洞穴跑向海邊，同時也都溺斃了。

鹽是海洋的一部分，也有著海洋本身所具備的苦澀感，這苦澀感與眼淚、悲傷、失望及失落等相連。在拉丁字中，**鹽**（sal）同時也代表「機智」或「玩笑」。鹽在煉金術中被稱作「智慧的鹽

晶」，因為它賦予個體具穿透性的精神力量，同時也帶著如同硫磺或水銀等所象徵的神祕世界法則。因此根據榮格所言，智慧、因懷疑而轉念、悲苦及諷刺等都是鹽的可能象徵意涵。有些煉金術士指出，鹽是戰勝邪惡的唯一方式；另一方面，鹽在煉金術中也被頌讚為愛欲的原則，同時也被稱為「開啟者及連結者」。從這一點我們可以下結論說：鹽象徵著愛欲的智慧，它的苦澀感加上它賦予生命的力量，是一種經由感覺經驗所得到的智慧。

在我們手邊的故事中，愛欲原則帶領英雄走上他的追尋之道，而鹽的作用在於將巨人們一一分開後才得以擊敗他們。英雄所擁有的精神態度，遠較巨人們的遲緩智慧來得更足智多謀。

陰影面的呈現

總結故事中的陰影面，我們發現有兩個陰影角色：狗及瑞德。一個是動物分身，另一個是惡毒人類的分身，這兩種形式的陰影面，一個是正面的另一個是負面的。狗與英雄緊密相連，而瑞德則是對立且短暫的角色。這兩者只有在英雄投入他的阿尼瑪時，才會竭盡所能的展現他們各自的角色定位。

我們不能跳過狗是男人心靈未知的部分這一點，事實上這個未知的部份，透過狗的意象而得到最佳表現（就如同所有的象徵物都是最佳的表現形式），如果我們試著揣度其意義，我們會想起狗在古代被視為是永恆生命的保證人（比方說，冥王〔Hades〕的地獄三頭犬〔Cerberus〕以及古羅馬墳地中狗的意象）。在埃及神話中，有著胡狼頭的死神阿努比斯（Anubis）是地獄的引路人，據說

是他收攏了埃及冥王奧西里斯（Osiris）被肢解的身體，因此執行木乃伊製作儀式的祭司，就被裝扮成阿努比斯的樣貌。在希臘，狗則隸屬於醫神阿斯克勒庇俄斯（Asklepios），因為狗知道如何透過吃草的方式來治療自己。狗與人的關係通常是相當正面的，是朋友、是護衛、是引導者，但是因為牠帶著狂暴或瘋狂的特性（狂犬病），在早期社會也是讓人感到懼怕的，被視為會帶來疾病及瘟疫。在所有的動物中，狗是最完全融入人類生活的，牠們感知人類的情緒、學習人類，同時也清楚人們對牠們的期待。狗是關係的本質。

然而，思納弟-思納弟並不真的是一隻狗，在故事的結尾我們得知他是個王子，名字也是指環，同時也被女巨人施了咒語，最終他們得以戰勝這個女巨人。他只有在與他同名的王子新婚之夜時，睡在新人的床腳才得以解脫咒語，因此你可以說這隻狗原先代表本能的驅力，後來則轉變成人類特質；你也可以說這個需要及想要被整合的動物驅力裡，包含了英雄潛藏的壓力。狗補償了英雄的本能面，一旦被同化後就能將英雄帶往三維[4]生命的自我實踐。

藉由瑞德這個角色所傳達的陰影面，在其他故事中通常會有替代角色，就是在背後捅了英雄一刀的兩兄弟。而這些兄弟代表的是單邊發展的傾向，要不是過於「靈性」就是過於本能性。瑞德有著嫉妒的本質，帶出更加朝向單邊發展的危險。他象徵著對佔有的強烈渴望，但是他也因為在英雄身上施加了不可能的任務，而表現出正面功能。然而，當阿尼瑪現身時他就必須離去。

最後他企圖謀害英雄，因此被狗攻擊，也就是說他最終在本能反應的作用下繳械，不達目的。在他意欲謀害指環王子時，瑞德舉

起手的當下，狗就一口把手咬下。在與邪惡力量交鋒時，堅忍力是至關重要的，誰能堅持不發火誰就是贏家。甚至有些故事描述英雄與惡靈的賭注，在這場賭注中誰先放鬆對情緒的掌控，誰就失去了生命。情緒失控發火總意味著意識的降低，個體墜入原始或甚至是動物性的反應中。

當瑞德以人類的機智和指環王子對抗時，其力量強大難以應付，但是後來他被自己純破壞性的動物激情所奴役，這也就是為什麼他會被動物所擊敗。他代表了心靈中那不被同化的一點邪惡，因此必須被趕出心靈。有個煉金術士曾經觀察到在元質（prima materia）中有著一定比例難以處理的賤土（terra damnata），賤土的存在挑戰了轉化過程中的所有付出，因此必須要被排除在外。不是所有的黑暗驅力都會成為自我救贖的媒介，特定的一些黑暗驅力被邪惡所滲透，將無法突破而必須深深的壓抑下來。凡是反自然、反本能的，都會被主力中止且根除。所謂的「同化陰影面」（assimilation）的概念，主要是用於描述個人本性中，幼稚、原初及未發展的那一面，其意象會是孩童、狗或是陌生人。這就宛如有些致命的有機體，因為會對人類造成破壞而必須被隔絕排除，也因為有陰影面的存在，個體有時候必須要顯得堅決並排拒任何從無意識而來的事物。

思納弟-思納弟原本是個王子，而你可能會想他為何會被變成一隻狗。這與本能的雙重本質有關，是個曖昧不清的現象。生物學家將此視為動物行為中有意義但卻魯莽的模式，這是天生的行為模式，也只有較高等的動物能夠加以修正。這個模式包含兩個因子：生理行為以及對於行為的圖像或意象，這是活化行為的兩個必要因

子。意象是生理行為的催化劑，同時也代表行為的意義。在正常的情況下這兩個因子共同存在也共同作用，但是他們也可以被區分開來。如果另一個新的意象代替了原初的意象，本能的行為也會依附在新的意象上。舉例而言，在爐灶中孵化的山鷸，會對現場人類的木屐表現出交配行為，木屐對牠們而言已被「銘印」為母親形象。這類的意像或圖像就是我們所說的原型意象。

因此，思納弟-思納弟就是自我實現歷程中，以本能的方式所形成的初始心理模型或意象，但是其中還包括人類的補償面。這個以狗的形式所顯示的心理驅力，來自於錯誤的個體化概念，這是被意識所接受的集體錯誤概念，因此在故事中就成為繼母的詛咒。

每個時代對於個體化之道都有普遍的集體信念。比方說，在中世紀時期，人們應該要以基督的生命作為楷模，藉以規範自我整體生命及內在行事準則，也就是我們所說的個體化。現今的主流想法則認為只有在生理本能，特別是指性本能為常態時才可說是被療癒、被完滿且完整的。根據佛洛伊德學派的觀點，所有的惡根源自性壓抑，只要情愛的功能得到自然發展，所有的事情就得到解決也會步入常軌。抱持這個信念的信徒傾全心力以達成這個目的，但常會發現他們無法透過這樣的方式擺脫約制。正因為這一點被過分重視，自發性的行為反而無法自然出現。人們以心理期待鞍住本能，並將救贖的神祕意念放在生物事實上，原本不屬於動物領域的事物從而被投射其上。其他如同這類的混雜例子還包括：相信當共產主義或是其他社會秩序進入國家後，就得以歡慶整體生命意義，同時個人的最高理想也將得以圓滿（或是某些文化中的勇士理想，例如被納粹所喚醒的類似意念）。納粹將個體化的理想放入他們的計

畫中，但是那個理想是腐敗變質的，同時也因錯誤的集體解讀而失了中心精神。年輕人因為將之認同為我們所說的個體化而獻出了忠誠、熱情及犧牲的心。理想性及願意犧牲的心本身是令人欽佩的，但是方向卻是錯誤的。千禧年[5]原本就是自性的象徵，也因此鉤上了他們的想像力。又或許我們可以舉女人為民族而生子[6]這個荒謬的想法為例，底層的信念在於女性的生產力應該受精神所導引，也就是說女人不應該如同動物一般產子，而應該要受生命導引原則的庇護。但這是假象的投射，同時也是因為過度重視物質主義而對精神發展產生的錯誤概念，由此造成女人看不起自己。

當象徵因子被壓抑，他們會充斥於本能中，因此必須要將之區隔開來，才得以讓真實本能免於超載而運作正常。正如我之前所提的，當人們過於強調「性」，就是在動物領域中加諸一些原本不屬於它的事物，於是就須要費些勁兒才能將陰影面整合，讓本能在某種程度的協調中運作。

故事的意涵

如果我們以地圖來描繪王子的旅程，他所走的路徑顯示出一個圓形的形式，就如同戒環一樣，因為第四站與第一站隱然相同，兩站都是由繼母所主宰的狀況（詳見圖 4）。

英雄最終結束於他起始的地點，但是他的巡遊讓他獲得了狗（指環二世）、公主及王國。整個過程是個持續性的附加，逐漸完滿的過程，就如同曼陀羅一般井然有序，這是童話的典型模式。

這四站的過程，引領英雄一層層進入更深入的無意識中。第二

繼母在木桶邊的邀請
I

(3) 陡峭山巔：由指環
二帶路爬上巨人峰頂
並戰勝巨人繼母

王子在桶內隨波漂流

國王　　　王子

友善巨人夫婦之島

(2) 捕殺野牛　IV　　　　II

廚房裡有著被變作狗
的指環二

(1) 砍伐森林

指環二　　指環一

III
指環王子和狗在王宮過冬
瑞德和公主在場

回到屬於人類及狗之
島嶼，由指環一領路

圖 4

站往第三站的過程是由英雄帶路，但是第三站往第四站的過程則是
由狗帶領英雄。在第四站，所有的邪惡素材都消失了：島上的巨人
夫婦因為年老而死去；其他的巨人，包括女巫巨人都被殺了，而瑞
德也被處以絞刑。第一站和第四站隱然相同，因為兩者都涉及相同
的心理情結，但卻在不同的層次中得以實現。母鹿、海邊的女巫及
女巨人隱然都是同一角色，也就是那個迫害兩個指環王子的角色。

　　第四站同時也實現了潛在的事物：與阿尼瑪的聯姻，以及將
第二個王子從狗的外型束縛中解放（在早先的時候，就已從禁地的
廚房中解放出來）。只有在成就了自性之後，才能真正贏得陰影及
阿尼瑪，唯有如此情況才得以穩定。第四站的故事架構常出現在描
寫皇室人物的童話中，而這些童話也通常會以形成四人團體作為結
局。

這個童話整體所代表的是自性內的**能量轉化歷程**,而你也可以將此與發生在原子或其核心的轉化歷程相對照。

總結我們所談的,這個童話並不代表個人的陰影角色,而是集體英雄角色的集體陰影面。它包括了正面的阿尼瑪分身及一個具破壞性的惡人。而事實上,動物分身比較屬於自性未發展時的面向。

阿尼瑪的挑戰

被施了魔法的公主 [7]（The Bewitched Princess）

男人有個兒子名叫彼得,彼得不想再待在家中,因此他要求帶著他所繼承的二十先令離家。在路上他遇到一個死人橫躺在田地上,窮到連埋葬的費用都沒有,而彼得有著一顆善良的心,他拿出身上所有的二十先令給這個人辦了一場得體的喪葬。

彼得接續前行之路,有個陌生人加入了彼得,兩人決定一起旅行。他們抵達一個小鎮,鎮上的事物都罩上了黑紗以追悼被邪惡山精施了魔法的公主。公主對每個向她求婚的人下三道謎題,如果沒能猜對任何一個,公主就會把他殺了。沒有任何一個人可以因為猜對謎題而拯救公主,反倒許多人為此丟了性命,但彼得決定試一試。彼得的同伴實際上是那個被埋葬的人的鬼魂,他自願助彼得一臂之力。他在彼得的背後捆上一對巨大的翅膀,並給了彼得一根鐵棒,要他在那天晚上跟著公主

飛往任何公主前去的地方，並且用鐵棒朝公主一擊。最重要的是，他必須記下公主去見俘虜她的山精時，山精所說的所有內容。

黑夜降臨，彼得飛向公主臥房的窗台，當公主打開窗戶並飛出窗外時，彼得也跟著飛去，並以鐵棒朝公主擊去。他們抵達一座高山，山勢宛若朝他們開放。他們進入大廳，彼得在頭頂上看見黑暗中錯落的點點繁星，以及在入口處的祭台，接著公主投向山精的懷抱。山精有著雪白的鬍子及一對如同燒得火紅的煤炭般的雙眼。她向山精報告隔天會有另一個求婚者前來挑戰，而她想知道該用什麼謎語來挫敗求婚者。山精咒罵著告訴公主必須要除掉這個人，「你喝了越多的人血，你就越是我的人。」山精說道：「而且你在我的眼中也越是純淨。心裡想著你父親的白馬，然後要你的求婚者說出你心中在想的事情。」之後公主就飛回房並上床睡了。

第二天早上，彼得前去見公主，公主坐在她的沙發座椅上，感覺相當憂愁但是看起來溫和美麗，你完全想不到她已經將九個男人送上黃泉路。她問道：「我心裡在想什麼？」彼得毫不遲疑地回答：「在想你父親的白馬。」公主臉色發白並吩咐他隔天再回來接下一道謎題。

當天晚上，彼得又再一次追上公主，但是當他進入山中大廳時，他看見祭台上有條長滿刺的魚及祭台上方明亮的月光。這一次公主心中想的是他父親的劍，而彼得也再一次不可思議的立刻提出解答。

第三個晚上，彼得的鬼魂同伴幫彼得備上一把劍和兩根鐵

棒。這一次彼得發現祭台上長滿刺的魚旁邊，多了一個散發火焰的輪圈，而頭頂上則有著明亮的太陽，彼得必須要隱身在祭台後方才能讓自己不被發現。他聽到山精決定這一次的謎題是山精的腦袋，「因為凡人一定想不到」山精如此對公主保證。當公主離開後，彼得毅然決然地砍斷山精的腦袋，帶著腦袋追上公主，並用兩根鐵棒朝公主一擊。

第二天早上當公主要他猜謎題時，彼得把山精的腦袋丟到公主的腳邊，說道：「那就是你心中在想的！」公主因驚駭及喜悅而不支倒地，當她甦醒後，她同意與他的求婚者共結連理。

在婚禮當天，彼得的同伴提醒他，晚上床前要備妥一個裝滿水的器皿，「同時當新娘起身時，把她丟入器皿中。」同伴如是說，「然後她會變成一隻烏鴉。把烏鴉放回水中，她會變成一隻鴿子。將鴿子投入水下，她會以她的真實面目現身，如天使一般的溫柔。」說完後同伴就消失了。

彼得依照指示做，拯救了公主，後來也成為國王。

陰影面的呈現

在挪威平行版本的故事中，出現了下述的替換及變異。原故事中受英雄所助的男人死前是個葡萄酒商人，而且是個加水稀釋葡萄酒的貫犯。山精則變成一隻山怪，公主每天晚上會和山怪共乘公羊。取代解謎任務的，則是英雄必須要製作出公主心中所想，分

別為：一把剪刀、一個黃金線軸以及山怪的頭。在抵達公主國境時，英雄和他的同伴必須戰勝三個女巫並橫渡一條河。為了能成功渡河，鬼魂同伴把黃金線軸投向河的另一岸，之後線軸自動彈回，並來來回回在河的兩岸織成一座堅穩的橋樑，讓人得以從上通過。最終，在勝過公主後，英雄要把公主泡入牛奶池中，對她不斷鞭打直到她褪去身上的山怪皮，否則她會殺了英雄。為了回報同伴對他的幫忙，英雄同意交出所得的一半，因此在五年之後，同伴以履行承諾為由，要求英雄將他的孩子一分為二；當他看見英雄竟願意做出這樣的犧牲，便解除了英雄的義務並告解說他現在可以回到天堂了，因為已經償還了所有對英雄的欠債。

英雄所發現的屍體通常都是些窮困的可憐人，都是些因為欠債而亡、罪犯或是自殺亡者的屍體。在平行文本的故事中，陰影面要不是人就是魂魄，同時也不像指環王子的故事中以動物形象出現。相反地，他是個道德有缺陷的人，一個販賣稀釋葡萄酒的騙子。

在主要的版本中，陰影面缺少生命能，錢就是能量，因此窮困的身分同時也意味著他必須要再次取回應有的一切。他代表英雄內在被抹除的部份，某些尚未進入其人格及行為的潛在特質。自動化的情結通常在自我沒料想到他們的存在前就已興盛茁壯，而不久之後他們就會群集成形並升起，通常一開始的時候都是讓人頗不舒服的。

假設你是故事中的彼得，你可能很容易以為你不需要對屍體負責任，但是當它是你的陰影面時，你就對它負有責任，只有意識化及負責任的態度才能將陰影面轉化為益友。拿出屍體的喪葬費用意指個體關心陰影面且投注能量在其中，那些拒絕此一作為的人的陰

影面是靠不住的，他們以行騙過活，靠著在酒中摻水而行騙。這個陰影面的本性是不老實的，藉由用水來跟更有價值且費力的葡萄酒掉包，他想不勞而獲，他的罪過在於逃避工作。

在古代，喝未經水稀釋的葡萄酒被認為是傲慢的舉動，僅在酒神戴奧尼索斯奧祕儀式中將之視為靈性提升之道，但是這樣的作法是儀式性的也是例外性的，並不適用在每日的消費行為中。在基督宗教儀式的象徵意義上，葡萄酒代表基督的血，更精確一點來說，代表基督的神聖本質，而水是他的一般人類本性（麵餅則是他的身體）。我提到這一點意在指出從歷史角度而言，葡萄酒被認為是聖靈的，而水則被視為是一般的。

亡者的罪在於，他在每日生活中藉著混雜本該區辨的事物，而讓神與人模糊難辨。摻雜的行為本身是可被原諒的，但是他的不老實主要是在於故意瞞騙，假裝是真酒並聲稱沒有任何摻雜。受陰影面而導引的人是自我欺騙的，錯認他們的動機是符合高道德標準，但事實上他們拙劣地向權力靠攏。陰影面以不乾淨的手法將事物混雜，例如：混雜事實與個人意見。人們欺騙自己將性幻想當作神祕的經驗。我們應該指稱事物真實的一面，而不是把生理的假裝成靈性的。如果你將水與酒加在一起，這應該是有意識而為的而不應是欺瞞的方式。陰影面抓取了一個好點子，卻在錯誤的層次上實踐之，走上一個腐敗的層次。當個體沒有覺察陰影面，它就歪曲了人格。

付出很少卻獲得很多也有心理上的意涵。人們自有逃避困難的個人之道，男人通常有個陰暗的角落讓他們在那兒輕鬆交易，而在戀愛中的女人或是心存妒嫉的女人，深知該如何用哭鬧來得到她們

想得到的。這樣的行為是常見的人性墮落，因為陰影面就是下流傢伙會作出下流勾當，如果他可以不勞而獲，當然就不會想要努力工作。而能不走上輕鬆容易的道路，就是極度自律及有文化的跡象。

故事的開始也顯示欠缺心靈能量，這一點引出了貪婪之心也導致人們開始欺瞞。一個著迷於內在生活的人，是沒有精力也沒有空閒去刻意算計或作騙人的勾當，但是只要阿尼瑪尚未被救贖，生命就不會流動，精力就被鎖在邪惡及貪婪之中。

因為陰影面是心靈未被了解的部份，同時也因為它被棄在一旁，它抹殺了自己。如果個體過於壓抑陰影面，或如果個體長時間過於僵硬且過於嚴肅，被抹除的情結就會死亡，這是苦行者的目標。當英雄將屍體丟棄不顧，也就是將之丟在現實中，陰影面會從屍體中消失並以鬼魂的方式再現。它以魂魄之貌重返，陰影的問題仍在，只不過狀況稍好些罷了。

阿尼瑪的啟動

英雄的本質同時也顯現了陰影面的本質。彼得的出身不是王子而是一般的小伙子，一個沒沒無名的普通人（通常這類的英雄連名字都沒有）。彼得代表了一般人同時也代表自性的其中一個面向，亦即人（Anthropos）的面向，一般卻永恆形式下的永恆人類（相較於基督，通常在德語中被稱為僕人）。陰影人物有著補償的功能同時也讓英雄完滿，這個「普通人」彼得從一般的形式進展到特別的皇家形式，這其中的意涵在前面已經討論過了。

自性的實踐可透過廣泛的英雄分類形象而被經驗之，從王子的

身分到一般沉穩的男孩都包括在內。舉例言之，我們看到年輕人常會透過「內在王子」或是超自然的生物而認同自我，還有許多人則是率先想成為普通人並跟大家一樣。分屬每個類別的人都祕密地渴望成為對方類別的人，而兩種類別實際上都是人，都是世人。無意識堅持要守住雙邊，也許聽起來有些自相矛盾，但所謂的個體化所指的，就是要變得更具個別性，但同時也要更像一般人。

英雄通常以背棄者的角色出現，他離開了集體的秩序同時也被丟入特別的命運。在我們的故事中，陰影面被轉化成來世的靈魂，他變成了英雄的僕人同伴，他也透過他的技能及知識，完滿了英雄的天真孩子氣。因為英雄處在太低階的位置，陰影面就成為靈性的；而指環，身為一個王子，位階則是高高在上的，因此他的陰影面就成了動物。

英雄將他所繼承的財產全都獻給了葬禮，這遠遠超出一般人的習慣作為，甚至超出英雄自身的財富所能支應的，這是個典型的英雄態度。陰影面因為葬禮而被清除，因此它也停止對人類生命的追討。在這之後，它也沒再活過來，反而是轉化成為神靈並進入一個安息的國度。

為陰影提供葬禮帶有雙重面向：英雄給出錢財（即活力）同時也因此讓自己免於陰影面的騷擾。所謂的認出陰影面，也就是要做好準備讓它留在它該待的地方。在這個故事裡，陰影面被允許實踐其意圖，也因此讓其神靈化（spiritualization）。當陰影面處在半意識的狀態下，是最令人不安也是最不定的，既不是魚也不是鳥。神靈化之所以發生，是因為新獲得的陰影同伴是英雄完成任務的工具，同時也是命運推手。陰影面成了如同是《浮士德》裡梅菲斯特

的角色,可以說是自然神靈也可以說是自性黑暗面的象徵。只有當個體將陰影面拋出自身,個體才可說是真實的。陰影面將人類投入此時此刻的即刻情境中,因此開創了人類真正的個人傳記,因為人類總傾向於假定自己不過就是他所認為自己該是的那個人,只有由陰影面所創造的個人傳記才是真正算數的。

在故事稍後,當陰影面得到些許同化時,自我才得以對自己的命運有部分掌控。然而另一個無意識的內容物,也就是自性,會接手大部分的命運推手功能,這說明了故事中陰影同伴在後段就消失了的原因。

故事中的英雄是全然無目標的。他在家沒有歸屬感,在外也沒有任何特別要前往的目的地。這是英雄行動最有利的先決條件,這一點常常在童話中被強調。他在家時感到無聊,拿了他應當繼承的財產就動身離開,這一切都指向能量已經離開意識界,並也開始強調無意識界。只有當個體是充滿純真好奇時,才得以發現無意識的神祕真實,如果個體只是想利用無意識的力量來達成某些意識的企圖,是行不通的。

當個體對陰影面問題採取第一步行動時,阿尼瑪就被啟動了。在挪威的平行文本中,公主有著山怪皮,可說是隸屬於一個較古老且較原始的生命法則,同時也帶有異教徒的特質。在北歐的神話中,阿尼瑪通常會表現出帶些怪異的似山怪形象,因此阿尼瑪就代表著對傳統基督教生活的挑戰。為了要針對阿尼瑪的異教徒面向加以擴大詮釋,讓我們暫時離開手邊的故事,先去看看幾個斯堪地那維亞的故事。接下來的故事是有關於男人因為拒絕跟他的異教徒阿尼瑪扯上任何關係而成了瘸子。

對阿尼瑪的錯誤態度

祕密教堂[8]（The Secret Church）

挪威埃特訥達爾（Etnedal）當地有一位校長，喜愛單獨前往山中的小屋度假。有一次，他聽到教堂的鐘聲，但因為小屋附近並沒有任何教堂，他向四周查看，滿是驚訝地看見一群穿著禮拜服的人們，成群結隊地在他屋前的小徑上行走，而那條小徑在這之前並不存在。他跟著他們前行，最後抵達一個小型的木造教堂，這也是他之前完全沒見過的景象。教堂老牧師的講道深深打動了他，但是他也注意到整個佈道過程中，耶穌基督的名諱完全沒被提到，而且在佈道結尾時也沒有祝禱的儀式。

禮拜之後，校長受邀前往牧師家。在一巡茶敘之後，牧師女兒向校長提起她的父親已經相當年邁，她詢問校長是否願意在牧師過世後成為牧師的接班人。校長請求給他一些時間來思考這件事。牧師女兒回說她會給校長一整年的時間來思考，就當她說完這句話之後，校長發現自己已經回到原先所熟悉的樹林中。接下來的幾天他對此感到困惑不已，但是沒多久這件事就被拋到九霄雲外。隔年，校長又再度回到山中小屋，他發現小屋屋頂已經有些毀損，他帶著斧頭爬上屋頂做些修繕，突然間他意識到有人從屋前的小徑朝他走過來，那人正是牧師的女兒。看見她時，她詢問校長是否願意接受牧師一職。校長回

答：「無論是面對上帝或面對個人意識，我都無法回答這個問題，因此我必須要回拒。」瞬時，牧師女兒消失不見，而校長也不留神地將斧頭擊向自己的膝蓋，最終他成了個瘸子。

這個故事顯示：當個體因為慣常的理由而壓抑阿尼瑪，最後的結果就等同是對心靈的截肢。如果個體過於高高在上（高到屋頂上），就失去了個人與大地（腳）的自然接觸。這個阿尼瑪角色是個異教的惡魔。

接著則是另一個例子，說明以不適宜的方式因應異教阿尼瑪問題時，所帶來的不幸結果。

林間女子 [9]（The Wood Woman）

有個樵夫巧遇一個美麗的女子在樹林中裁縫。女子的線軸正巧滾到他的腳邊，她要樵夫把線軸還給她，樵夫心知這意味著他將拜倒在女子的魔咒下，但還是照做了。隔天夜晚，雖然樵夫讓自己混雜在同伴群中小心翼翼的睡下，女子仍然把他逮住，兩人進入靜謐美麗的山中。

在山中，樵夫像是著了魔似的。有一天，當山怪女帶回些食物給他，樵夫發現她身後有著牛尾巴，他迅速地將山怪女推入樹幹的裂縫中；還在上面刻寫基督之名。山怪女最後逃開了，但她的尾巴還遺落在樹幹裡。樵夫赫然發現給他的食物其

實不過就是一團牛糞。

　　後來，樵夫在樹林中巧遇一棟小屋及一個帶著孩子的女人，兩人背後都有牛尾巴。女人對孩子說：「去幫你父親拿杯啤酒來。」樵夫嚇得趕緊逃開，雖然後來安全的回到村莊，但接下來的日子都顯得有些怪裡怪氣的。

　　這個故事顯示阿尼瑪對有著脆弱自我及脆弱心志的男人，所投下的危險咒語。屈服於阿尼瑪意指失去與人類的聯繫並全然失去控制，而壓抑阿尼瑪則代表失去心靈及能量。

　　類似的危險阿尼瑪角色，也出現在南美夏朗德印地安人（Cherente Indians）的故事中。

星兒[10]（The Star）

　　有個年輕人住在單身小屋裡，每晚他都帶著渴望的眼神望向天際燦爛的星兒，心想：「真可惜我不能把妳放在瓶中，時時刻刻帶著妳並對妳表達我的愛慕之情。」一天晚上，當他從深刻的星兒夢中醒過來時，有對明亮雙眸的美麗女子就在他床邊。女子告訴年輕人，她就是那個吸引著他的星兒，也說可以把自己變小並住在瓶中，如此一來兩人就可以時時刻刻在一起了。

　　兩人晚上共同生活，但在白天，年輕人把星兒放在瓶中，

星兒的雙眼熾熱閃耀如同野貓的眼睛。年輕的男子沒多久後就
變得極度不開心，心中滿是害怕擔憂，而他心中的害怕，在星
兒告知要離去的當下就成真了。星兒拿起一根魔法棒輕輕點了
一棵樹，這棵樹旋即聳立高升、直入天際，而星兒也順著上升
到天上。儘管星兒請求年輕人不要跟著來，他還是違心地跟著
星兒上去。就在高聳入天的樹頂端，年輕人目睹一場熱鬧繽紛
的慶典，當他警覺是一群骷髏圍著圓圈在跳舞時就倉皇逃跑。
星兒再度出現並要年輕人淨身除晦，但這無濟於事。當年輕人
雙腳再次著地時，他頭痛欲裂，不久後就身亡了。

　　印地安人似乎很清楚集體無意識的原型意象所帶有的危險誘惑
力，以及這些意象將人類從現實帶離的力量。雖然星兒似乎能許諾
快樂，但是天堂中並沒有幸福。

　　阿尼瑪被描繪為奇異的精靈，但是同時也是兇猛的動物。阿尼
瑪通常就如同死亡一般讓人感到畏懼，若果真如此，很重要的一點
就是要將意識遠離無意識。這說明了作為一種警示作用，無意識必
須被描繪成致命的危險，這是原始故事中常見的母題。如此一來，
英雄就應該避免讓自己陷入與有毒內容物的接觸，同時也不能受奇
怪事物的誘惑而輕易放棄自己，既不能在心中充滿幻想，也不能向
外做出危險且如同著魔般的追求。因此阿尼瑪有時必須被深深藏
住，她的力量才會被減損限縮，特別是在早期文明時代中，這是個
有意圖地貶損情結，因此阿尼瑪會以惡毒且帶有火焰雙眼的動物形
式回應。阿尼瑪的反應方式是受英雄的意識態度所激起的，但是在

夜間阿尼瑪則恢復她的神形。

基督宗教也以「瓶子」來囚禁阿尼瑪，為的是限制及克制其猛暴性的力量，說的更明白些，就是童貞崇拜（the cult of the Virgin）。瓶子作為一個容器，承接了男人的母親意象或阿尼瑪意象。雖然說這樣的意識限縮通常是必須的，但是當限縮超出它的自然限度時就會出現危險，這是與感覺及時機有關的事，抓準時機才能在無意識被過度切斷且蓄積過多爆炸力量之前適時中止。

理解阿尼瑪

〈被施了魔法的公主〉故事中，英雄必須要通過特定的試驗才能抵達阿尼瑪，而在其他版本的故事中，英雄及他的同伴則被三個女巫追捕。女巫常常是原初的阿尼瑪顯像，而且通常表徵母親形象，就如同是在「指環王子」故事中的繼母一般。

彼得的同伴將一卷黃金線軸投到河對岸來造一座橋，當兩人渡河之後，他們也即時將橋拆除以阻斷後方追來的女巫，因此女巫後來都落水而亡。黃金線是與無意識意義的祕密鏈接，是將事物串接的無形繫繩，也是由無意識投射所編織的命運之索。

在這個故事中，同伴以超個人的形式導引命運，也正是他才擁有繩線並將之拋出。線軸，來來回回彈跳就好像是機杼，在當下的不確定性及未來的即刻危險間取得平衡，直到橋樑成形並穩固為止。如此一來，個體得以丟出投射使之渡過，並進入一個新的內在領域。通常在兩對立邊會出現震盪，一直到夠穩定的程度讓人得以從中經過；也就是說，讓個體得以改變內在的態度。

英雄抵達城市，城市的人為著被魔法俘虜的公主而哀悼，同時英雄也得知許多王子因為試圖解救公主而遇難。阿尼瑪被下了詛咒同時也被俘虜了，因為無意識內的過程並不被理解；因此她所給出的謎題首先必須得到解答。阿尼瑪的謎題顯示出她並不了解自己，同時在整體心靈系統中也還未找到自己的位置。此外，她沒能自己解決這個問題而需要來自意識的幫助。另一方面，英雄也是在相同的處境上，因為他也尚未找到他自己該處的位置，而且他也不了解自己。因此謎題是界於兩人之間的，也是兩人必須要共同解決的。這個謎題是關於正確的關係，這個謎題也使我們想起人面獅身斯芬克司（Sphinx）的故事，同樣也是半人半動物，就如同是挪威版本故事裡的女孩匹著山怪皮。在伊底帕斯（Oedipus）神話中，斯芬克司的經典問句關注的是人的**存有**，這一點直到如今都還是我輩無法理解的大謎題。

當阿尼瑪問題不被理解時，阿尼瑪就如同是公主，她是情緒的生物，要不是因為憂鬱而變得沉默抑鬱，就是變得歇斯底里的憤怒。雖然阿尼瑪本身是不道德的，她卻丟出了一個道德問題。由她設下這些讓人困惑且錯綜複雜的問題，但是一旦英雄無愧於其名時，她就得到釋放了，而後她將指引英雄進入更高的意識境界。

陰影面同伴為英雄準備了雙翼，好讓英雄得以在阿尼瑪的世界飛行，這代表著新的意識態度，是一個特定的精神境界，因為羽翼屬於幻想而非塵世的存有。進入幻想國度的能力，在找尋阿尼瑪的歷程是至關重要的；個體必須要從世俗的現實中得到釋放，至少要能達到嘗試幻想的程度。超脫也是需要的，要能夠以開放的雙眼進行客觀觀察，要有意願在不帶批評及不受干擾的前提下觀察。

陰影面同伴也為英雄準備了一支鐵棒，這是批判的法則，為的是軟化阿尼瑪的巨大影響力。鐵棒意味著懲罰阿尼瑪的殺掠及惡魔行徑，所必須要有的鐵面無私。英雄必須要追隨她、留在她的身邊，但也需要批評她負向的那一面。雖然他以鐵棒擊打她，但是力道不足以將她打落地面。

公主，就如同無意識是大自然的一部分，因此也是難以區辨的。意識在情境適應的能力上超越她，因為意識通常都是冷靜且有著豐富的資源；意識也是有耐性的，同時也能賞識差別性。但身為自然的一部分的無意識則是不受約束、暗潮洶湧的，同時基本上也是強而有力的。因此，無意識中尚未成為人性的衝動性，通常會以巨人的形象出現，這代表著本能力量的湧現。儘管他們威力強大，他們卻是易受騙的，因此需要智慧來導引這個能量。

彼得及他的同伴飛向山岳的行為，代表朝向自我知識的努力過程。英雄必須在此處學習阿尼瑪的祕密。

智慧老人原型

山精則屬於智慧老人的原型，他通常會有個受他奴役的女兒，一種亂倫的關係。山精有個祭台暗示了神祕的宗教儀式，而山精可能被視為扮演某種如同祭司般的角色。同時，這個阿尼瑪的「父親」還帶有一些冥王地府的特性，他類似於三根羽毛俄羅斯平行文本故事中的龍，是黑暗的異教徒神祇。通常他會指派不可能的任務給想要贏得他「女兒」的英雄，而在這個故事裡則由阿尼瑪提出他所設計的謎題。阿尼瑪背後的山精，代表著有個祕密且具意義的計

畫或是意象支配著她，這同時也代表著在阿尼瑪背後，是英雄內在發展更進一步的可能性。阿尼瑪的「父親」是與無意識法則聯繫的高等智慧，從祭台及在他所屬國度中被崇拜的魚這兩點，可看出山精是超個人的力量。山精指出自然神靈的一部分，以及在文明發展過程中被忽略的智慧。在挪威版本的故事中，山精被人格化成為山怪，他是公主的愛人也是公山羊（但以理書 8:21：那公山羊就是希利尼王；兩眼當中的大角就是頭一王），通常是魔鬼的獸形。山怪懼怕英雄。

神靈的概念原本就與死亡後靈魂仍然徘徊不去的想法密切結合，這是個靈魂游移在主觀及客觀面的思維。原始人將神靈經驗視為全然的他者，將之視為純粹客觀的發生，然而我們則傾向於相信神靈是主觀的。但是神靈原本是——而且絕大部分仍然是——一個自動的原型因子。

根據榮格所言，在童話中老人通常是在當英雄面臨困難，且需要諮詢及指引時所出現的幫手。他代表心理力量的集中，同時也是有意圖的反思。因此神靈的象徵帶有中性的、正面的及負面的意涵。如果故事中的老人純粹是正面或是純粹是負面的，他只代表老人原型的一半本質，對此的聯想就是梅林（Merlin）的雙面特質。在我們手邊的故事中，老人是阿尼瑪的阿尼姆斯，也可以這麼說，老人代表的是在阿尼瑪背後的客觀神靈。

山中老人的角色也是民間傳說中會出現的母題；紅鬍子巴巴羅薩 [11]（Barbarossa，神聖羅馬帝國的菲特烈一世）或是煉金術裡的墨丘利 [12] 就是個例子，他時而是男童、時而是老人、時而具破壞力、時而具啟發力，而他所擁有的特質，取決於煉金術師的態度。在煉

金術故事中，煉金術學徒通常會在山中的羊腸小徑找尋真理，他在那遇見一個老人，一個如同赫密斯-墨丘利（Hermes-Mercury）的人物。這個神靈本身就是目的，但同時也是導向目的的啟示。他被稱為「神的朋友」（the friend of the God），而且他手中握有一切祕密的鑰匙或是書本。後期的煉金術士，在思索這個墨丘利角色是如何與基督教的神相關連時，發現他是神的意象中，帶有鬼神特質的反射面。

山中的神廟也是歐洲童話中常會出現的母題。人造的大型建築物代表的是無意識內的結構形式；可以說是文化的發展突然間被連根拔起，或是在尚未轉進成主流文化前就被放棄了。這樣的大型建築物象徵著文化發展嘎然而止，就好比十七世紀煉金術的突然中止，及對自然的質性觀點的中止（代之以對量性取向的情有獨鍾）。之前的發展被視為傳統因而得到保全，但它的效用則被封藏。

阿尼瑪與山精結合，導因於山精擁有讓她存活的祕密。人類的現代意識並沒有給靈魂足夠的空間或足夠的生命卻企圖要排除它。因此，阿尼瑪緊緊抓住山精，因為她認為山精會許諾她一個豐富的生命；這跟山精異教徒的特性有關，部分也跟異教徒**世界觀**能夠給男人的阿尼瑪一個更豐富的生存機會這一點相關。

山精為非基督教人物的線索，來自於這個故事的起源時間點。如同原型夢境一般，童話對應集體無意識緩慢、深度及不斷前進的歷程。童話的意義需要很長的一段時間才能滲透並扎根意識界，因此我們只能鑑定約三百年內的童話。這個故事的年代必然是在文藝復興之後，這段時期的人們運用基督教原則於塵世事物中。舉

例來說，（德國天文學家及神學家）約翰尼斯‧克卜勒（Johannes Kepler）將宇宙歸於三位一體（Trinity）的圖像，對他而言三維空間就是三位一體的意象，神性本身是個球體，聖父（Father）居於中心，聖子（Son）則是表面或是外圍，而聖靈（Holy Ghost）則是半徑。根據克卜勒的說法，所有的生物都期待成為球體，也就是說都期待效法上帝。而所謂的啟蒙（Enlightenment）可被描述為是依憑三位一體教義的思維，這個觀點未臻完整，因為它排除了罪惡這個問題以及自然的非理性元素。這個新型態的思維與之前的思維模式分庭抗禮；新的思維因為與非理性及靈魂疏離，跟之前的思維一樣都是片面不完全的。為了要與新的思維相抗衡，傳統思維的承繼者也更大聲的主張他們的信念，雙方築起了分隔的陣營，沒有一方得以補足對方的失真觀點。

公主的謎題

　　山精為了幫助公主阻礙英雄，給公主提出的第一個想法就是公主父親的白馬。一個新的國王角色，也就是阿尼瑪的真正父親也間接被引介出來。這讓我們想起（北歐神話中至高神）沃登的座騎斯萊布尼爾（Sleipnir），牠代表的是沃登原型意象背後的正向能量。正如我之前所提及的，國王有時候象徵靈性及世俗秩序的垂死系統，很可能阿尼瑪的父親代表的是耗竭衰敗的基督教世界觀，而與之相較的背棄者山精則扮演著類比於父親的角色。後者湧現的是攪動無意識的旺盛生命力（libido），它是活生生的原型，而它也因為曾經被壓抑而帶有威脅性。英雄勢必要小心護衛由兩位王者角色

所指出的對立面，而這個對立面就如同所有的極端對立物一樣讓人不可思議地認知到其實是同一事物，白馬象徵的是受意識支配的無意識力量 [13]。

公主心中的第二個想法是劍，代表的是正義、威權、決斷（可參酌亞歷山大大帝快刀斬斷戈爾地雅斯難結〔Gordian knot〕的典故）以及在理解及意願方面的區斷力。劍的母題在煉金術中扮演很重要的角色 [14]，例如：持劍把龍大卸八塊，所代表的是區辨本能的意圖，以求不明確的無意識內涵物能夠更清楚明確。個體必須要「以自身的劍」切斷元質，為了釋放無意識所供應的生命力，個體需要意識決斷。換句話說，必須要由意識人格來決定到底該走上哪條路，而這也是讓無意識得以發展的關鍵先備條件。「拔劍！屠龍！」接著就會有新的發展。在天主教望彌撒中，劍象徵著理法（Logos）；從啟示錄（Apocalypse）可知理法作用於神的決定性話語，藉以裁斷世界。煉金術將伊甸園前所置放的火焰之劍解釋為舊約上帝的憤怒；而在靈知派系統中大能者西門（Simon Magus）將火焰之劍解釋為將人間與天堂區分的熱情。劍也有負面的意義，具體來說就是毀壞性及切斷生命的可能性。就如同馬的象徵意義，劍也象徵著來自無意識的生命力，是心靈力量的一部分。馬與劍在這一點上是相連的，但是劍是由人所打造的工具，而馬是本能的生命力。

第三個物件是山精的項上頭顱，這是一件凡人完全想不到的東西。希臘的煉金術士宣稱世上最大的祕密就藏在大腦裡。柏拉圖在《蒂邁歐篇》（*Timaeus*）中指出頭顱是球形宇宙或是上帝的複製品，它也同樣帶著人類的神聖祕密，這也許說明了原始社群中常出

現的頭顱崇拜。舉例而言，中東拜星教徒（Sabians）將有著「黃金頭顱」的人浸泡在油中，之後砍斷頭顱作為神諭；而煉金術士也稱自己為「黃金頭顱之子」。煉金術士宙西摩士（Zosimos）指出神祕元素歐米茄（Omega，Ω，海洋之水）是偉大的祕密。在煉金術中頭顱也是自性的象徵，在頭顱的幫助下我們得以擁有解決內在問題的鑰匙，頭顱後來也被解釋為本質或意義。關於頭顱這一點，故事中說「沒人能想到它」，表示要看穿這個隱藏的祕密是超過人類能力限度的。在我們的故事裡，謎題是由頭腦所提出的，也因此頭腦是阿尼瑪所有謎題的底層。因此，英雄的問題解決之道在於得到頭顱，當擁有了頭顱，英雄才能了解內在心靈歷程。

　　腦中所想的三個物件：馬、劍及頭顱，帶出舊的意識系統仍然擁有些許意志及能量這個事實，即使它的動力及意義已經回到無意識界。因此產生了意識能量及無意識義涵的分裂，而這也是當今的主要問題。

神殿內的象徵物

　　接下來讓我們看看在山精神殿內所發現的象徵物。當英雄第一次造訪時，那裏只有點點星群，大廳晦暗，祭台空無一物，隱約可見錯落的星兒，意識之芽散列無垠無涯。

　　在第二趟到訪的行程中，月兒明亮而且還有一條長刺的魚橫躺在祭台上。月亮是陰性原則的象徵物，代表著對內在及外在世界的陰性態度，是一種接納性，接受發生的一切事物。在中國的詩詞中，月亮帶出內心掙扎後的休憩及平靜。

希臘哲學家 阿那克西曼德（Anaximander）提出人類出身於長刺的魚的說法。魚也是著名的基督教象徵物；門徒被稱為「得人的漁夫」（fishers of men），而耶穌基督自身（耶穌魚，ichthys）也是以魚為象徵，同時也在聖餐中與魚慶賀祝獻，基督與魚兩者都是自性的象徵。基督從大自然中引出魚的象徵投射，除去自然本質並聚焦在自己的身上。魚在占星術中也扮演著重要的角色，因為它是主宰基督世界前兩千年的黃道十二宮符號，但是這個符號有兩條魚，一條垂直一條水平，一條象徵基督，另一條則象徵反基督。故事中的帶刺魚似乎指出反基督是無意識的中心內涵，但卻是如同魔鬼般的形象。它是難以趨近的、帶刺且滑溜的無意識內涵物，想要抓住它是困難也是危險的。中世紀時期，魚被認為是人間享樂的象徵「因為他們是如此貪婪」，也可能因為（聖經中的）利維坦（Leviathan）就是個魚怪。猶太教傳統斷言秉持虔誠信仰就能在現代末日（Doomsday）時將利維坦做為聖餐吃掉。利維坦被視為純淨的食物，意指永恆不朽，因此得見魚的矛盾意涵。

在印度，魚也是與救世主的象徵相連結。印度神祇馬奴（Manu）將自己化身為魚，拯救聖典免於洪水之災。在煉金術中，常常提到「大海中央的圓體魚」無骨但圓潤肥美，後來這條魚被拿來和讓人發燒的發光魚相連結。水母，是海中之火，被煉金術士解讀為神聖的愛或如地獄烈火般的象徵物，這些不同面向的意涵通常都被結合在煉金術象徵中。當基督教不允許天堂與地獄的相互聯姻，煉金術則納入相互矛盾的思維。

從心理學角度來看，魚是無意識中遙遠且不可得的內涵物，它整合了充滿可能性但欠缺明確性的潛在能量。它是生命力的象徵，

相對表現出未分化且未定量的心理能量，它的發展方向尚未出現具體輪廓。魚所帶有的矛盾特性則源自於它是意識域之下的內容物。

在英雄的第三次到訪之旅，大廳因為太陽的光芒而閃耀明亮（英雄眼中所見物件的改變，顯示出無意識逐漸明亮直到能夠被清楚洞察）。山中夜半時刻的太陽讓我們想起阿普留斯（Apuleius）在死亡之境所看見，那從底層散發明亮光芒的夜半太陽[15]。不僅僅自我帶著光亮，無意識本身也有「潛存意識」，這個夜半時刻的太陽或許是意識的初始形式，是集體的意識而非自我的意識。原始人及孩童會經歷這種「已知」（what is know）而非「我知」（what I know）的知識。無意識內的光線起初是未聚焦的朦朧發散，創世神話將光明創造分成兩個階段：起初誕生的是一般的光明，其次則是太陽的誕生。《創世紀》中，上帝在第一天造出了光，但是一直到第四天才造出了太陽及月亮。

在祭台上還擺著一個散發火焰的輪圈。在印度，輪圈是力量及勝利的象徵，同時也是力量及道（Way）的導引[16]。救贖輪（the wheel of redemption）依循著對的線條正確轉動，象徵著宗教意識的逐步加深。後來，輪圈承接了相對不吉祥的那個面向，就如同輪迴之輪（the wheel of rebirth）的概念，落入無意識的迴旋，一再重複個體想要逃開的生命歷程。無論是哪個例子，輪圈都象徵著無意識的自主運動力量，也就是象徵著自性。要能夠與心靈律動，也就是與輪同步運動，就是印度人的目標。其目標是要能夠與自性所給的方向相配合，但假若自性的意圖被誤解就可能變成一個負向且折磨人的因子，那麼謎題就仍然沒有得到解答。巴比倫時期，星座學或是占星術的天宮輪標註著命運之輪的外觀，人陷在自己的命運輪

中，忠於基督的人得以經由成為信徒的靈性重生而摧毀天宮輪。同樣地，在中世紀時期，命運女神手中就有個轉輪，它類似輪盤，表現出人類因為陷在自己的無意識而盲從命運魯莽行事。煉金術士常常將他們的工作視為持續淨化的循環歷程，煉金輪的循環運轉創造了一個對立兩極的統合：天堂變成人間而人間也變成天堂，對煉金術士來說這是個正面的象徵物。即使是上帝也都曾被以輪圈作為象徵，瑞士的神祕主義學者暨聖徒尼克勞斯‧梵德‧弗祿（Niklaus von der Flüe）曾經看見一個可怕的上帝意象，據他所描述，上帝意象被輪圈所附蓋住，也許藉由這樣的方式他得以柔化他當時所經歷的可怕上帝意象，讓他更能接受並且更能理解這個經歷。在高加索白種人的故事中，上帝殺了一個狂暴的英雄，上帝祭出火輪將英雄燒得粉身碎骨，輪表現出神所帶有的復仇及凶惡的那一面。在仲夏節慶時，全德國上下務農區的人們都會滾火輪下山，這可以被解釋作支持及強化太陽慶典遺跡的意圖，但也可以把這個儀式與太陽是無意識內的意識象徵之源這樣的觀點加以連結。德國民間傳說中有個廣為通行的信念指出，未被釋放的靈魂如同火輪一般不斷旋轉。

火輪指的是心靈的自發運動，是以熱情或是情緒的衝動來展現的，也就是一種從無意識而來的自發衝動讓個體變得激動，當這種情況發生時，個體可能會說：「這個念頭在我腦中就像是輪盤一樣不斷迴旋。」相同的，轉輪也說明了精神官能症意識中愚昧迴旋運轉的特徵，當個體失去與內在生活的連結並切斷個體生命意義時就會發生這狀況。

故事中的圓輪類比於山精的頭顱，也就是自性的象徵，但代表的卻是黑暗的那一面。南美的印第安故事說明了頭顱可能有相當破

壞力的面向：骷顱頭有些邪門地開始自發滾動，若得到雙翼及爪子就成了惡魔及殺戮之物，它獵捕人類且吞食一切。這跟頭顱與身體分開以及頭顱的自主性有關，殘暴的將頭從身體扭斷在心理上是致命的舉動。

就如同吸血鬼一般，阿尼瑪及山精是嗜血的。吸血鬼的母題全球皆然，吸血鬼是亡者之靈，奧德修斯（Odysseus）首先必須要獻血給冥王（Hades），他們的嗜血特性是個癮頭，或可說是無意識內涵物要衝破進入意識的一股衝動，如果他們被拒絕了，他們就會開始從意識中吸取能量，讓個體變得疲憊及倦怠。這個故事指出無意識內涵物這一方企圖吸引意識的注意力，他們的真實性及需求必需得到認知，同時也期望透漏些事給意識。

藉由得到頭顱，英雄整合它的知識及智慧；手中擁有頭顱，英雄也除去了施加在公主身上的魔咒。雖然公主得到解放，但因為只抓到象徵性頭顱的負面特性，公主仍然未得到救贖。切斷腦袋意指藉由直覺以認知其獨特的特質，並將這個特別的內涵物從集體無意識背景中分離出來。透過這個方式，英雄整合了部分的意義，但是他尚未得到全面的意義，也不了解它是如何與集體無意識相連接在一起的。換句話說，雖然他能夠區辨（分開）阿尼瑪背後的核心干擾因素並中止它，但是他無法完全理解它的根源；他可能完全沒料想到早期德國主神沃登神的存在。腦袋的正面意涵，也就是腦袋所擁有的深入理解能力，只有在轉化的過程中才能顯現，這個轉化過程在稍後會發生在阿尼瑪身上。

帶入煉金術文本

　　假若你能接觸煉金術文本的豐富象徵資產，你對於許多歐洲童話的理解將會大大提昇。把煉金術文本當作比較的素材將會是非常有助益的，因為煉金術思維意圖在集體意識中結合自然異教流派與基督流派。片面的基督精神在某些階層中帶來了與本能間的隔閡，正如榮格在《心理學與煉金術》（*Psychology and Alchemy*）一書中的見解，我們在心靈的較高層級中是被基督教化的，但是在底層我們仍然是道道地地的異教徒。雖然童話多數來說是道地的異教，但其中有些童話，特別是那些晚期的童話就好比是手邊的這個故事，其中包含了某些象徵物，個體只能把他們理解為是無意識試圖要再次將沉沒的異教徒傳統與基督教意識域相結合。

　　煉金術著作與童話的最大不同在於，煉金術士不僅僅藉由將無意識投射到物質中以製造象徵物，他們也將發現所得理論化。他們的文本不僅有豐富的象徵物，同時也將象徵與許多有趣及半心理學的發想相連。我們能夠將煉金意象與年代遙遠的童話意象及我們的意識界相連結。

　　煉金術發展模式中常出現的階段和精煉天然**元質**成黃金的過程是一致的，其中的幾個階段是：**黑化期**（nigredo），這個拉丁文字所表達的是當物質受火的影響而變黑；**白化期**（albedo），白色物質經過洗煉之後成為銀質；還有**赤紅期**（rubedo），透過進一步的加熱過程而轉為黃金。

　　白化期指出個體最初對無意識的清楚覺知，附帶得到客觀態度的可能性，需要降低意識才能達到這個狀態。白化意指冷卻且超

　　　　　　　　　　　解讀童話：從榮格觀點探索童話世界

脫的態度,在這個階段中事物看起來遙遠模糊,彷彿是在月光下凝視。因此,在白化階段,據說是由陰性及月亮所主導的,它同時也代表對於無意識的接受態度,這是與阿尼瑪和解的一項考驗。而前一個階段黑化期,則標記了與陰影面可怕的首次交手,這是個折磨人的時期,緊接著須要對個體劣勢的那一面做出處理及區辨。煉金術士稱這階段為「苦差事」。隨著白化期的進展,主流意識得到解除,接著單單只靠加熱就可以帶出改變,由白化期進展到赤紅期,這個階段是由太陽所主導的,同時也預示了新的意識狀態。太陽與月亮,宛若赤紅苦工與白色女人,他們是對立面但也通常會共結連理,意指客觀意識與阿尼瑪的結合,或可說是陽性的理法與陰性內在原則的結合。在這個結合情境下,越來越多的能量一次次地灌注入意識,帶來與世界的正面連結,也就是帶來了愛與創造力的可能性。

山精的形象近似於古羅馬農神薩登(Saturn,鉛),在煉金術中象徵著黑暗、低階、未經深思熟慮的內涵物,因此必須要被帶入意識中,也就是被斷頭。鉛是腦袋,是圓形物體或是「破壞之水」(宙西摩士把鉛稱為歐米茄 Ω 或腦袋)。這個動態的山精並沒有以一個新主的形象現身,而是以一個祭師或是奉獻於神的侍者的形象出現,在他身後必然有著未被擬人化的自性存在。山廟中所進行的崇拜是危險的,因為這是藏在集體無意識底層的行為。

正如我之前所提到的,在北方的國家中,墨丘利有時被認知為沃登神,正如同你在童話中所見。隨著煉金術的斷絕及民間傳說的衰退,人們與無意識內的異教神祇切斷了連結,在這之前,這些異教神祇在煉金術、民間傳說及占星術中找到安身立命之處。他們在

這三個領域中做出最後的生存抵抗。

　　山精並未得到救贖，只有阿尼瑪得到救贖，因此較深入的問題仍然懸而未決，顯示十七世紀當時對沃登神存在的期待仍然持續，等待恰當時機於德國人的心靈中再起。

　　故事中的危險尚未結束。婚禮當夜，英雄必須將公主投入水中三次，直到她回復原先的自我。挪威的版本中，公主必須在牛奶池中洗去她的山怪皮。在古代的神祕傳說中，牛奶在新生禮中扮演關鍵的滋養角色。在酒神的山中狂歡節慶，女信徒（Maenads）啜飲牛奶，而蜂蜜也從大地中自由流洩；牛奶與蜂蜜也是早期基督教受洗新生的食物。所羅門頌（ode of Solomon）的其中一首頌詩指出，人們闡揚牛奶為上帝友善及仁慈的象徵。聖徒保羅也指出新的基督徒宛如孩童飲用新教義之奶，牛奶是人類神聖新生的開啟象徵。在古希臘奉獻中，牛奶被敬獻給冥神及初死之人。這些例子指出牛奶是一種情緒宣洩（試比較：許多德國人迷信有著不良居心的惡魔會蠱惑牛奶並把它變藍，因此多方囑咐要人們小心防備。）因此，將阿尼瑪放入牛奶中洗滌意指清洗她身上的邪惡物質，同時也清洗她與死亡的連結。

　　動物及山怪的毛皮是未得救贖的物證。在煉金術中，阿尼瑪可能穿著髒衣服，同時在煉金術中也有成為「藏在鉛底下的鴿子」的說法。接著，如之前所提到的，洗滌或洗淨通常沒有在對的時間進行，這也指出尚未得到適切發展的心理內涵物，在洗滌的過程中會演變成讓人不甚愉悅的形象，因此無意識內涵物的正面驅力無法得到實踐，不僅僅被掩蓋了還會污染本能，同時也會具體化成為醜陋的衝動；人類對於精神境界的想望，透過對於食物的癮頭而加以表

現就是個例子。的確，大部分的精神官能症狀就如同山怪皮般掩蓋了無意識的重要正面內涵。

在德國的故事版本，阿尼瑪在第一次出水池後成為一隻烏鴉，第二次成為一隻鴿子，清楚顯示她內在有浮動的元素。因為阿尼瑪代表著一股不受控制、善變且急欲逃脫的內涵物，因此在童話中她通常是以鳥現身的。

在基督教世界，烏鴉被認為是罪人同時也是魔鬼[17]。反之，在古代，烏鴉屬於太陽神阿波羅，而且在煉金術中牠象徵著**黑化期**及鬱悶念頭。山中老人與烏鴉相伴是童話中常見的特色。

相反地，鴿子則是維納斯之鳥。約翰福音（Gospel of John）中，鴿子代表聖靈；而在煉金術中，牠象徵**白化期**。阿尼瑪的雙面特質必須要得到區分，其中鳥的本質屬於另一個世界，而她的女性本質則與現世相關。鳥的本質中浮動且難以捉摸的特性必須要藉由浴洗而得到解放或是被區分開來。

浴洗可以說是受洗，透過無意識作為媒介而得到轉化，實際上是透過英雄將阿尼瑪推回無意識而發生的，意指對於被喚醒且出現在意識的事物抱持批判的態度。這樣的批判態度是必需的，因為阿尼瑪及阿尼瑪在男人身上所誘發的反應，雖然明顯地是人性的，但也常是帶著欺詐特性，因此男人需要對阿尼瑪的啟發帶著質疑的態度，問問自己「這是我真實的感受嗎？」，因為男人被引發的那份感覺可以是感情豐富、如同雲雀一般翱翔的，也可以是如鷹嗜血、欠缺人性的，一種與人類狀態完全扯不上邊的心緒或是氛圍。而挪威故事中的牛奶浴也帶著相同的目的，為的是淨化並將阿尼瑪身上所受的詛咒除去。這是一個做出區別的舉動。

靈魂同伴最後關注的是淨化阿尼瑪的歷程。當她與英雄的婚禮完滿後，這個同伴就消逝了，也成為全然的神靈化。他所真實代表的遠超過於一個陰影人物：他是啟發且具創造性的靈魂，但是只有當阿尼瑪失去了魔鬼本質時他才能有此效能；唯有如此他才能成為真實的那一面。

　　隨著英雄及阿尼瑪的完滿聯姻，陰影面的任務就此完成，就如同在〈指環王子〉的故事一般，因此主要的目標不僅是處理陰影面，同時更要發現真實的內在目標，唯有如此正與邪的征戰才得以不再占據舞台中心。

女性陰影面

　　並沒有太多的童話談及英雌與她的陰影面，常見的模式是好姊妹與壞姊妹的陳腔爛調，其中一個姊妹得到滿滿的獎賞但是另一個則受到可怕的處罰。另一個可能的模式就是被後母驅逐、被忽視的同時，也被使喚去做最卑微的家務（這兩類故事的主角，都同樣可被借用來解讀男性觀中阿尼瑪的兩個面向）。女性的陰影面在童話中之所以少見，是因為真實的女人與他們的陰影面並沒有太大幅度的區分。在女性世界中的分離通常是阿尼姆斯效應，相較於男人，女性心靈的自然與本能更緊密地交織在一起。女性的心靈有如鐘擺般擺盪在自我及陰影之間的傾向，就如同月亮從新月到滿月再回到新月的過程。然而，有個故事可作為女性陰影問題的代表性例子。其中，就如同童話常見的，陰影面的問題是與阿尼姆斯交織在一起的。

解讀童話：從榮格觀點探索童話世界

蓬頭兒 [18]（Shaggy Top）

　　國王和王后沒有自己的孩子所以領養了一個小女孩。一天，當小女孩正在玩金球時，引來了一個乞丐女孩及她的母親。國王和王后想要趕走她們，但是乞丐兒說她的母親知道有個方法能讓王后產子。在被些許葡萄酒哄騙之後，乞丐老女人告訴王后，要她在就寢前以兩個容器泡澡然後將水倒在床底下，隔天早上她會在床底下看見兩朵盛開的花朵，其中一朵白皙美麗，另一朵則骯髒汙穢，王后只能吃下白皙美麗的那朵花。

　　第二天早上當王后品嚐那朵美麗白皙的花朵時，滋味如此美好而讓她無法抗拒去吃另一朵骯髒汙穢的花。生產的時刻到來，王后的小女兒看起來灰黑且醜陋，騎著一頭公山羊朝王后而來，女孩手中還拿著一隻木製攪拌杓，而她從出生開始就能開口說話。其後，另一個精緻美麗的小女孩也隨後來到。醜的那個女孩被命名為「蓬頭娃」，因為她的頭及半邊臉被一頭蓬鬆亂髮蓋住，她和妹妹感情親密。

　　一年的聖誕夜，他們聽到山怪婦在門外辦慶典的聲響，蓬頭娃帶著她的攪拌杓到門外驅趕山怪婦，長得美麗的公主也向門外看去，而山怪婦一把將她的腦袋摘下，還換給她一個小牛頭接上。

　　蓬頭娃帶著她那不幸的妹妹搭船前往山怪婦人島，在一扇窗下找到妹妹的腦袋後就帶著逃走。山怪婦追趕在後，蓬頭娃跑回船上並把妹妹的頭換了回來。

兩人駕船並停靠某個王國，王國內的國王是個帶著獨生子的鰥夫。國王想要跟美麗的公主結婚，但蓬頭娃表示前提是王子要娶她，儘管王子抗議與蓬頭娃的婚事，國王還是安排了兩對新人的婚禮。

　　婚禮當天，蓬頭兒要王子問她為什麼要騎在如此難看的公山羊上。當王子依樣提問時，蓬頭娃回說事實上那是一匹俊美的馬，而公山羊瞬間變身為一匹俊美的馬。相同地，攪拌杓也變成一把銀扇，而她的蓬頭亂髮也成了黃金冠，蓬頭娃也變得美麗不凡，光彩耀眼更甚於她的妹妹。婚禮也比任何人所能想像的都來得幸福喜悅。

　　這個故事中所出現的上層及下層間的同化，跟〈指環王子〉的故事如出一轍。相同的，陰影面因為意識化而得到救贖，而我們似乎可以下結論說，對男人及女人而言，陰影面歸根究柢都是相同的問題。

無子嗣的母題

　　一般而言，無子嗣的國王及王后這個母題，預示了將有一個卓越孩子奇蹟式的誕生。無子本身證明了心靈與創生大地之間的連結被切斷，集體意識的價值意念與無意識的黑暗豐饒沃土之間，也就是與轉化的原型歷程之間，出現了鴻溝。

　　你可能會認為故事內的主要兩個主角，蓬頭兒及美麗公主平行

對等於指環王子跟思納弟-思納弟，但指環王子象徵的是集體無意識內的一股驅力，傾向於建立一個新形式的意識。而蓬頭兒代表的是修復與無意識深度及自然情感的連結，因為女人在生命中的任務是要更新情感價值。

在這兩個孩子出生之前，王后盡最大的努力藉由領養小女孩來修補現狀。這個相當正面的決定喚起了近似於魔法般，在無意識國度內的豐饒反應。透過金球這個可被視為自性的象徵物，被領養的孩子吸引了一對貧窮的母女。自性象徵的功能是要將心靈內的黑暗及光明面整合，也因此大地之母被喚起，乞丐婦讓屬於自然的本能知識得以人格化。

乞丐婦給了王后清楚明晰的忠告，要王后將沐浴後的水倒在床底下，同時也要吃下從中生長的其中一朵花。將污水留在臥室裡，可能意指王后不應該驅逐她自己的黑暗面，而應該要將其納入王后最私密的環境中，因為在這個污水中，也就是王后的陰影面中，也帶著她的生育力，這應該是古早時代老女人的母性祕密。

白皙的花及黑暗的花預示兩個女兒的相反本質。兩朵花代表尚未出世的靈魂，同時也象徵情感。王后吃下了兩朵而不是一朵花，顯示了整合整體的迫切慾望，而不單單只是無意識的明亮那一面；但也因為這樣做，王后犯了不服從的罪過，不過這算是「禍兮福所倚」（beata culpa），雖然帶出了新的問題，但是隨問題而來的卻是更高的實現，這跟指環王子打開廚房禁地之門，因此發現思納弟-思納弟是相似的情況。

陰影面的能力

蓬頭兒作為新生命形式的陰影面，有著意識面中所欠缺的豐饒與自發性。她成長的如此快速，指出她身上帶有魔力的特質及神靈般的本質，而她所騎的公山羊是北歐神話雷神索爾（Thor）的神獸，這也暗示了蓬頭兒隸屬於冥界地府及異教徒世界。手中的攪拌杓將她定位如女巫一般；女巫總是在熬煮東西，攪亂一池春水為的是使之沸騰。她身上所穿戴的毛罩是她帶有動物特質的跡象，同時也可以說是阿尼姆斯附身的象徵。在某些特定的故事中，當英雌被父親迫害時會穿戴上蓬鬆帽，而這個舉動指出英雌因為阿尼姆斯問題而退行回動物領域。這狀況宛若是蓬頭兒被如動物般的無意識牢牢抓住，暗示著蓬頭兒被動物衝動性及情緒所附身。然而，這只是外貌，這跟思納弟-思納弟的狀況是一樣的。

在北方國家中，異教徒層級的無意識仍然相當活躍，因此在故事中的描述是山怪在聖誕節舉辦仲夏慶典。當滿是好奇的公主從門廊內對他們瞧去，山怪一把抓住公主的腦袋並替換成小牛頭。根據北方的民間傳說，山怪通常都長著牛尾巴，而我們可以從換頭這個舉動下結論說，公主被山怪所同化了；就字面上來說，則是公主丟了腦袋且被集體無意識的內涵物所附身。通常她會因此顯得傻、憨且無法表達自己的意思，之所以會這樣是因為她的情感生活落入無意識黑暗力量的控制中，而她也無法表達內在世界所發生的事件。

蓬頭兒能夠智勝山怪而且將她的妹妹從這樣的境地中解救出來，是因為她也帶有部分的山怪本質，就好比是思納弟-思納弟比指環王子更清楚知道如何戰勝巨人，因此山怪不是蓬頭兒的對手。

最終的整合

在蓬頭兒救了妹妹之後，故事來個急轉彎，兩人沒有航行回家反而繼續旅程並前往一個陌生的國度，王國裡沒有女人，只有一個鰥夫國王及一個王子。故事中第一個出現的王宮裡有許多的女人及一個不孕的國王；而在第二個王國中我們發現有些元素補足了第一個王國中所欠缺的。這兩個王國就像是心靈的兩個相互補償部分，本身是不完整的，但當被放在一起時就形成了完滿。因此，想當然耳，當國王對公主求婚，蓬頭兒就該要求與王子牽手。兩對新人的婚禮構成了榮格所說的四位一體聯姻，是自性的四方象徵[19]。

蓬頭兒不僅僅藉由幫助她妹妹的婚禮（同樣也出現在思納弟-思納弟的故事中）得到自我救贖，同時也藉由引導王子問特定問題而得到自我救贖。這讓我們想起聖杯騎士帕西法爾（Parsival）傳奇，一開始的時候帕西法爾沒能問出帶來救贖的問題，意識的存有仍然太稚嫩而無法覺察到無意識朝向光明所長出的東西。蓬頭兒是無意識內強而有力且動態的因子，迫使意識不得不發覺那個努力想被實現的事物。這個故事提供一個絕佳的例子，說明無意識本質努力為人類備妥達到嶄新及更高層次意識所需的事物，這個驅力的起始點通常源自陰影面，然後會慢慢且完整地被賦予人性。

將這個童話的結構放在四位一體的系統中來看是饒富趣味的。我們手中有兩組的四人組成，首先是國王、王后、養女及她的貧窮朋友，彼此的關係並不和諧。乞丐婦所開的處方幫上忙也帶出了第二對女孩——蓬頭兒和美麗公主，她們替代了先前的兩個孩童。山怪所帶出的干擾與介入，指出原初的四位一體系統仍然過於造作，

同時也與深度無意識分得太遠。當公主及蓬頭兒與國王及王子聯姻，他們結合成一個新的四位一體，新的組合似乎是自性的楷模表徵，就如同在指環王子故事結尾的四人小組一般。這個故事也再一次的顯示，故事以自性的象徵開場，並以自性的象徵帶出高潮，因此代表著集體心靈核心的永恆歷程。

阿尼姆斯的力量

　　文獻史料中的阿尼姆斯似乎遠比阿尼瑪來得不為人知，但是在民間傳說中我們發現許多相當讓人印象深刻的原型表徵。童話也表現出這個表徵的模式，顯示出相較於男人因應阿尼瑪的方式，女人是如何處理這個內在的角色。這並不僅是單純的逆向翻轉，阿尼姆斯意識化過程的每一步驟都有不同的特徵，下面要提的故事就是最佳的範例說明：

山羊鬍子國王 [20]（King Thrushbeard）

　　國王有個美麗的女兒，她總是嘲笑挖苦每個追求者，不願接受任何一個追求者的追求。有個追求者有著尖尖的下巴，她嘲弄一番後授與他「山羊鬍子」的稱號，從那以後此人就被稱作「山羊鬍子國王」。老國王對此相當憤怒，宣告會將女兒許配給前來王宮的第一個乞丐，之後一個小提琴手的音樂吸引了國王的注意力（在另一個版本中，吸引國王的是一個黃金紡

車），而國王也履行他的威嚇，將女兒許配給前來王宮的這個貧窮小提琴手。

公主成為小提琴手的妻子，但是她不會做家事，她的丈夫也因此對她感到極不滿意。小提琴手讓公主做飯，要她編籃及紡紗，每件事公主都做不來，最後公主只能到市場賣陶瓶。一天早上，一個喝醉酒的騎兵騎馬踏過她的陶瓶，公主的丈夫因這個損失而責怪公主，他指責公主什麼都不會做，並且把公主送到附近的王宮當廚房女傭。

一天晚上，公主偷偷摸摸地看著王宮婚宴中翩翩起舞的王子。其他的僕人們拿起食物塊丟向她，她把這些食物都藏在口袋裡。當王子看見她，邀請她一起跳舞，公主臉紅的想要躲開但卻也因此散落滿地的食物。王子抓住公主並揭露自己就是「山羊鬍子國王」，同時也是他偽裝成公主的乞丐丈夫，當然也是他偽裝成那個騎兵，這一切為的是要打擊她的驕傲態度。

負面阿尼姆斯

山羊鬍子這個名字與法國童話藍鬍子有密切的關連，但是藍鬍子除了是兇手外就沒別的了，他無法轉化他的妻子也無法讓自己得到轉化，他以惡魔的形象體現了阿尼姆斯如同死亡一般殘忍的面向，只有逃離是唯一可行的。這類的假阿尼姆斯常會出現在神話中（例如在《費查之鳥》（*Fitcher's Bird*）及《強盜新郎》（*The Robber Bridegroom*）等故事中）。

這一點粗略地拋出阿尼瑪及阿尼姆斯兩者重要的不同處。男人因著狩獵者及勇士的原始能力而習於殺戮，而阿尼姆斯身為陽性也似乎共享這個傾向。相反地，女人則為生命服務，阿尼瑪則將男人捲入生命中。在鋪陳阿尼瑪的故事中，她全然致命的面向通常不會出現在故事裡，阿尼瑪是男人的生命原型。

阿尼姆斯的負面形式則似乎反其道而行，他將女人從生命中拉開，同時也抹滅了她的生命。阿尼姆斯與幽魂之地及死亡之境相關，他真真確確地會以死亡擬人化的形式出現，就如同是法國童話〈死神之妻〉[21] 的內容一般，故事是這樣說的：

有個女人拒絕了所有前來的求婚者，唯獨在死神出現時接受了他。當死神因公外出時，她住在他的城堡裡。她的兄長前來拜訪死神的花園，兩人漫步在花園裡，後來這位兄長救了這個女孩，讓她又活了過來，而她發現她已經離開人世超過五千年了。

吉普賽的版本 [22] 有著相同的標題，故事是如此說的：

一位不知名的旅人抵達一個孤女的遠地小屋，他在那裡接受數日的食宿款待，也愛上了這個女孩。兩人結婚，而女孩夢見他是冥王，既蒼白又冰冷。其後他被迫要離開女孩並收回這筆令人心碎的交易，最終他對她坦白自己是死神，女孩因驚嚇過度而死亡。

負面的阿尼姆斯通常給人一種與生命分離的感覺，個體感到受磨難而無法繼續生活下去，這是阿尼姆斯在女人身上所加諸的悲慘

效果；他切斷了女人的生命參與。

阿尼姆斯的角色與作用

在他意圖將女人與外在世界連結時，阿尼姆斯可能會接手父親的面向。在〈山羊鬍子〉這個故事中，出現的只有一個國王及他的女兒，以及公主那高不可攀拒絕所有追求者的態度，這顯然與她獨自與父親同住這點有關。她對追求者所保持的貶抑、嘲諷及批評態度，是被阿尼姆斯主宰的女人典型會有的表現；而這樣的態度將所有的關係都撕碎。

表面上是女兒的傲慢態度激怒了父親，但事實上父親常會將女兒綁在身邊，並為可能的追求者佈上層層阻礙。如果我們能區辨出這個背景態度，我們就能辨識出父母典型的矛盾情結，一方面阻擋孩子們過他們自己的生活，另一方面又對他們無法遁入生活欠缺耐心（母親通常對她們的兒子也是一樣的態度）。作為報復，在女兒身上運作的父親情結，會藉由讓女孩接受低劣的愛人來傷害那強而有力的父親。

在另一個故事中，阿尼姆斯一開始時以老男人形象出現，但後來變成年輕人，這是要告訴我們，老男人也就是父親意象，只是阿尼姆斯的暫時面相，而在這個面具之後的則是一個年輕男子。

另一個更能說明阿尼姆斯孤立效果的鮮明例子，可在西伯利亞傳說中找到，故事中的父親將美麗的女兒鎖在石室內，後來一個貧窮的年輕人救了女孩，兩人一起逃跑。在土耳其的傳說〈神馬〉（The Magic Horse）中，父親為了要換取謎題的解答而公然將女兒

賣給「魔神」（Div）[23]。在巴爾幹傳說〈女孩與吸血殭屍〉（The Girl and the Vampire）中，吸血殭屍偽裝成年輕人拐騙女孩，並將她放入墓園的墳墓中[24]，女孩逃開地底後進入樹林並向神禱告，祈求賜給她一個能藏身的箱子。要能藏起來，女孩必須要受被密封之苦才得以防禦阿尼姆斯的傷害。

阿尼姆斯的脅迫舉動，以及女性相對而生的防衛反應總是相互掛勾，同時會讓我們想起所有阿尼姆斯行動的雙面特性。阿尼姆斯可以讓人成為瘸子，也可以讓人變得逞勝好鬥。女人不是變得充滿男子氣概及主見，就是會顯得心不在焉，彷彿她們並不全然在場，明明嬌柔迷人但卻半睡半醒的；而事實上這類的女人與阿尼姆斯愛人有著奇幻的旅程，她們沉潛在與阿尼姆斯的白日夢中，不全然覺知自己的狀況。

回到西伯利亞版本的故事，王子發現了一個箱子，裡面有個女孩，王子將女孩從箱中釋放出來，兩人結婚。箱子與石室代表的是當生命被切斷後的存有狀態，這是被阿尼姆斯附身的女人所隱忍的存有狀態。與此相反的，如果個體有著侵略好鬥的阿尼姆斯而也試圖自發行動，主導行動的永遠都是阿尼姆斯。然而，有些女人拒絕成為好鬥且難相處的人，因此她們就不能讓阿尼姆斯出現。她們不知道該如何對付阿尼姆斯，而為了要擋住阿尼姆斯，她們變得僵化冷酷且凡事按照慣例而為，因而把自己陷在牢籠中。這也是個瘸子的狀態，但肇因是女性對於阿尼姆斯的反動。在挪威版本的故事中，女人被迫穿上木製的外套，這種以堅硬的生命組織所製成的笨重包覆物，說明了對世界的僵化觀點，同時這樣的防護盔甲已經成了包袱。躲入陷阱的母題，就好比是海邊女巫將指環王

子推入木桶的那一幕，起初是一項迷惑及具保護性的舉動。就歷史而言，阿尼姆斯就像是阿尼瑪，有著基督教前期的形式。山羊鬍子（Drosselbart）是沃登神的別稱，跟馬鬍子（Rossbart）的別稱是一樣的。

〈山羊鬍子〉故事中的僵局因為父親的動怒而被打破，一怒之下他把女兒嫁給了一個貧窮人家。在其他的平行文本故事中，她被乞丐的美妙歌聲所騙，而在北歐的平行文本中，乞丐小伙子則以黃金紡車蠱惑她。換句話說，阿尼姆斯對她有著誘人的吸引力。

快速旋轉的活動與癡心想望有關。沃登神是與祝願或是與神奇魔法意念相關的神祇，「祝願轉動了意念輪」，紡車及旋轉的動作兩者都貼切適用於沃登神，而在我們故事中的女孩必須要紡紗來支持她的丈夫。阿尼姆斯因此佔有了女孩原初具有的女性適切活動，其中所隱含的危險在於這導致了女人失去真切的思考能力，也帶來了疲憊感，因此她只能懶散地迴旋在白日夢及鬆散的願望幻想中，又或者是腦中轉得盡是陰謀算計。〈山羊鬍子〉故事中國王的女兒就跌入這樣的無意識活動中。

阿尼姆斯的另一個角色形式則是貧窮的僕人，在偽裝之下他出人意料的英勇氣慨於西伯利亞版本故事中表露無遺：

一個女人孤單生活，只有一個僕人在身邊。她的父親去世了，而僕人也變得不受控制。但是，他同意去殺一頭熊為女人做一件皮毛外套。當他完成這件事之後，女人命令他接下更困難的任務，而他每一次都能應付自如。最終發現雖然他看起來貧窮，但事實上他其實是相當富有的。

阿尼姆斯看起來貧乏不已，而且從不洩漏他在無意識界所支配的可觀寶藏。在貧窮小子及乞丐小伙子的角色裡，阿尼姆斯讓女性相信自己其實是一無所有的。這是對於無意識偏見所給出的罰則，讓女性在意識生活中持續經驗貧困，帶來的結果是無止盡的批評及自我批判。

　　在小提琴手與公主結婚之後，他為她指出「山羊鬍子」的富有，而她也深深的後悔自己當初拒絕了他。受阿尼姆斯主導的女人，典型會有的表現就是，會因為自己當初沒做的事而悔恨受苦。哀悼感嘆於原本當有的事物，是一種假性的罪咎感，而且是貧瘠的。個體會深深陷入絕望中，原先可以有的期望全被毀了，同時也錯過了生命。

　　起初公主無法做家事，而這也涉及了阿尼姆斯的症狀：精神萎靡、懶惰成性，以及空洞凝視的表現。這看起來或許像是陰柔被動，但是在這種出神般狀況下的女人並非樂於接納的，她被下了阿尼姆斯的惰性迷藥，而且也被囚禁在石室內。

　　住在茅屋內，公主必須要做家事同時也要編籃子賺錢，這些勞務讓她大大蒙羞也加深了她的自卑感。為了補償她那好高騖遠的野心，阿尼姆斯通常會迫使女性進入遠低於她真正能耐的生活方式。如果她無法調適那些合她心意的高遠理想，那麼她就會在徹底絕望下做卑賤的工作，這是在極端時會出現的想法：「如果我不能與神結婚，那麼我就會跟糟糕的乞丐結婚。」在此同時，漫漫無邊的驕傲會持續受到隱藏的幻想生活所滋養，在這樣的情況下女性會充滿熱情地夢想巨大的名譽和榮耀。謙遜與傲慢交雜在一起。

　　這些卑賤活動也是勸說女性再次成為陰柔的一種補償作用。

阿尼姆斯的壓力效應能帶領女性進入深度陰性面，讓她接受自己受阿尼姆斯俘虜的事實，同時也會做些什麼來將阿尼姆斯帶回現實。如果她給阿尼姆斯一個行動的場域，也就是說，假若她從事一些特別的研究或是做一些陽性的事務，這將能填滿阿尼姆斯，而在此同時，她的情感也會充滿生氣並回到陰性的活動中。最糟的情況出現在當女性有一個強而有力的阿尼姆斯卻沒能活在其中，那麼她就被束縛在阿尼姆斯的緊身咒下，雖然她可以避免任何跟陽性沾上邊的工作，但是她一點都不帶有陰性面。

因為公主搞砸了所有給她的任務，她的夫婿要她外出在市集中販售陶瓶。器皿是陰性的象徵物，而她被打發以低價販售她的陰性面，太過廉價也太過集體性。女性越是被阿尼姆斯所支配，她就越是會感到與男性疏離，同時也更要痛苦努力地與情感抱持良好的接觸。雖然她可能藉由帶頭進入風流韻事而得到補償，但是其中並沒有真誠的愛與熱情。如果她真的跟男性有好的互動，她就不需要如此充滿自我主張。她因為隱約覺知有些事不對勁而衝動行事，也拼命地試圖彌補阿尼姆斯強行將她與男人區隔後所失去的事物，這不過就是盲目地進入新的災難。新的阿尼姆斯攻擊勢必會接續而來，而在故事裡也正是如此，一個醉酒的騎兵踩碎了她所有的陶瓶，這象徵著情緒的野蠻爆發，野蠻且不受控制的阿尼姆斯粉碎了一切，清楚地顯示以這樣的方式展示她的無意識本質是行不通的。

與乞丐丈夫的生活也帶出最後的屈辱，發生點是在當女孩從門後偷窺王宮世界及山羊鬍子婚宴的燦爛輝煌。從門縫中偷窺的行為，在**易經**中被解釋為過於狹隘及過於主觀的想法。受到這個阻礙，個體將無法得見本來的樣貌。女性的自卑讓她認為自己必須要

羨慕他人，同時也要看管這個祕密的妒嫉心，這也意謂著女性無能評估自我真正的價值。

因為飢餓，她接受了僕人們丟給她的食物碎屑，隨之而來的則是強烈的羞恥感，當她的食物掉落地面時，她的貪婪及自卑被一覽無遺。她不計條件想要得回生活，但也認定自己無法靠自己的努力得回。國王的女兒竟會接下僕人丟給她的殘渣碎塊？這是難以承受的胯下之辱。接著她因為羞恥而厭惡自己，但是這樣的羞辱正是她所需要的，因為如我們在故事中所看到的，英雌後來覺醒自己畢竟是國王的女兒，也只有在那個當下她才得知山羊鬍子事實上就是她的丈夫。

阿尼姆斯與沃登神的關聯

在這個故事中，阿尼姆斯是山羊鬍子、是野蠻的騎兵，也是乞丐丈夫，他承擔了三個眾所週知是受沃登神影響的角色。據說沃登神就是在夜晚騎著白馬統領一群野蠻騎士的那個人，有時候他們手臂上還夾帶著自己的腦袋。這個逐漸消逝的傳說來自於對沃登神的早期印象，祂帶領死亡勇士前往（死神接待英靈的）瓦爾哈拉殿堂（Valhalla）。身為邪惡鬼魂的他們仍在林間追捕狩獵，死亡照看著他們，也唯有死亡才會被納入他們的隊伍之中。

沃登神常以乞丐的形象四處遊走，祂是個不知名的夜間流浪者，而且祂的顏面總是半掩的，因為祂只有一隻眼睛。一個陌生人走進來，說了些話然後離開，事後人們才驚覺原來那是沃登神。祂聲稱自己是土地的所有人，而實際上這也是對的，土地的未知所有

人仍然是沃登神原型 [25]。

沃登這個名字也帶出他身上具有的另一個特質：祂的獸形樣貌是馬。祂的座騎斯萊布尼爾，是擁有八條腿的白馬或黑馬，馳如風。這一點指出雖然阿尼姆斯大體上屬於古老的神靈，祂仍然與動物本能的本質相連結。在無意識中，靈魂與本能並非對立的。相反地，初起的靈性通常會在驟升的性生命力及本能衝動中得到表現，而只有在這之後才會發展其他的面向，主要是因為他們是由自然靈魂所產生的，由我們本能模式固有的意義性所生成的。在女性個體內，靈性仍未得到區辨並且得以維持古老的情緒及本能特質，這就是為什麼當女人做出真誠思維時會感到莫名的興奮。

阿尼姆斯的動物面向展現在〈美女與野獸〉（Beauty and the Beast）中，但是這個母題在童話中是相對少見的。較不為人知的例子則是土耳其的故事〈神馬〉（The Magic Horse）。

女孩帶了一匹神馬從俘虜她的荒漠惡魔「魔神」手中逃開。她逃開了一段時間但最後又被惡魔給追上。最後神馬與魔神一起投向大海，也因此戰勝了魔神。馬後來命令女孩殺了牠，當她照著做時，馬成了一座天庭，而牠的四隻腳也變成四角的柱子。最後英雌與她的真愛，一個年輕的王子結合。

在這個故事中阿尼姆斯一方面是邪靈，另一方面是個幫上忙的動物。當阿尼姆斯的形象是全然破壞性且邪靈的，本能就必須站出來提供救援。

處理阿尼姆斯問題的其中一個方式，就是讓女人一路承受直到

悲慘結局出現為止。的確，沒有任何的解決方式是不受苦的，而受苦似乎屬於女人生命的一部分。

魔幻逃離的母題

在女人必須要逃離被鬼魂或吸血鬼所俘虜的例子裡，對於阿尼姆斯的極端被動態度可以帶來許多收穫，而且通常最聰明的忠告就是女人現在什麼都別做。有些時候個體就只能等待，並且試著藉由在心中保有對阿尼姆斯的正向特質而堅定自己。藉由逃離而克服無意識內容物的俘虜，跟英雄式的勝利同樣具有卓越功勳。這是「魔幻逃離」（Magic fight）的母題，它象徵著與其尋求戰勝還不如逃開無意識的狀況，如此一來也躲開了被吞噬的命運。

魔幻逃離的母題在西伯利亞的故事〈女孩與邪靈〉[26] 中也相當鮮明。故事中的英雌，沒有半個熟識的男人，也說不出她的父母是誰，她是個照顧馴鹿的牧女，四處遊走，藉由吟唱魔幻歌曲看管她的馴鹿。

我們再一次地看見，孤單的母題成為獨特個別人格發展的前趨症狀。在這種情況下，無意識內會升起大量且幾近將人淹沒的內在意象，同時帶出超乎預期的反應。故事中的女孩並不貧困也不挨餓，她能夠餵飽自己也能照顧自己，而且她能以她的歌聲魔咒將馴鹿看管在身邊。換句話說，與之前故事中的女孩相較，她是蠻有資源、更有才華也更正常的，而她的魔幻才華也顯示著她擁有表達無意識內涵物的能力。（在分析過程中，我們有時候會看見一些危險的情境出現，特別是當病患以過於衰弱且狹隘地理解，來表達無意

識中洶湧而來且具威脅性的內涵物時。這可能是因為內心的貧瘠、無能給愛以及心智或精神的貧瘠不毛所造成的；舊瓶無法裝下新酒。）透過女孩雙唇所唱出的歌曲，可能來自於她的傳統過去，這一點指明她幸運地承續著先人的無意識；但是她沒有與人的連結。被從社會中切斷，對女人來說是個極大的危險，因為當欠缺與人的接觸時，她很容易會變成無意識的，並對負面阿尼姆斯的掌控舉白旗。

故事繼續談到突然間從天上降下了一對下顎，一個張開的無底洞從天上向地面延展。這個張開且具吞噬的嘴巴是全然無意識的深淵，女孩將她的手杖投擲在後方的地面上。

手杖是權力及裁斷的符號，是國王權杖上所象徵的兩項王權。手杖同樣也是與道（Way）相連結，同時也是無意識內給予方向指引的原則。舉例來說，主教的權杖被教會解讀為教條的權威，指明前行之道也做下決定。因此對女人來說，手杖就是阿尼姆斯的一種形式。在古代，黃金杖或是魔法棒屬於墨丘利，而它代表著將無意識內的頑冥元素匯集，假若個體擁有手杖，此人就不全然是被動的，而是有方向性的。

女孩向前奔跑，將她的魔法梳及紅色手巾遺留在身後。在路徑上留下物件是魔法逃離的一個特質，把有價值的事物丟棄的舉動本身就是個犧牲，我們將事物拋過肩頭丟向亡者、靈魂或是惡魔，為的是撫慰那些我們不敢面對的人物。當個體逃跑時拋棄有價值的所有物似乎是有些驚惶失措的，但是那些落入僵固的防衛態度的人，很容易會被比個人更強大的攻擊者所擊敗，而脫下所有物讓個體得到行動力。在有些情況下，個體一定要放棄想保有任何事物的想

法，唯有如此才能從底下溜走；不再逗留在那兒，也就不會再出什麼差錯。當個體面對無望的錯誤情境，需要猛然一跳進入全然開放的單純性底層，唯有在那裡個體才能歷劫而歸。

更甚者，被犧牲的物體通常會轉化成追求者的障礙。梳子立即變成一座森林並變成自然的一部分，也就是大地之母的髮絲。它被轉化成自然物體表示它原本就是自然整體的一部分。事實上，所有的思維、工具或物體都是源於自然，也就是說是源於無意識心靈。人們對無意識所做出的犧牲，正是當初從無意識所奪去的。

髮梳是被用來整理及梳攏髮絲的，頭髮是魔力或超自然力量的來源。一卷髮絲被當做紀念品留下，據說是可以超越時空距離而將人與人連結在一起。剪髮及犧牲頭髮通常意指臣服於新的集體境界，是一種放棄也是一種重生。整髮通常是一種文明化**世界觀**，原始傳說中提到，當抓到魔鬼時要驅除頭蝨並給它梳髮，這代表著無意識內的疑惑必須要導正、建立秩序並予以意識化。因為帶著這個意涵，雜亂髮絲通常會是開始分析時常被夢見的畫面。因此，髮梳代表了讓自己的思緒有序、清晰及意識清楚的能力。

女孩丟棄的紅手巾，變成了從地面到天上的高張烈燄。拋棄手杖及髮梳意謂著不再嘗試主導自己或是構思計畫。火焰則指明了女孩在內在自我及情緒感受間拉開距離，她將自己減化為被動單純。

在故事中，張大的下巴吞噬了森林並朝火焰吐水。水與火在無意識內交戰，而同時間女孩也在兩方對立時逃開。

接著她經歷了四次的動物轉化歷程，每一個繼起的動物都比前一個動物更加敏捷飛快。如今她只能依靠內在的動物面，她必須放棄高層的活動而向下掘入本能層次。有些時候會出現即將面臨的

危險，這時候個體就不應該思考、感覺或嘗試掙扎逃跑，而應該要向下進入動物的單純性。受到帶有意圖性的態度支持，這樣的東方「無為」能夠帶來成功，而強烈的抗拒反倒會招致失敗。自我逃開並消失，這是所有人類在某些時刻都能做到的。其後，迫害的惡魔就只能吃光森林並與烈燄戰鬥。

女孩變成一隻熊，雙耳內有銅鈴。鐘鈴及類似聲響的樂器是被用來驅趕邪靈的（教堂的鐘聲通常就帶有這個目的）。鐘鈴就如同是鼓聲或是雷鳴，也宣示了一個決定性的時刻，這些聲響引出了聞者情緒的心靈共鳴，因此聞者體認到一個決定性的事件即將出現，就如同是望彌撒時的三聲鐘響。在女孩動物耳朵內的銅鈴阻絕了其他的聲響，這些外在聲響是她不應該聽到的，因為它們都是有毒害的字句，來自於負面阿尼姆斯對她的細語呢喃。當個體接受了這些話語時就是毒害的開始，個體會接下不適合自己的信念及舉動，傳達這些有毒影響的通道是耳朵，而鐘鈴是對抗毒害的阿尼姆斯效應的一項防衛機制。

故事的結局是，女孩在失去意識的狀況下跌落在地面上的白色帷幕前，而突然間惡靈以一個俊美男子的形象站在她的面前。她從他逃向他，她在這個本能性的正確道路上所作出的堅持，帶出物極必反的現象，結果就是險惡的惡魔轉化成和藹的年輕人。事實上，他的祕密意圖就是要將她帶至他的白色帷幕。年輕人有三個弟弟，而女孩可以從這四個中選擇一位成為她的夫婿，她的內在平衡及她的完整性透過這四個人物得到表現。三個同等的人物幾乎總是代表著命運的佈局：空間的三維向度及時間概念中過去、現在及未來的三個面向，這些都是命運的載體。在這裡三個兄弟可能是女孩的三

個劣勢功能，三加一，成為四，預示了個體化歷程。女孩選了最年長的那一個，因為她深知實現命運的關鍵在於接受迫害她的靈魂。

當個體帶著已經發展的意識，並覺知阿尼姆斯所指明的富有意義性活動，此時想逃開或是試圖以智性來測試其意義是無用之舉。相反地，個體必須適切運用阿尼姆斯所提供的能量，投入某些陽性的活動，像是智性創意的任務等等，否則，個體就是被主導及被俘虜的。這就好比是強大的母親情結不能單獨以智性來克服。一個原是災難性的被俘虜狀態，可以轉為命運的召喚，而讓個體允諾進入個體化的歷程。唯有當人們認知父親或母親情結遠比自我來得強大時，它才能被接受為個性的其中一部份。

對抗阿尼姆斯的掌控

受阿尼姆斯主導的女人會經歷的另一個考驗，表現在下面的故事中：

與月亮及凱利魔成婚的女子 [27]
（The Woman Who Married the Moon and the Kele）

一個被丈夫拋棄的女子因為餓得頭昏眼花，只能用四隻腳匍匐前進。她兩次前去月君（Moon-man）的住所且吃下她在盤中所發現的食物。第三次時，月君在她吃東西當下一把捉住了她，當他得知女子沒有丈夫，月君娶了女子為妻。

好似是有魔法一般，空盤中每天都會有食物自動出現。當月君出門時，他禁止妻子打開特定的櫃子，事實證明誘惑是無法抗拒的，妻子在櫃子裡發現了一個奇怪的女人有著半紅半黑的臉。實際上一直是這個女人祕密地提供他們食物，但是她因為接觸了空氣而死去。當月君回來後發現他的妻子不服從他所說的話而感到相當生氣，他讓死去的女人又活了過來並把妻子送回給她的父親，表明他沒辦法控制她，而且說她的前夫肯定有相當的理由拋棄她。

因為女兒被送回而氣憤不已的父親叫喚了邪靈與女兒結婚。這個魔鬼凱利（Kele）專門吃人，連女子的唯一兄長都被吃了，他把兄長的屍體帶到女子面前大啖。後來，女子依照一隻小狐狸的指示，為凱利魔做了一雙鞋子。當她把鞋子丟在凱利魔面前，上方落下了一根蜘蛛絲，讓她循著爬上蜘蛛女的窩，凱利魔在後方追捕她，女子繼續向上爬直到她抵達那顆不動的星星，北極星，它是創世者也是最高神祇。凱利魔也抵達那兒，但卻被保護神北極星囚禁在櫃子裡。他幾乎要死去，但在許下承諾不再迫害女人後終得釋放。

女子回到地面並讓她的父親為神奉獻一匹鹿。突然間父親死了，女兒也緊接著步上黃泉（這樣無趣、虎頭蛇尾的結局在原始故事中是很典型的模式）。[28]

故事的主角是一個被丈夫拋棄的女子，接著月君宣稱她的丈夫必有理由拋棄她。她承受了孤單、貧窮及飢餓等壓力，這是典型的

受阿尼姆斯俘虜的狀態。一個女人的態度，大大的限設了降臨在她身上的事件。

阿尼姆斯培育了女人的孤寂感，而阿尼瑪將男人推入關係以及在關係中的疑惑狀態。飢餓也是典型的布局，女人需要生活、與人的關係及參與有意義的活動，她的部分飢餓感來自於對於休眠而未被使用之能力的覺知。阿尼姆斯給她的不安感推波助瀾，因此她總是無法感到滿意，受阿尼姆斯俘虜的女人，總覺得要再多做些什麼。她不了解問題的根源其實是內在的，這類的女人以為只要她們能夠再多些什麼，再多花些錢及再多結交些朋友在身邊，她們的飢餓就會得到紓緩。

月神通常在童話中會是一個神祕且無形的愛人，出現在已婚女子面前。有時候在神話及夢境中，月亮是以男人的形式表現，但有時候則是女人，其他的時候則是雌雄同體的存有。也許我們可以找出是什麼決定月亮的性別。

月亮與太陽緊密相關，但是它的光芒較微弱且來自於太陽。太陽事實上是神性，它是無意識內的意識之源，也代表動態的心靈因子，能夠創造更大的覺知。然而，月亮象徵著原始、柔和且較散漫的意識；一個微弱的覺知。當太陽是陰性的，就如同在德語的情境，這代表著意識源仍然處在無意識中，也就是說還未形成成熟的意識，而僅是如同半影般的意識，界線模糊、細節混雜而難以清楚區辨。峇里島（Bali）人在建築上的本能成就說明了這個情況：峇里島上各類的工匠分別進行他們各自所有的特殊搭建技能，他們不受任何的計畫或建築師所指導，而是接受內在指導，就彷彿是他們心中已經有個藍圖。當建築物的不同部分組裝在一起時，即便每

個部分都是個別分開製作，最後都精準完美的接合在一起，他們經由這個方式而創造出充滿協調設計的廟宇。就如同太陽點亮了無意識，無意識內的次序顯然就在峇里島工匠心中運作。

月亮所闡述的原則與太陽相同，但不若太陽般的集中及強烈，它是意識之光但光線較柔和（可以清楚的看見故事中的女人，內在運作所依憑的就是意識原則。這與她受阿尼姆斯俘虜的狀態相連結，因為阿尼姆斯的特質就是有著模糊不清的整體及長期目的，但是對於細節卻是相當堅持的。）在神話學中，月亮與蛇、夜行動物、亡魂及陰間神祇相關連；在煉金術中，月亮被稱為「薩登之子」（the child of Saturn）。對巴拉賽爾蘇斯（Paracelsus，中世紀時期瑞士煉金術士）而言，月亮是毒之源，宛如女人在被月事困擾時的那一雙眼。他相信月亮是靈魂，能夠再生且再度變成孩童，也因此它相當容易受到女人的惡魔之眼影響。這個恆星靈魂不僅被毒害，還會對望眼凝視它的男人施下有毒的符咒。從心理層面解讀巴拉賽爾蘇斯的說詞，顯示來自於阿尼姆斯的有毒見解能夠直接進入他人的無意識界，帶來的結果就是人們被來源不明的見解所毒害，這些想法感染了空氣並使得周遭環境凋零枯萎，而人們還信任滿滿的將其吸納入內。對阿尼姆斯不帶懷疑的相信，遠比謬誤信念來得更加深入內在，也因此更加難以被指認及拋出。

故事中的月亮神性顯得有些模稜兩可，他把女人藏在櫃子裡，這女人是大自然的黑暗女性面向，她是未發展、私密且被埋藏的，但同時也是重要的，因為她仍活著同時也是滋養的提供者；換句話說，她是自性的胚膜或可說是自性的先驅。在故事裡，她站在阿尼姆斯（月君）身後，作為一個支持性的人物。山精也是站在公

主——阿尼瑪身後的潛藏能量槽，但他是個壞心眼的角色，而櫃子裡的女人則是略顯微弱的孕育女神。

因為不服從月君的命令而打開櫃子，女子在毫不知情的情況下殺了這個暗處的女人。如今，讓一個無知的受害者犧牲生命的罪愆，是過早開悟這個主題的變奏曲，這個母題出現在許多古代傳說中，如：〈愛神與賽姬〉（Eros and Psyche）、〈奧菲斯與尤麗狄絲〉（Orpheus and Eurydice），以及格林童話的〈少女和獅子〉（The Singing, Soaring Lion's Lark），母題傳達的重點在於萬事萬物皆有時，受阿尼姆斯俘虜通常會導致女人呈現系統化的笨拙木訥。一旦她體驗過一丁點的生命跡象，就會忍不住好奇想要摸摸看看，但這一切必須要留在意識的微弱光源背景下——它需要在黑暗中才得以生長，卻反被強拉入光線中而減損佚失。這類的母親都傾向於強行挖出孩子們的祕密，也因此導致孩子們自發成長的可能性枯萎凋零。如此的干預態度會造成整體環境的不健全。

故事中的女子，因為受到好奇心的驅使而揭開了月君的祕密，從而被拋棄並失去她的陰性情感。充滿野性的好奇心是女性內在原始陽性的表現，一旦女性被這類充滿好奇的追獵者靈魂所俘虜時，她會做出錯事同時也不斷犯錯。

月君將女子送回給她的父親，雖然在故事前段並沒有提到父親，但我們可以假定是他為不幸結局種下了種子，而故事結尾中父親及女兒雙雙死亡的情節，顯示了兩人關係的密切。在女子被送回給她的父親之後，正是父親的咒詛迫使女兒必須與惡魔一起生活；依據原始信念，這類的願力會讓未生成的事件成形，並且將其孕育而出。迫使女兒與惡魔一起生活的咒詛，清楚地指出是父親促使阿

尼姆斯主導他的女兒。

惡魔凱利專門吃人，這是負面阿尼姆斯的典型作為，就如同吸血鬼啜飲人血，惡魔食人軀體為的是成為看得見、摸得著的實在存有；他們搶奪且大啖屍體以得到軀體內的物質，如此一來惡魔就與屍體掛鉤了。眾所週知吸血鬼從活人身上得到餵養，他們迫切需要借助他人生命以維生，導因於他們被活人世界驅逐所帶來的絕望感。受阿尼姆斯俘虜的女人，因為自身的情感及愛欲源頭被抑制了，需借助她生活周遭的生命來餵養自己。從心理層面來看，靈魂是無意識的內涵物，吞噬屍體象徵著情結及其他無意識內涵物拼命努力要進入意識界，並且想要在活著的人們身上得到生命實踐。靈魂對於軀體的貪婪飢渴，意謂著那股圓滿人生的想望未被認知與履行。

與此相對，在隱密櫃子裡的半紅半黑女人不僅賜與魔法食物，同時也賜與生命。然而女子無法接受她，因為女子無法與暗處女人及月神相協調；女子無法應付未發展的自性，也無法變得更陰性化。介於護祐的北極星及邪惡吞噬的凱利魔兩者間，也有著相似的缺口，雙方都涉入神性原則下的永恆戰爭中。

就如同前文〈神馬〉故事中提到的女孩，她因著動物的幫忙而得以逃出惡靈。透過將靈魂及自然放入互不相容的對立面，阿尼姆斯將女人拉入分裂的景況，此時她必須要信任她的本能。故事中，她的本能本質是以一隻狐狸樣貌呈現。在中國及日本，狐狸是蠱惑人心的動物；巫婆慣於以狐狸形象現身，歇斯底里及癲癇發作的女性個案，常被解釋為中了狐狸的邪。對中國及日本人而言，狐狸是陰性動物，就好比西方人看待貓一般；而狐狸也代表女性原始及本

能的陰性特質。

故事中的狐狸指導女子將鞋子丟向凱利魔，以此造成凱利魔的阻礙，好讓她循著蜘蛛絲爬到天上[29]。鞋子是力量的象徵，因此我們常會說「被踩在某人的腳底下」或是「步入父親的後塵」之類的話語。衣著可能代表人格面具、表現於外的態度或內在的態度，而在神祕學中更換衣物也代表轉化以帶來開悟了解。鞋子是衣著表現的最低層，因而代表著與現實相關的觀點，提醒我們看見雙腳是如何扎根於地面，大地是如何扎實的支持我們並賦予我們力量。

對凱利魔丟鞋的舉動是項和解，得以阻礙凱利魔的追捕行動，為了要從他的手中逃出是須要做些犧牲的。故事中的女子犧牲的是她身上帶有的舊觀點；在阿尼姆斯的掌控下，沒有任何一個女人能夠放棄她所擁有的力量，或是放棄她確切相信、必須及有價值的事物。女人藉以為生的信念源自於劣勢的陽性思維；她越是不能評斷這些信念，就越是緊緊抓住這些信念，這也是持續被阿尼姆斯俘虜的原因。不幸地，這樣的女人從不認為自身有什麼錯誤，也深信所有的錯誤都源自他人。狐狸真正對她說的是：「不要僵化固著，稍稍曲身舒展；放下部份信念，看看接下來會發生什麼。」

緊接著天上降下一根絲線，給了女子抵達北極星的途徑。北極星象徵著阿尼姆斯精煉至最高形式，也就是成為神的意象（與此對等的意象是智慧女神蘇菲亞，她是阿尼瑪最高層也最具靈性的形式）。如果你更深入探究阿尼姆斯的真義，你會發現阿尼姆斯是神聖存有，同時當女性以神聖存有的形式與阿尼姆斯建立關係，就得以進入真誠的宗教體驗。故事中，發現北極星這個段落，代表的是女性對於神的個人經驗。

當凱利魔攀爬而上追捕女子並興風做浪，他及北極星間爆發了宇宙層級的衝突，而女子也被迫置身在這兩個壓倒性的好壞世界原則之間，介於神與魔之間。當北極星打開祂的箱子便湧出光亮，而當祂關上箱子時地面就下起雪，最終惡靈被置入箱子且受盡耀眼光明的殘酷射線折磨。阿尼姆斯有時候必須要接受至高力量的嚴酷處置。

女人藉著登上天將自己從人類現實中脫離，但這並沒有帶來真正的解決之道。處在這種狀態的人會相當接近於邊緣性的精神症，來回擺盪於被放大的負面及正面阿尼姆斯的掌控。這個故事明顯地是在說明微弱意識的案例，發生在原始文化中是可以想見的，也就能夠理解北極星之所以對女人說：「妳最好回家去，妳最好回到地面上。」北極星要求獻祭兩隻糜鹿，因為祂清楚知道女人如果要再回到地面的生活，必須要做些犧牲（格林童話〈金鳥〉〔The Golden Bird〕中也有相似的母題）。從雲端的幻想中退回到現實的過程布滿危險，此時此刻個體所有的努力及作為，都可能會消失殆盡。舉例而言，雖然個體了解夢中所揭示的個人問題所在，但是實際上到底要針對問題做些什麼呢？生命事件是環環相扣的，只有在個人積極參與生命時，結果才會顯現；只有當個人本質具有的潛在可能性得到創意實現時，問題才會得到處理。回到現實的另一種形式，就是當個體因為現實問題被迫從無意識內的冒險追尋中返回。但隨之也會出現問題，特別是當個體已發展出與他人的個別關係時，便須要面對世界的不認同及敵意。常見的危險就是，個體全然拒絕無意識經驗並譏笑這些經驗不過就是如此，就好比是故事裡發生的狀況，個體變得異常空幻且對現實毫無知覺，同時也在需要現

實適應的狀況下，仍意圖活在個人幻想中。

原始傳說中常見的是，當一個令人滿意的結局看似即將來臨，瞬間一切又再度爆發。故事中，父親與女兒死了，而且兩人間的相互認同也未解開，因此被阿尼姆斯俘虜的全盤問題仍然處在無意識中。

讓女人從阿尼姆斯的惡意宰制中逃離，是勢在必行的，這個故事描述了這個意圖，但是整個過程僅為無意識所知。描述無意識交互作用的比較文本，也出現在南美的故事中，故事裡的阿尼瑪是冥界中跳舞的骷髏，隨後的橋段則是英雄之死。早期的原始故事滿是憂愁，因為許多原始部落的無意識經驗都是慘淡、悲哀且可怕的。特別是對那些首次進入生活的人而言，無意識的這個面向也更顯鮮明，也就是說，對於年輕人或是受到過度保護或與世隔絕的人來說，更是如此。英雄從無意識中逃開所帶出的成就，等同於他隨後屠龍的偉大作為。

實現阿尼姆斯

另一個與實現阿尼姆斯相關的故事，是西伯利亞的〈少女與骷髏〉（The Girl and the Skull）。故事從有個女孩跟她年邁的父母一起生活開始，女孩在荒野中發現了一個骷髏，把它帶回家並對著它說話。當父母親發現她的所做所為後，兩人簡直嚇壞了，因此認為女孩是凱利魔，並把女孩拋棄了。

故事中的阿尼姆斯首先以骷髏的形象現身，顯示他如同死亡一般的本質。煉金術士用**骷髏**當做容器以烹煮**元質**；根據原始人的信

念，骷髏包含著我們這些不免一死的凡人身上所帶有的永生本質，而從這個信念也帶出獵頭及對骷髏的崇拜。對北美印第安人而言，他們所剝下的頭皮就包含著敵人的本質。在這個故事中，骷髏同樣的也代表阿尼姆斯的死亡面向，特別是針對與頭腦相關的活動，像是以毒害意念來毒害女人或是蒙蔽女人的雙眼，因而阻絕她們看見無意識內的寶藏。

女孩的雙親悲痛認定他們的女兒已經變成惡靈，並因為與惡魔結合而成為另一個凱利魔，無法被救贖。這樣不信任的態度是典型的原始畏懼感，害怕被惡靈附身，這些惡靈為數眾多、遍布各地，無時無刻且無所不在，因此總是帶著步步逼近的危險。對於骷髏鬼魂的想像，與頭腦或智性變得自主，進而與本能脫離這一點相關，接著可能向下墜落帶來破壞。另一方面，骷髏也是自性的象徵（無意識內涵物的表現，依靠觀者的意識態度而定）。

因為認定女兒被附身了，年邁的雙親毀了他們的家並帶著所有家當渡河離開。女孩是這個家中唯一的孩子，她也沒有同伴幫助她走入生命。類似這樣的情境，像是父母晚婚或是良久不育等都是例子，通常這都會帶來災難性的困境。女孩因為帶著骷髏回房，喚起了生活周遭的敵意反應，也喚起了父母的恐懼及憎恨。無法和女人連結的阿尼姆斯通常會引出敵意（目標瞄準女人）反應，而女人本身對所承受的敵意態度也會不疑有他。其他人所表現的負面態度，顯示了女人人格內的關鍵部分並未得到實現，她所置身的環境會找尋刺激及戳醒她的機會，就如同故事中所發生的情況，讓女人認知到她所欠缺的部分。

當女孩被雙親離棄後，她怪罪骷髏讓她變成孤單一人，骷髏要

她去找些木柴、生一把大火，並把骷髏丟入火中，如此一來骷髏就能得到一副軀體。

火通常代表情緒及熱情，可以燒毀人們但是也可以散播光明。燒毀獻祭品為的是溶解部分軀體，好讓意象及本質得以隨著煙霧上升抵達天廳。然而，當「靈魂體」（spirit creature）經歷火燒，燒毀的同時也帶來了軀體。熱情迫使個體犧牲過於獨立及過於智性的態度，而熱情也讓個體得以實踐精神。當個體歷經熱情所帶來的苦難，精神就不再只是一個意念，而能被個體經驗為心靈實體。因此，骷髏懇求女孩將他丟入烈燄中，「否則」他告訴女孩：「我們兩人受的再多苦難都是徒勞無功的。」我們需要以苦來戰勝苦，也就是說我們要接受苦難。讓骷髏在火中受盡折磨意謂著以火攻火，並且補償女孩因骷髏而承受的折磨。阿尼姆斯喚醒了女人的熱情，他的計畫、意圖及突發奇想攪動了女人內在的自我懷疑，並且讓女人慢慢地將陰性面及被動本質拖入世界中，同時也讓她置身於外在世界的抗阻。其後，當女人在男人的世界中得到成功，也意謂著劇烈的痛苦讓她不得不縮限她的活動範圍或是選擇全盤放棄，這一切為的是讓她再次變得更陰柔些。

在煉金術中，火通常象徵著個體參與煉金的任務，同時也是個體對於煉金歷程各階段所給予的熱情。

骷髏告訴女孩她必須要蒙住眼睛，並且保證她不會直視燃燒的過程，這同樣顯示出過早開悟之險的母題。個體絕不能以智性來了解心靈所發生的一切，不能夠總想定義或區分所有的內在發生；通常的狀況是，個體必須要抑制住好奇心，讓自己就只是單純的等待。然而，只有意志堅強的人能夠掌控那耐不住的性子，並堅持

不觀看交互作用的過程；而那虛弱的意識卻想要立刻得到夢境的解讀，因為它是如此的害怕不確定感及暗黑的情境。女孩必須在黑暗中等待，同時還要不時聽著烈燄嘶吼、馬匹的疑懼嘶鳴和男人急速通過的聲響。雖然女孩心中恐懼不已，但仍能維持堅定且不受恐慌所影響，這一點也昭示了在希望及絕望之外的力量。但是多數人沒能做到等待而且寧願倉促做出決定，如此一來他們就打亂了命運高深莫測的安排。在故事結局中，披著動物毛皮的男子出現在女孩的面前，隨侍在側的還有一群人及動物，男人極為富有而女孩成為他的妻子，結局是她得到強而有力的正面阿尼姆斯，同時也過著幸福愉快的生活。後來，女孩的父母回頭找她，並死於女孩所給的碎骨之下，因為數量之多，遠超過他們所能吞嚥。

關係母題

　　許多故事的主角都可被解讀為阿尼瑪或是阿尼姆斯的表徵。這些故事描繪了人類的關係模式：男人及女人之間的歷程，或是超越陽性及陰性差異的心靈本貌。大部分談及相互救贖的故事就屬這個類型。

　　這類故事中，主角通常是孩童，〈糖果屋〉（Hänsel and Gretel）就是一個例子。因為孩童在性及心靈層面相對來說是未分化的，他們也更接近於雌雄同體的原初存有，因此將孩童視為自性的象徵是適切的，他們代表內在的未來完整性，同時也是個體性尚未得到發展的那一面。孩童象徵著你我內在的一派天真及好奇，那是從久遠歷史中倖存下來的特質，可以是個人的那份孩子氣，也

可以是未來個體性的初模。以這樣的角度來看，「孩童是成人的根源」（The child is father of[30] the man）這句話就更具深切重要性。

這些故事並不關注人類或個體因子而是關注原型的發展，他們顯示了在集體無意識內原型與原型間的相互關連方式。

有個童話正是從無意識視角來彰顯陽性及陰性心靈的結合；然而，讀者將會發現，故事裡的陰性心靈實境比陽性心靈實境更為清晰的彰顯。

白新娘和黑新娘 [31]
（The White Bride and the Black Bride）

很久很久以前，上帝化身成一個貧窮人，出現在女人、她的女兒及繼女兒面前，並向她們詢問該如何前往村裡。女人及女兒懶得回應他，但是繼女兒好心的為他指路。作為回報，上帝詛咒女人及她的女兒讓她們變得又黑又醜，同時給了繼女兒三個祝福：讓她擁有美貌、源源不絕的錢財以及死後能夠上天堂。

繼女兒有個兄長名叫雷吉納（Reginer），他是國王的車伕，他為漂亮的妹妹畫了張畫像，而且每天都盯著畫像看。有一天，國王聽聞這張畫像，要求一睹風采，當他看了畫中女子的驚人美貌後，立刻就愛上了雷吉納的妹妹，同時命令車伕將他妹妹帶至王宮。兄妹兩人與又黑又醜的繼母女一起搭乘馬車前去見國王，滿心嫉妒的繼母在半路上將美麗的繼女兒推入河

中。雷吉納有失職守，因此國王下令將雷吉納推入蛇坑。繼母則施了黑法術愚弄國王，讓國王和她那醜陋不堪的女兒結婚。

然而，被推下河的繼女兒並沒有淹死，反而化身成一隻白鴨子，這隻白鴨子連續三個晚上都出現在國王的廚房小差面前並對他說話。廚房小差把這件事報告給國王，國王在第四個晚上現身，並且一把砍斷了鴨脖子，白鴨旋即變回她那美麗的少女模樣。少女將繼母背信棄義的行徑一五一十告訴國王，而國王也不留情面地懲治了老巫婆及她的黑女兒，同時也把雷吉納從蛇坑中救出，最後也與白新娘結婚。

女人、女兒及繼女兒可被視為三位一體的陰性心靈表徵。女人代表意識態度；親女兒是負面的，代表陰影面；繼兄長雷吉納代表阿尼姆斯；繼女兒則是第四位，代表真實的內在本質以及陰性心靈內促發更新的源頭。然而她只有在與國王所代表的，具洞悉能力的理法（Logos）原則搭上線時，才能達到完滿。

國王並不屬於四位中的任一個，但是他卻是三個陽性人物中的其中一個，另外兩個陽性人物則是連結阿尼瑪的車伕，以及帶領國王揭露內在情境的廚房小差。

上帝在由女人和她的兩個女兒所組成的第一個三位一體前現身，同時也獎勵為祂指路的那一個，但是女人及她的女兒則受到咒詛變得又黑又醜；也就是說她們被罩上了無意識的面紗。她們犯的罪在於拒絕為上帝指路，而這也暗示了上帝需要人的幫忙，祂需要人作為達到高層意識的工具。從神祕學的解釋來看，這表示人類心

靈是上帝得以意識化的所在。

因為這兩個女人沒能完成這項任務，她們因此喪失人類本質並且變成巫婆。落於無意識的黑暗面紗下，她們走出原先的女性意識表徵，這是她們在故事起始時所扮演的角色，在這之後則變成負面阿尼瑪的角色。如此一來，個體就無法區辨無意識內的女性及男人的阿尼瑪，就心理的層面而言，這兩者是沒有差別的。當女人迷失在無意識之海時，她茫然、欠缺批判性的理解，同時也沒有太多的自我意志，而落入茫然及不確定狀態的女人非常容易成為男人的阿尼瑪角色。當然，她越是無意識，她就越能扮演阿尼瑪角色。因此有些女人不願意變得意識化；一旦她們變得意識化，她們就失去了成為巫婆阿尼瑪的能力，也因此失去了她們對男性的力量。同樣地，被拉向無意識的男人，行為舉止會像女人的阿尼姆斯。希特勒就是被阿尼姆斯俘虜的例子，他帶著阿尼姆斯的所有特質，他被情緒牽著走，心中滿是未經思考的意見，同時他的話語既草率又儘是說教，聽起來總是聳動煽情。

美麗的白新娘被推入水中並化身為白鴨子游開，而阿尼姆斯雷吉納的任務就是把她帶給國王，也就是要促成與理法的真實接觸，但他卻被下旨丟入蛇坑。而國王的低層陰影面，也就是廚房小差，卻成為帶出真實的媒介。

當國王砍了鴨子頭，白鴨子變回美麗的女子。當心靈的內涵物沒被世人認出，它就會退回本能界中，正如同我們在思納弟-思納弟的故事中所看見的。當老巫婆及她的女兒被擊敗後，四人曼陀羅就此浮現：國王、白新娘、從坑中被釋放的雷吉納以及廚房小差。

這個故事還有許多可以討論的，我所提出的內容旨在說明，代

表女人意識的因子同時也能在男人的負向阿尼瑪中被看見。

結語

　　各式的故事會映照出各個不同的面向，但是同時也包含相同的母題，例如：女巫、繼母及國王等，他們都是相同的歷程，也有著相同形式的前進能量，而這也提供了線索給我們，讓我們看見貫穿故事的經線都遵循相同方向這個事實，因此許多故事可以被連接在一起成為一個環形的故事圈，故事與故事間相互擴增，同時也指出根本的架構次序。個人認為當我們以群集的方式帶出故事，並且彼此相互解讀時，就會發現底層有著超越性的原型安排。

　　還有一類童話特別聚焦在與自性相遇的議題，這類童話的內容圍繞著越過巨大困難最終得到寶藏的主題。舉例來說：〈三根羽毛〉故事指出蟾蜍的戒環，「指環」這個名字同時也是思納弟-思納弟故事裡的王子之名，而環圈同時也出現在山精祭台上帶刺魚的場景中。當然，歷經艱難最終所得到的寶藏，通常都是偽裝在簡單事物之下。當你解讀童話時，留心這個中心母題是絕不會錯的。

　　正如同水晶可以從各面向反射光線，每一類故事都代表特定面向，同時也讓其他面向黯然失色。舉例言之，在某個故事顯而易見某個原型，但是在其他的故事中則會浮現其他的原型，當然也有好些故事全都指向相同的原型組合。

　　試圖以抽象的形式來創造集體無意識的通論架構，是很誘人的想法，它以水晶作為表徵，本為一物，但也能表現在其他上萬個故事中。然而，我不認為這是可能達成的，因為我們所處理的概念近

似於原子的超越次序（transcendental order），物理學家認為我們無法描述原子所呈現的樣貌，因為三維的模式無可避免的造成扭曲。雖然建立基模是頗有價值的，但四維相度的事件永遠都讓我們捉不著也摸不透。

即便內在次序拒絕被建立成基模，我們仍能藉由觀察不同的故事都繞行同一內涵物「自性」這一點，而得到有關次序的線索。

註釋

1 原書註："Prince Ring," This version, which appears under the title "Snati-Snati," is taken from Adeline Ritterhaus, *Die neuisländischen Wolkmärchen* (Halte, A. S., 1902).

2 原書註：For other parallels, see Carl Pschmadt, "Die Sage von der verfolgten Hinde," dissertation, Greifswald, 1911.

3 原書註：C. G. Jung, *Collected Works*, vol. 8, *The Structure and Dynamics of the Psyche*.

4 譯註：當個體只關注身（本能）、心（意識）二者時，是二維的生命，而三維生命則是身心靈（靈性）的整體體驗。

5 譯註：希特勒在建立德意志第三帝國時，對人民所傳遞的信念之一就是建立千年之久的帝國，他將個人權力掌控自比於基督宗教信仰中「千禧年」屬靈（基督）復活的信念。

6 譯註：納粹時期「生育農場」計畫，透過計畫性的交配，量產純粹強壯的雅利安人後代。

7 原書註：*Die Märchen der Weltliteratur: Deutsche Märchen seit Grimm* (1922), p. 237.

8 原書註：*Die Märchen der Weltliteratur: Nordische Märchen* (1915), p. 22.

9 原書註：Ibid., p. 194.

10 原書註：*Die Märchen der Weltliteratur; Südamerika indianische Märchen*, no. 76 (1921), p. 206.

11 原書註：See "Berg," in *Handwörterbuch des deutschen Aberglaubens*.

12 原書註：C. G. Jung, *Collected Works*, vol. 12, *Psychology and Alchemy*, and vol. 13, *Alchemical Studies*.

13 原書註：For a discussion of the horse as a symbol, see C. G. Jung, *Collected Works*, Vol. 5, *Symbols of Transformation*, paras. 421-428 and 657-659.

14 原書註：See C. G. Jung, *Collected Works*, vol. 11, *Psychology and Religion West and East*, chap. 3, "Transformation Symbolism in the Mass."

15 原書註：Apuleius, *The Golden Ass*.

16 原書註：Mrs. Rhys David, "Zur Geschichte des Rad Symbols," Eranos Jahrbuch (Zurich: Rascher, 1934).

17 原書註：See *Handbuch des deutschen Aberglaubens*.

18 原書註：*Die Märchen der Weltliteratur: Nordische Wolksmärchen* (1915), vol. 11, no. 32, "Zottelhaube."

19 原書註：See C. G. Jung, *Collected Works*, vol. 16, *The Practice of Psychotherapy*, part 2, sec. 3, "The Psychology of the Transference."

20 原書註：*Grimm's Fairy Tales* (London: Routledge, 1948), p. 244.

21 原書註："The wife of Death," *Die Märchen der Weltliteratur: Französische Wolkmärchen*, no. 32 (1923).

22 原書註：Ibid., *Zigeunermärchen*, no. 31 (1926).

23 原書註：Ibid., *Märchen aus Turkestan und Tibet*, no. 9 (1923)

24 原書註：Ibid., *Balkanmärchen*, no. 12 (1919).

25 原書註：See C. G. Jung, *Collected Works*, vol. 10, *Civilization in Transition*, chap. 3, "Wotan."

26 原書註："The Girl and the Evil Spirit," *Die Märchen der Weltliteratur: Märchen aus Sibirien* (1940), p. 81.

27 譯註：故事源自俄羅斯楚科奇自治區當地的傳說，自治區位於歐亞大陸最東北端的楚科奇半島上。二十世紀初期俄羅斯人類學家波哥拉茲（Vladimir Germanovich Bogoraz, 1865-1936）搜羅當地的神話集結成冊，此故事乃其中之一。

28 原書註：Ibid., p. 121.

29 原書註：Cf Sartori, "Der Schuh im Volksglauben," *Zeitschrift für Volkskunde* (1894), pp. 41, 148, and 282.

30 譯註：原書寫做 The child is the father to the man，應是筆誤。此句出自於英國浪漫派詩人 William Wordsworth 的詩文〈My Heart Leaps Up〉，描述人類的成長是退化沉淪的過程，無邪純真的心靈一步步受塵世所磨損殆盡。

31 原書註：*Grimm's Fairy Tales*, p. 608.

延伸閱讀

- 《格林童話：故事大師普曼獻給大人與孩子的 53 篇雋永童話》（2015），菲力普·普曼（Philip Pullman），漫遊者文化。
- 《神話的力量》（2015），喬瑟夫·坎伯（Joseph Campbell），立緒。
- 《被遺忘的愛神：神話、藝術、心理分析中的安特洛斯》（2015），奎格·史蒂芬森（Craig E. Stephenson），心靈工坊。
- 《在童話裡，遇見更好的自己：揮別生活焦慮的幸福途徑》（2015），海因茨-彼得·羅爾（Heinz-Peter Röhr），新星球。
- 《用故事改變世界：文化脈絡與故事原型》（2014），邱于芸，遠流。
- 《解讀童話心理學》（2014），苑媛，國家。
- 《丘比德與賽姬：陰性心靈的發展（修訂版）》（2014），艾瑞旭·諾伊曼（Erich Neumann），獨立作家。
- 《與狼同奔的女人》（2012），克萊麗莎·平蔻拉·埃思戴絲（Clarissa Pinkola Estes, Ph.D.），心靈工坊。
- 《榮格人格類型》（2012），達瑞爾·夏普（Daryl Sharp），心靈工坊。
- 《英雄之旅：個體化原則概論》（2012），莫瑞·史丹（Murray

Stein），心靈工坊。

- 《轉化之旅：自性的追尋》（2012），莫瑞‧史丹（Murray Stein），心靈工坊。

- 《榮格心靈地圖》（2009），莫瑞‧史丹（Murray Stein），立緒。

- 《榮格解夢書：夢的理論與解析》（2006），詹姆斯霍爾博士（James A. Hall, M.D.），心靈工坊。

- 《神話的智慧：時空變遷中的神話》（2006），喬瑟夫‧坎伯（Joseph Campbell），立緒。

- 《內在英雄：六種生活的原型》（2000），卡蘿‧皮爾森（Carol S. Pearson），立緒。

- 《千面英雄》（1997），喬瑟夫‧坎伯（Joseph Campbell），立緒。

阿斯克勒庇俄斯 Asklepios，希臘醫
　　神
阿普留斯 Apuleius
阿道夫‧巴斯蒂安 Adolf Bastian
阿達爾伯特‧庫恩 Adalbert Kuhn
阿爾方斯‧梅德 Alfons Maeder
阿爾尼姆 Achim von Arnim
阿爾忒彌斯 Artemis，希臘狩獵女神
　　聖駒
阿諾‧范吉內普 Arnold van Gennep
波利卡夫 Georg Polivka
波哥拉茲 Vladimir Germanovich
　　Bogoraz
波斯拜日 Mythraic
法蘭茲‧奈森 Franz von Essen
法蘭茲‧理克林 Franz Riklin
金字型神塔 Zikkurats
帕西法爾 Parsival，聖杯騎士
宙西摩士 Zosimos，煉金術士
初始思維 Elmentargedanken
芭芭亞嘉女巫 Baba Yagas
刻律涅牝鹿 Kerynitic
具倍納蒂思 Gubernatis
革勒斯 J. G. Görres
命運女神 Norns
皺巴巴 shrivel
法輪哲學 Rockenphilosophie
芬蘭民俗協會 Finnish Society of
　　Folklore

九劃

神聖之泉 Urd
神話體系 mythoi
神靈化 spiritualization
約翰‧戈特弗裡德‧赫德
　　J. G. Herder
約翰尼斯‧克卜勒 Johannes Kepler
思納弟-思納弟 Snati-Snati
哈曼 Hamann
英國民俗協會 English Folklore Society
政教 sacredotium and imperium
紅帽 Rothut
孩童是成人的根源 The child is father
　　of the man
威爾緒 J. Wyrsch
耶穌魚 ichthys
保羅‧艾倫瑞克 P.Ehrenreich
降靈節 Whitsun

十劃

海因理希‧海第格 Heinrich Hediger
海克力斯 Hercules，希臘戰神
海涅 Chr. G. Heyne
海德薇希‧貝特 Hedwig von Beit
海諾‧蓋爾 Heino Gehrts
馬奴 Manu，印度神祇
馬克斯‧繆勒 Max Müller
埃文‧葛茲列惟祺 Ivan Czarevitsch
埃特訥達爾 Etnedal，挪威地名
夏朗德印地安人 Cherente Indians
夏爾‧佩羅 Charles Perrault

聖父 Father
聖多馬斯‧阿奎那 Saint Thomas of
　　　Aquinas
聖史 Evangelists
聖維克多利哲 Richard de Saint Victor
聖靈 Holy Ghost
黑化期 nigredo
黑森州 Hesse
黑麋鹿 Black Elk
奧西里斯 Osiris，埃及的冥王
奧菲歐神秘宗教 Orphic
奧圖‧胡特 Otto Huth
奧德修斯 Odysseus
溫亨‧萊柏林 Wilhelm Laiblin
溫克勒 H. Winkler
溫克爾曼 Winckelmann
愛西亞 Eileithyia，希臘生育女神
愛欲 Eros
道 Way
落入陰間 descensus ad inferos
塔木德 Talmud
新主 new God
萬物有靈理論 animism
詹森 Alfred Jensen
瑞德 Rauder
塞德節 Sed Festival

十四劃
漢斯‧吉爾赫 Hans Giehrl
漢斯‧迪克曼 Hans Dieckmann
赫伯特‧西伯爾 Herbert Silberer

赫密斯 Hermes
赫密斯-墨丘利式 Hermetic-Mercurial
腿 Bein
禍兮福所倚 beata culpa
雷吉納 Reginer
蓋亞‧波利福卡 Georg Polivka
馴鹿 Caribou
碧雅翠絲 Beatrice
歌德 Goethe

十五劃
歐米茄 Omega，Ω，海洋之水
歐西里斯 Osiris
歐特卡‧溫根斯坦
　　　Ottokar Wittgenstein
賤土 terra damnata
墨丘利 Mercurius
輪迴之輪 the wheel of rebirth
鋪陳 exposition
衛禮賢‧萊布林 Wilhelm Laiblin

十六劃
霍夫曼 Hafmann-Krayer, 1927-1942
盧茲‧馬肯森 Lutz Mackensen
鮑理特 Johannes Bolte
獨眼巨人 Cyclops

十七劃
濕婆 Shiva
優漢那斯‧波爾特 Johannes Bolte
戴奧尼索斯 Dionysus，希臘酒神

| 附錄三 |

參考文獻

零劃

「E.T.A. 霍夫曼童話《黃金之壺》的意象與象徵」Bilder und Symbole aus E. T. A. Hoffmanns Märchen *Der Goldene Topf*

二劃

《人面獅身之謎》*Das Rätsel der Sphinx*

三劃

《上帝觀的起源》Fr. Max Schmidt, *The Primitive Races of Mankind* (London, Calcutta & Sydney: George G. Harrag & Co., 1926).

〈三根羽毛〉The Three Feathers

《三聯神》*The Three fold Godhead*

《大女神》*The Great Goddess*

「大會學刊」Concilium

〈女孩與吸血殭屍〉The Girl and the Vampire

〈女孩與邪靈〉The Girl and the evil Spirit

《千面英雄》*The Hero with a Thousand Faces*（中文版由立緒出版）

〈山羊鬍子國王〉King Thrushbeard

四劃

〈少女和獅子〉The Singing, Soaring Lion's Lark

〈少女與骷髏〉The Girl and the Skull

《少年時代的昨日與今日》*Jugend gestern und heute*, Stuttgart: Klett, 1961

〈太陽、月亮與星群〉Das Sonnen-Mond-und Sternenkleid

《心理學與煉金術》*Psychology and Alchemy*

《世界經典文學童話》*Die Märchen der Weltliteratur* (*Tales of World Literature*), (Jena: Diederichs Verlag), amultivolume series.

五劃

《民俗學工作者通訊》期刊 *Journal of Folklore Fellows Communication*

《民間文學母題索引》*Motif Index of Folk Literature*

《民間故事形態學》*Morphology of the Folktale*, Bloomington, Ind.

《民間故事的研究方法》*Wege der Märchenforschung*, Darmstadt: Wiss. Buchges.

《民間故事與深度心理學》*Volksmärchen und Tiefenpsychologie*

《民間故事類型》*Verzeichnis der Märchentypen*

《丘比德與賽姬：女性心靈的發展》*Amor and Psyche: The Psychic Development of the Feminine*（中文版由獨立作家出版）

《打鐵匠與煉金術師》*The Forge and the Crucible*, University of Chicago Press

〈白新娘和黑新娘〉The White Bride and the Black Bride

六劃

〈死神之妻〉The Wife of Death

《灰姑娘：瓦西麗薩》*Beautiful Vassilisa*

《宇宙與歷史：永恆回歸的神話》*Cosmos and History: The Myth of the Eternal Return*, New York: Harper

《成年儀式》*Les rites de passage*, Paris

《成長與轉化：現象學與象徵性的人類成熟》*Wachstum und Wandlung: Zur Phänomenologie und Symbolik menschlicher Reifung*, Darmstadt: Wiss. Buchges.

七劃

《希臘英雄》*The Heroes of the Greeks*, Thames and Hdson

《希臘諸神》*The Gods of the Greeks*, Thames and Hdson

〈沙皇的青蛙女兒〉The Frog daughter of the Czar

八劃

〈金鳥〉The Golden Bird

《金驢記》*The Golden Ass*

《來自無意識的構思》*Gestaltungen aus dem Unbewussten*, Zurich

〈阿尼瑪為自然實體〉Die Anima als Naturwesen

〈刺蝟漢斯〉Hans the Hedgehog

「所羅門頌」ode of Solomon

〈林間女子〉The Wood Woman

〈牧人玩偶〉Die Sennenpuppe, dissertation, Zurich, 1970

《忠實的費迪南和不忠實的費迪南》*Ferdinand the Faithful and Ferdinand the Unfaithful*

九劃

《神話、夢和神祕儀式》*Myths, Dreams and Mysteries*, London: Harvill Press

《神話中的人類形象》*Vom Menschenbild im Märchen*, Kassel

《神話學》*Science of Mythology*, London: Ark Paperbacks

《神的面具》*Marks of the Gods*, Penguin Books

《神祕主義的問題與其象徵意義》*Probleme der Mystik und ihrer Symbolik*, Darmstadt: Wiss. Buchges.

《神祕合體》*Mysterium Coniunctionis*

〈神馬〉The Magic Horse

〈玻璃山童話〉Der Glasberg des Volksmärchens

〈指環王子〉Prince Ring

《故事與犧牲者：探究歐洲兄弟童話》*Das Märchen und das Opfer: ntersuchungen zum europäischen Brüdermärchen*, Kassel

〈星兒〉The Star

《枯那皮皮》*Kunapipi*

《活出神話：分析心理學之應用》*Gelebte Märchen: Praxis der analytischen Psychologie*, Hildesheim

「約翰福音」Gospel of John

〈美女與野獸〉Beauty and the Beast

in Fairy Tales, Toronto

《童話百科全書：歷史及敘事比較研究手冊》*Enzyklopädie des Märchens: Handwörterbuch zur historischen und vergleichenden Erzählforschung*, Berlin

《童話研究與深度心理學》*Märchenforschung und Tiefenpsychologie*, Darmstadt: Wiss. Buchges.

〈童話故事中的幽靈現象學〉The Phenomenology of the Spirit in Fairytales

《童話象徵學》*Symbolik des Märchens*

〈童貞沙皇〉The Virgin Czar

《象徵》*Symbolon*

《象徵字典》*Dictionaire des symboles*, Paris: Laff ont, Seghers, 1973

《象徵研究參考書目》*Bibliographie zur Symbolkunde*, Baden-Baden: Heintz

〈象徵生活〉The Symbolic Life, C. G. Jung, *Collected Works*, vol. 18, chap. 3.

〈黑衣女人：一探童話解析〉Bei der schwarzen Frau: Deutungsversuch eines Märchens

〈黃金鳥：民間故事中的個體化象徵〉Der goldene Vogel: Zur Symbolik der Individuation im Volksmärchen

〈國王和王后〉Rex and Regina

《費查之鳥》*Fitcher's Bird*

十三劃

《傳說及其心理背景》*Sagen und ihre seelischen Hintergründe*, Innerschweiz. Jahrb. Für Heimatkunde, Lucerne, 1943, Bd. 7

《傳說的心理》*Psychologie der Erlebnissage*, dissertation, Zurich, 1951

《傳說與象徵：以精神分析觀點解讀東方傳說》*Märchen und Symbole: Tiefenpsychologische Deutung orientalischer Märchen*, Fellbach: Bonz

《奧德賽》*The Odyssey*

〈奧菲斯與尤麗狄絲〉Orpheus and Eurydice

《想像物的人類學結構》*Les Structures anthropologiques de l'imaginaire*

〈愛神與賽姬〉Eros and Psyche

《愛達經》*Edda*

「聖哉經」Sanctus

《蒂邁歐篇》 *Timaeus*

《對比與更新》 *Gegensatz und Erneuerung*

《榮格分析心理學研究》 *Studien zur analytischen Psychologie C. G. Jungs*, Zürich: Rascher

十四劃

〈與月亮及凱利魔成婚的女子〉 The Woman Who Married the Moon and the Kele

十五劃

《德國迷信典》 *Handwörterbuch des Deutschen Aberglaubens*, Hanns Bächtold-Stäubli, *Handwörterbuch des deutschen Aberglaubens*, Berlin & Leipzig: W. de Gruyter & Co., 1930-1931.

《德國童話典》 *Handwörterbuch des Deutschen Märchens*

《德語系國家童話發展基本歷史進程》 *Grundzüge einer Geschichte des Märchens im deutschen Sprachraum*, Darmstadt: Wiss. Buchges., 1983

〈論心靈能量〉 On Psychic Energy

〈論夢的本質〉 On the Nature of Dreams

《歐洲思想源起》 *The Origin of European Thought*, Cambridge

〈蓬頭兒〉 Shaggy Top, *Die Märchen der Weltliteratur: Nordische Wolksmärchen* (1915), vol. 11, no. 32, "Zottelhaube."

十六劃

〈糖果屋〉 Hänsel and Gretel

十八劃

《獵人之心》 *The Heart of the Hunter*

《薩滿教：古老的出神術》 *Shamanism: Archaic Techniques of Ecstasy*, New Tork: Bollingen Foundation

《轉化的象徵》 *Symbols of Transformatio*

二十一劃

《魔法妙用：童話故事的意義及重要性》 *The Use of enchantment: Th e Meaning and Importance of Fairy Tales*, London: Thames and Hudson

〈魔鬼的三根金髮〉The Devil with the Three Golden Hairs

PsychoAlchemy 013

解讀童話：從榮格觀點探索童話世界
The Interpretation of Fairy Tales
作者：瑪麗-路薏絲‧馮‧法蘭茲（Marie-Louise von Franz）　　譯者：徐碧貞

出版者—心靈工坊文化事業股份有限公司
發行人—王浩威　總編輯—徐嘉俊
執行編輯—林妘嘉　封面設計—羅文岑
內頁排版—龍虎電腦排版公司
通訊地址—10684台北市大安區信義路四段53巷8號2樓
郵政劃撥—19546215　戶名—心靈工坊文化事業股份有限公司
電話—02）2702-9186　傳真—02）2702-9286
Email—service@psygarden.com.tw　網址—www.psygarden.com.tw
製版‧印刷—中茂分色製版印刷事業股份有限公司
總經銷—大和書報圖書股份有限公司
電話—02）8990-2588　傳真—02）2290-1658
通訊地址—248新北市新莊區五工五路二號
初版一刷—2016年11月　初版七刷—2024年3月
ISBN—978-986-357-076-9　定價—380元

The Interpretation of Fairy Tales.
First published by Spring Publications, New York, 1972.
Boston: Shambhala, 1993.
© Stiftung für Jung'sche Psychologie, Küsnacht
Complex Chinese edition copyright © 2016 by PsyGarden Publishing Company
ALL RIGHT RESERVED

國家圖書館出版品預行編目資料

解讀童話：從榮格觀點探索童話世界 / 瑪麗-路薏絲‧馮‧法蘭茲
(Marie-Louise von Franz)著；徐碧貞譯. -- 初版. --
臺北市：心靈工坊文化, 2016.11
面；　公分. -- (PsychoAlchemy；13)
譯自：The interpretation of fairy tales
ISBN 978-986-357-076-9(平裝)

1.童話　2.文學評論　3.精神分析

815.92　　　　　　　　　　　　　　　　　105020115

書系編號—PA 013　　　　書名—解讀童話：從榮格觀點探索童話世界

姓名

是否已加入書香家族？ □是 □現在加入

電話 (O)　　　　　(H)　　　　　手機

E-mail　　　　生日　　年　　月　　日

地址 □□□

服務機構　　　　職稱

您的性別—□1.女 □2.男 □3.其他

婚姻狀況—□1.未婚 □2.已婚 □3.離婚 □4.不婚 □5.同志 □6.喪偶 □7.分居

請問您如何得知這本書？
□1.書店 □2.報章雜誌 □3.廣播電視 □4.親友推介 □5.心靈工坊書訊
□6.廣告DM □7.心靈工坊網站 □8.其他網路媒體 □9.其他

您購買本書的方式？
□1.書店 □2.劃撥郵購 □3.團體訂購 □4.網路訂購 □5.其他

您對本書的意見？
□ 封面設計　1.須再改進 2.尚可 3.滿意 4.非常滿意
□ 版面編排　1.須再改進 2.尚可 3.滿意 4.非常滿意
□ 內容　　　1.須再改進 2.尚可 3.滿意 4.非常滿意
□ 文筆／翻譯 1.須再改進 2.尚可 3.滿意 4.非常滿意
□ 價格　　　1.須再改進 2.尚可 3.滿意 4.非常滿意

您對我們有何建議？

▲您的意見，我們將轉貼在心靈工坊網站上，www.psygarden.com.tw

廣 告 回 信
台 北 郵 政 登 記 證
台北廣字第1143號
免 貼 郵 票

10684台北市信義路四段53巷8號2樓
讀者服務組　收

免　貼　郵　票

（對折線）

加入心靈工坊書香家族會員
共享知識的盛宴，成長的喜悅

請寄回這張回函卡（免貼郵票），
您就成為心靈工坊的書香家族會員，您將可以——

⊙隨時收到新書出版和活動訊息

⊙獲得各項回饋和優惠方案